编委会

永　福　福　寿　文　化　丛　书

寿乡水韵

永福县水文化集萃

林庚运　主编

GUANGXI NORMAL UNIVERSITY PRESS
广西师范大学出版社
·桂林·

SHOUXIANG SHUIYUN
YONGFU XIAN SHUI WENHUA JICUI

图书在版编目（CIP）数据

寿乡水韵 ： 永福县水文化集萃 / 林庚运主编. --
桂林 ：广西师范大学出版社，2022.9
（永福福寿文化丛书）
ISBN 978-7-5598-5260-1

Ⅰ. ①寿… Ⅱ. ①林… Ⅲ. ①散文集－中国－当代
Ⅳ. ①I267

中国版本图书馆 CIP 数据核字（2022）第 152992 号

广西师范大学出版社出版发行
（广西桂林市五里店路 9 号　邮政编码：541004
网址：http://www.bbtpress.com）
出版人：黄轩庄
全国新华书店经销
广西广大印务有限责任公司印刷
（桂林市临桂区秧塘工业园西城大道北侧广西师范大学出版社
集团有限公司创意产业园内　邮政编码：541199）
开本：720 mm × 1 000 mm　1/16
印张：21.75　　　字数：320 千
2022 年 9 月第 1 版　　　2022 年 9 月第 1 次印刷
定价：78.00 元

代

序

幸得膏泽惠永福

林庚运

中国有个桂林，桂林有个永福县。

永福县位于广西东北部，区位优越，交通便利，是全国为数不多的具有“铁”（高速铁路）“公”（高速公路）“机”（比邻国际机场）立体交通网络的县份之一。

永福县山川秀美，环境怡人，文脉深厚，物产富饶，用自己的实力获得了首批中国长寿之乡、世界养生产业示范基地、中国罗汉果之乡、中国民间文化艺术（彩调）之乡、广西生态县、国家园林城市等40多个荣誉称号，是“生活在树上的城市”，是“人与自然和谐的家园”。

游山如观画，玩水若读诗。这是人们对永福县的感叹。

永福县的水，就是一首首神奇婉艳、韵味悠扬的旷古名篇。她饱蘸福寿之乡的灵气，广纳日月星辰的精华，是长寿之水、生态之水、名产之水、文运之水。

一、永福县的水，孕育了历史悠久的长寿现象

今天的永福县，是1952年8月5日由永福县、百寿县合并而成。原永福县建制，始于唐武德四年（621年），至今1400年。“永福”这个名字源于道教，意为“长流水边的优良居所”，从建县起就一直沿用到现在，说明永福这个地方，自古以来生活环境就十分美好。原百寿县建制，始于晋武帝太康二年（281年），至今1740年。“百寿”这个名字，源于宋代“百寿图”摩崖石刻。百寿这个地方，“水旱无忧三千垌，十

里常逢百岁人”。

永福县雨量充沛，年降雨量2000毫米左右，有河流117条，地表水年径流量57.84亿立方米，有中型水库3座、小（一）型水库12座、小（二）型水库26座、山塘78处。西江（亦称永福河、西河）、东江、茅江在县城凤巢山下温柔相聚，然后携手南流汇成洛清江，成为珠江支流。

永福县地下水藏量10.14亿立方米，井泉丰富，名气较大的有廖扶一族喝了皆长寿的百寿镇丹砂井，有被称为消灾灭祸“圣水”的苏桥镇西登山龙口泉，有唐宋时期就有“古县第一井”美誉的百寿镇三河村龙井，有凿于明朝、被统称为“永福第一深井”的罗锦镇林村二甲井和八甲井，等等。

某专家组在罗锦镇考察。一天清晨，一位教授在河边散步，见一位村民撒网捕鱼，便跟着村民边走边聊，村民撒了几网，都是些比较小的鱼虾，就放回河里，教授问：“怎么都放了？”村民回答说：“还小呢，让它们再长长吧。”村民再撒网，这回得了一条一斤多重的鲤鱼和几条小鱼。村民照样把小鱼放回河里，拎起鲤鱼往家走。教授问：“怎么不打了？”村民说：“够了够了。”教授十分感慨：“大学里可以传授海量的知识，却很难传授这样的心态！”好的心态是健康长寿的重要因素。

2007年9月，华龄出版社出版的《36位百岁老人生活实录》，是永福县与广西大学合作出版的《永福福寿文化》丛书之一。这本书中收录了很多百岁生命与水的故事。

《永福县志》《永宁州志》记录的古代长寿老人很多。如今，29万多永福人中，百岁老人保持在50位左右。从汉初158岁的廖扶起，2000多年来，永福县的长寿现象得以完美延续。

北京老年医学研究所到永福县开展“长寿现象的科学考察”，总结出永福长寿区的环境特点主要有五项，其中“饮水质量好”位列第三。原卫生部专家考察组进行大规模调查和研究后认为，“永福县的天然泉水有四个显著特点：一是呈弱碱性，二是氧化还原低，三是小分子团，四是富含矿物质和多种微量元素”。这对健康长寿特别有益，是“健康之水”“营养之水”和“长寿之水”。

二、永福县的水，造就了福寿之乡的生态文明

山是永福的筋骨，水是永福的血液。永福县的山，峰峦叠翠，姿态万千。永福县的水，博大而纯净，娇小又富有力量，粗犷中还不乏温柔。永福县森林覆盖率 79.56%、空气质量优良率 95.9%、地表水水质达标率 100%。

正因为有这样如画的山水和迷人的环境，永福县的自然景观和文物胜迹才如此奇特秀美、目不给赏。无间东西南北，不分古今中外，但凡是了解永福县的人，无不对她赞誉有加。

前人凝练出了凤巢玉液、鹤沼金莲、金山耸翠、银洞流清、西江古渡、东岭甘泉、龙溪晚唱、上乘晓钟等“永福八景”和文峰映日、笔架干云、寿岩古篆、竹鸟遗钟、道姑仙迹、六祖禅踪、杨井天泉、龙潭香鲤等“古田八景”，高度概括了永福的美。

板峡水库风光 吕杰 / 摄

今天，永福县依然满目胜景。“水清鱼读月，山静鸟谈天”的板峡湖、游览和摄影胜地金鸡湖、清丽脱俗的西江百里画廊等等，就是杰出代表。2008 年，永福县通过社会公开和组织专家评选的方式，评选出永福泉、龙井泉、葫芦泉、福塘泉、鉴真泉、龙口泉、龙涎泉、丹砂井、玉女泉、水头泉为“永福十泉”，凤山及三江风光、西江百里画廊、板峡风光、十里花河、金鸡河风光等为“永福十美”。

永福县的村舍静影沉璧、环境优美，大多数村庄坐落在山谷河畔，村前屋后，林木茂盛，河水透亮见底。

永福县百寿镇，有一条“会开花的河”，数公里的河面上，一年四季都盛开着洁白的小花——海菜花。海菜花是一种珍贵的沉水植物，要求水体清澈透明，无任何污染，是一种“富贵花”“环保菜”和水质的“试金石”。

2006 年夏，永福县召开第一届“福寿文化创作笔会”，邀请广西区内外数十位知名作家进行福寿文化创作。作为这个活动的负责人之一，我和作家们在县内观光采风。一天去百寿镇，中途我们停车休息。面对明丽如镜、清澈甘洌的西江水，作家们早就没了斯文，齐刷刷下了水，兴奋得如同小孩。望着眼前的涓涓泉水、哗哗江流，以及远处洗衣服的农妇和戏水的孩童，作家们十分感慨：“永福人太奢侈了，用矿泉水洗衣服！”“是啊是啊，永福人还用矿泉水洗澡！”身为永福人，自豪之情瞬间涌上心头。

永福县还举办了“创造艺术治疗国际研讨会”“中俄长寿养生旅游合作研讨会”“长寿与发展高峰论坛”“百岁印象——长寿现象探秘专题演讲”“永福彩调文化论坛”等活动，数百名国内外专家、学者汇聚永福。对于永福县的生态环境，他们不是竖起大拇指，就是发出“OK”的赞叹。

三、永福县的水，滋润了广博丰裕的养生物产

永福县面积 2806 平方公里，78% 的耕地含硒，硒含量为 1.1mg/kg，是全国平均值的 3.3 倍，其土壤总体硒含量处于植物生长和人体吸收的最佳状态。

文明塔　吕杰 / 摄

水丰土肥的永福县，养生物产丰富，品质优良。有被誉为“东方神果”的罗汉果，有广受市民青睐的香米、油粘米，有享誉东南亚、日本、俄罗斯、韩国等地的柑橘，有始于唐朝的桑蚕，有明清两朝列为贡品的马蹄，有民国时期就在广州、香港、上海等地享有盛名的香菇，有个大肉厚、味道鲜美的西红柿，有远销东南亚和我国香港地区、走进人民大会堂国宴的永福山葡萄酒，有民国代总统李宗仁到了晚年还念念不忘的百寿红茶，等等。这些既是福寿之乡的亮丽名片，更是福寿之乡人民健康长寿的重要因子。

永福县有各类农作物 100 多种，野生植物种类繁多。1959 年和 1984 年县医药公司收购统计，仅药用植物，有中草药 1050 个品种，而民间采集治病的草药多达 2000 种。

作为长寿健康养生产业启动最早、发展最快的县区之一，永福县大力发展养生产业，积极推出系列养生食品。

1995 年，永福县被农业部命名为“中国罗汉果之乡”。2002 年，永福罗汉果被卫生部列入第一批“既是食品又是药品的品种名单”。2004 年，永福罗汉果被国家质检总局评为国家地理标志保护产品。

2007年，永福县被世界养生大会命名为“世界养生产业示范基地”。

2008年，永福县评选出龙江罗汉果、永福香米等“永福十宝”。至今，全县有国家认证的“无公害农产品”“绿色食品”“有机食品”等30多个品种，是广西“无公害蔬菜生产基地”“无公害水果生产基地”“优质谷生产基地”和“中药材产业十强县”等。

2010年，“永福香”“香盈八方”品牌获得广西著名商标。2013年，广西保健养生学会授予永福县“长寿健康养生产业示范基地”。2014年，永福富硒香米和永福富硒罗汉果被评为首批“中国名优硒产品”。同年，永福成为广西第三个获自治区层面批复实施的“长寿健康养生产业”发展县（区）。

2014年，袁隆平院士对永福做了全面了解后，欣然题写了“永福　中国罗汉果之乡”“永福　富硒沙糖桔之乡”“永福香米　富硒养生”。

2017年，农业部发布永福香米入选全国名特优新农产品名录。同年，永福罗汉果获农业部等九部门“中国特色农产品优势区”认定（第一批）。2019年，三皇西红柿获农业农村部颁发“农产品地理标志登记证书”。

永福县的优质农副产品正越来越多地被注入福寿文化内涵，成为世人公认的长寿养生产品。

四、永福县的水，催生了绵长深厚的福寿文化

隋开皇三年（583年）修筑的桂林至昆明驿道，唐长寿元年（692年）修筑的连通桂林至柳州的相思埭运河，唐长寿三年（694年）修筑的桂林至柳州驿道，都经过永福县。水陆交通的发达，近邻桂林、柳州的优势，永福县道教、佛教、基督教、伊斯兰教、天主教五教并存，是岭南文化与中原文化、少数民族文化与汉民族文化、本土文化与域外文化交汇之地，经过漫长的历史演绎，多种文化相互激荡、浸溶并袭，融会成璀璨夺目、和谐温馨的永福福寿文化。永福福寿文化博大厚重，每个时期都有历史遗存，且有书可读、有史可考、有例可证、有城可登、有物可观、有事可说、有戏可唱。

永福福寿文化有着极其鲜明的特点。

福寿双全。永福县城凤巢山上，有源于宋代武状元李珙“掌书福字”故事的清代“福”字石刻。原百寿县夫子岩内，有宋代“百寿图”摩崖石刻。永福、百寿两个县的合并，更是从客观上促成了永福福寿文化的完美结合。

龙凤呈祥。原百寿县有龙江，永福县有凤山、有龙溪。

文武兼备。永福县在大宋一朝出了两个状元，一个是北宋初期“与吕文穆诸公同时并美”的文状元王世则，一个是北宋末年孤军抗金勇赴国难的武状元李珙。

名人荟萃。永福县历代名人辈出。据不完全统计，在今天的永福县这片土地上，历史上曾产生了4位状元、1位榜眼、51位进士，仅明清两代就有320位举人。外地不少历史名人也到过永福，留下了许多精美诗文和动人故事。

调子悠扬。1987年，永福县罗锦镇林村被确认为广西彩调剧的发源地。2006年，广西彩调被列入国家级非物质文化遗产名录。2013年，

状元祠　吕杰／摄

永福县成为广西彩调艺术节常设承办地和广西彩调创新传承基地。2014年至今，永福县连续三届被命名为“中国民间文化艺术（彩调）之乡”。

文化繁荣。永福县有全国重点文物保护单位2处，自治区重点文物保护单位2处，县级文物保护单位22处，非物质文化遗产资源信息2268个（条），实物115件（本），非物质文化遗产保护名录项目（第一批）42个，其中市级19项，自治区级8项，有中国传统村落3个，国家级、自治区级、市级博物馆（院）都收藏有永福文物。永福博物馆收有文物5000多件（套）。永福民俗文化独特丰富。10多部电影、电视剧和20多部纪录片、专题片到永福取景、拍摄。连续35年举办凤山之春、茅江之夏等文艺活动。2006年至今，举办了12届养生旅游福寿节。2007年以来，出版福寿文化丛书30多部。

水，是生命之源、万物之本。人们生活的每时每刻都离不开水。正是因为有了水，人类才能生存，世界万物才会生机盎然，丰富多彩。水在，生命就在。

所幸，上苍眷顾，赐给了永福县丰富的水源、肥沃的土地、富饶的物产。永福县的长寿、生态、物产、文化等诸多方面，成绩斐然，令人瞩目。

福寿文化的长期熏染，生活在盈盈秀水中的永福人，自然就有了如水的品德。如水，居低位而不卑；如水，经百折而不回；如水，纳百川而不满；如水，利万物而不争。

我们一定要坚定践行“绿水青山就是金山银山”的发展理念，坚持生态优先、绿色发展，不断丰富和延伸“养生”“长寿”的品牌内涵，努力扩大工作成果，全力建设“绿色永福、康养胜地”，打好“山水牌”，走好“生态路”，吃好“绿色饭”。

真诚地希望寿乡永福年年岁岁风调雨顺，物阜民丰！真诚地希望每一个永福人都“顺风顺水”，切切实实地拥有人生的“山清水秀”“春暖花开”！

目录

辑一

辑　二

辑　三

辑一

洛清江，永福县境内最大的河流，宛如美人之目，顾盼生姿，沿岸山清水秀、松青竹翠，是一处可以提升人们幸福指数的人间仙境。

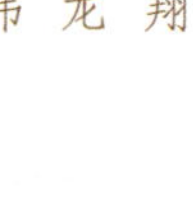
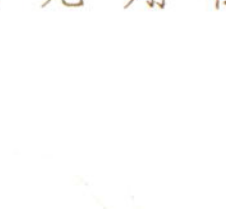

百寿红茶与百寿泉水

黄继树

李宗仁与百寿红茶

民国代总统李宗仁一生与百寿红茶结缘，关系非同寻常。

李宗仁在发迹之前，常跟着他的哥哥李宗唐从两江到百寿县城（今永福县百寿镇）赶圩，做些贩卖猪崽茶籽油的小本生意，靠脚力讨生活。百寿是一个历史悠久、民风古朴的小县城，县城的圩街上，每个店铺的门口，都备有一个小小的茶台，茶台有一米多高，台上放着一只茶桶，茶桶里盛满了百寿本地出产的红茶，茶桶边放着几只描着青花的粗瓷茶碗，供赶圩人免费饮用。茶台的墙壁上，挂着几只竹编雨帽（斗笠），供赶圩的村民下雨时临时取用，到下一个圩日子，村民们来赶圩，又把借用的雨帽还来挂到墙壁上。

少年李宗仁已是家中半个壮劳力了，他跟着哥哥李宗唐赶百寿圩的时候，常常蹲在圩上店铺的茶台前，大口大口地饮用桶中的百寿红茶。这种茶很对李宗仁的胃口。

后来，李宗仁离家从军，他身边总少不了百寿红茶，直到晚年寓居美国，仍念念不忘百寿红茶。李宗仁原配夫人李秀文在她的《我与李宗仁》回忆录中，提到在美国居住时，李宗仁乘车来看望她，夫妻俩白头相聚，李宗仁还念念不忘百寿红茶的往事。李秀文为李宗仁沏上一杯茶，李宗仁接过茶杯，慢慢地品茶，“看他端着杯子，慢慢地小口小口地品尝，据他说这叫品茗。说到品茗，他便忆起桂平西山的绿茶和百寿红茶，这一红一绿是他数十年的杯中之物，比抽烟的癖好还深，可惜离开国土再也品不到了，只好饮用美国的红茶——多半是锡兰（今斯里兰卡——笔者注）红茶和印尼红茶，他说那是无论如何比不上西山绿茶和百寿红茶的”[1]。

李宗仁一生念念不忘西山绿茶和百寿红茶。西山绿茶作为广西名茶，至今在桂平西山仍有大宗出产并广为人知。而李宗仁特别钟情的百寿红茶，却已湮没无闻了，难道百寿红茶连茶叶树和茶种都被李宗仁带走了吗？

说到百寿红茶，不能不说到它悠久的历史。百寿县，宋朝的时候叫古县，现今百寿岩中的百寿图上还刻有“绍定己丑知县史渭刻于静江古县”。宋代文人周去非在他的名作《岭外代答》卷六“食用门”一节中，记载道：“静江府修仁县产茶……煮而饮之，其色惨黑。其味严重，能愈头风。古县亦产茶，味与修仁不殊。”周去非记载了当时广西最好的两种茶：修仁（今荔浦市修仁镇）茶和古县（今永福县百寿镇）茶。这段话的意思是，修仁茶煮后饮用，茶色“惨黑”，即茶色非常黑。“惨”，程度严重的意思，比喻茶色极黑。“其味严重”，意思是味道浓厚。“能愈头风”，“头风”是中医的一个病名，多由风寒侵袭引起头痛，经久不愈。头风有偏正之分，正头风痛在头顶，偏头风痛在一侧或两侧。治宜疏风散寒、疏通经络气血为主，可配合益气养血或针刺等疗法。“古县亦产茶，味与修仁不殊”，说古县也产茶，古县茶的味道与修仁茶没有差别。

宋代还有位著名的诗人邹浩，曾为修仁茶做过三首诗，夸赞修仁茶胜过当时号称绝品、进贡皇室的北苑茶（产自今福建建瓯市）。且治病功效很好。当时闻名天下的修仁茶，早已不为人所知。而与修仁茶齐名的古县茶，却以百寿红茶之名传承下来，但是李宗仁之后，却再也无人提起，甚为可惜！

寻找百寿红茶

我决定寻找李宗仁念念不忘的百寿红茶。

1　李秀文口述，谭明整理．我与李宗仁．桂林：漓江出版社，2006：260.

记得我的家乡百寿镇有一种生活习俗——农村几乎家家都有喝茶的习惯。很多人家灶台顶上都挂有一个侧开的竹编茶叶篓，里边可装两斤左右的茶叶。这种茶叶，叶大，梗粗，色黑，茶叶经煮后颜色浓黑，有一股淡淡的香甜味。村民们一年四季喝茶，尤以插田割禾为甚。喝茶不仅解渴，还可以治病。我家有一只古老的黄牛角，长约 20 厘米，直径约 5 厘米。遇到头昏头痛，全身不适，人们用它在额头上拔火罐，取下牛角时，额头上留下一圈紫黑色的圆印，和现在拔罐治疗的情形差不多。随后饮用一碗热浓茶，次日病便好了。只是这些习惯后来消失了。

我在百寿镇乡下做了一番调查，后来得知，我儿时所见的那种茶，有人叫“老茶”，有人叫“洞源茶”。过去有洞源村、洞源大队，现在已合并到江岩行政村。江岩村有一个洞头屯，该屯地处山区，坐落在洞源江边，海拔 308.7 米，因其位于水源头，故名洞头。这一带现在还少量产茶。

我决定到山里实地考察，邀约了永福县原县长覃正明和我的胞弟中和，两位都是“百寿通”。

2013 年 11 月 8 日，秋高气爽，覃老县长约了在高速公路工作的黄姓

百寿洞源风光　吕杰 / 摄

青年开车，直奔洞头屯而去。

到达洞头屯时，已是中午 11 点多。黄姓青年是本村人，邀我们到他家吃饭。正在这时，一位老人肩扛两根碗口粗的毛竹进了院子，他是为我们开车的黄姓青年的伯父，我们邀他共进午餐。老人面色红润，身子健壮，问其年龄，已是 78 岁高龄，体力还真好。老人进山砍伐毛竹，回来破竹编筐，卖给三皇乡（现三皇镇）村民出售西红柿装筐所用，一圩得 150 元左右，可维持生活。我即问起“洞源茶”之事，老人马上起身到香火台前的一张八仙桌前，拿出一个保暖瓶，给我们每个人倒了一碗红茶水。我喝了觉得口感很好。老人说，这壶中的茶水已放置一个星期了——放半个月也不会馊。他每次进山砍毛竹，就背一个装满茶水的竹筒。

我问老人：“这茶是本地产的吗？”老人说，这是本地产的茶，产量不多。村民每年清明节前后上山摘茶叶和茶果，用铁锅炒过，放在灶头的篮子里烘着，一年四季饮用，也拿到圩场售卖，50 元一斤。黄姓青年说，下村有一村民，自购烘干机一台，把茶叶烘干，拿到三皇圩卖，120 元一斤。老人斥责道：“扯淡！哪有那么贵！”

我问老人家中是否有存下的茶叶。老人说有。当即起身出去取出一包茶叶来。我看那茶叶，叶大梗粗，烘得墨黑，一闻十分清香，和小时见到的茶叶一样。又问老人茶叶是否卖。老人说本来是留给自家用的，我要买就卖点给我！他用秤一称，共 2 斤 2 两，50 元一斤，他说给 100 元钱就行了。我给了老人 110 元。他又送了我一小包炒熟的茶果，说茶果煮水比茶叶还香。

我又问老人：“这种茶叶树现在我能看到吗？”老人说，能看到，但是在山里很远的地方，有一个草药医生曾开学，就在深山里，你们要是能找到他，他会带你们找到茶叶树。我弟中和忙说，曾开学和他一起当过赤脚医生，大家都很熟，直接去找他好了。

吃过午饭，黄姓青年就带着我们进山去找曾开学。从洞头屯沿洞源江进山，江水非常清澈，饮之有一股清爽感。往前走，洞源江分岔，一左一右两股水淙淙而下，汇成一江，左边是一个小村，名叫旁沟屯。我们沿江右而上，这是一条冲沟，山道险峻，越爬越高，山道越来越窄，越来越陡峭。此时，烈日当空，山上尽是黄茅草，我们大汗淋漓，早已喝光了从洞源江中所打之水。这时，山道右侧出现了一间单家独户，大门紧闭，一把铁锁挂在门上，不闻鸡犬之声，只见屋檐下堆放着晒干了的草藤，看来这是曾开学的家了。但是，人到哪里去了呢？我顿时吟出两句古诗：“只在此山中，云深不知处。”

洞源江小景　张荣翔 / 摄

找不到人，就找不到茶树，中和弟只好在门上留言，约定下个圩日在百寿街上某处见面。在洞源江边，打了几瓶江水，回到桂林家中，已是晚上 10 点多钟了。虽然感到很累，但第一件事是喝茶，用洞源江水和从洞头屯老者买的茶叶煮茶喝。把茶叶水煮开后，将茶水倒入杯中，只见茶色黑亮，闻了闻，一股浓香味扑鼻而来，品了一口，茶味醇和，再喝一口，舌根处渐有津生，口感好极了。这茶叶的形状、颜色、香味，都勾起了我儿时的记忆，更想到遥远的古县茶和李宗仁念念不忘的百寿红茶。

半个月后——11 月 24 日，我又邀约覃老县长和中和弟，再赴洞头深山里寻找茶树。中和弟已和曾开学联系好，我们先到百寿圩上，购买了丰盛的猪肉酒菜，开车直奔洞头屯，把车子停在村中一块晒谷坪上，便直往深山而去。

到了山中河谷上路旁的单家独户，曾开学已在家中等候我们了。他 60 多岁，家中四口人，两个儿子外出打工去了，夫妻二人靠种山采草药为生，此时他的老妻到竹山挖冬笋去了，他一人在家等我们。我们一边生火做饭，一边谈茶树和茶叶的事。他说，听父亲讲，这山中的茶树，原是苗族人所种，已有近千年的历史。这种茶树的茶叶，除了饮用口感好之外，还有很好的保健作用，可养胃健脾，祛湿避瘴，山民们常年在大山中劳作，长饮此茶，还可医治头痛脑热。这使我马上想到宋朝人周去非说的能“愈头风”的古县茶。

吃罢午饭，曾开学便带我们爬上后山。后山很陡、很高，没有路，从灌木茅草中钻过去，在岩石边和茅草丛中，曾开学为我指点着那些残存的稀落老茶树。茶树东一株，西一株，仅剩下古老的碗口粗大的枯树桩，树桩下长出一簇簇绿色的茶叶枝条。茶叶碧绿发亮，散发着淡淡的茶香。树底下散落着褐色的茶果。他说听父亲讲，早在七八十年前，这山上还有成片的茶树林，出产大宗的茶叶，销路很广。不知什么原因，种茶的苗族人迁走了，这大片的茶树林便渐渐荒落了。我往山更高处望去，只见陡峭的荒山坡上，到处都是黄茅草，间或有一簇一簇的灌木丛。我问曾开学，这片荒山坡地大约有多少亩。他说，那年搞山林承包时丈量过，有2000多亩。我说，这老茶山荒芜了多可惜，如果种上茶叶林，在山下办一个茶叶加工厂，以古县茶悠久的历史和功效为背景，打李宗仁百寿红茶的牌子，销路肯定好。这山中的泉水，用来配上百寿红茶一同销售，会大受欢迎。再沿山中溪谷建些旅游场所，让游客休闲林泉之下，品茗消遣，品尝农家生态果蔬，那真是神仙过的日子。他说，如果是这样，他们的日子就好过了，村中的年轻人，也不用外出打工了，就在家门口赚钱，那多好呀！

好茶配好水

找到了历史悠久的古县名茶和最受李宗仁喜爱的百寿红茶，我再一想，人们都说百寿是长寿之乡，是因为百寿的水好造成的。百寿的水到底好到什么程度，谁也说不清楚。如果以长寿之乡为基础，用百寿的泉水配上百寿的红茶，那岂不是最好的饮品吗？

我决定给长寿之乡最重要的资源——百寿泉水，做一个科学的测定，以有力的数据说明它的优良。

我的朋友徐福良先生，原是桂林一珠宝公司的总经理。在一次闲谈中，他得知我想给百寿泉水做一个科学测定，便大感兴趣。他说当年做生意时，结识了许多上海朋友，让他们帮忙，请上海水质检测机构做一个权威的百寿泉水水质检测。他的朋友不久便说，已经联系好了，请我们把百寿泉水的水样寄到上海去进行检测。于是，老徐买了几十瓶市上售卖的饮用泉水，把水全部倒掉，带着空瓶子，亲自开车，和我一起到百寿去取水样。

我们到百寿，第一个取水点是百寿岩前的丹砂井，一共取了四瓶水样，在瓶子上写上字，又到双排屯和龙井屯两地泉水口取了水样，照样在瓶子上注明地点，然后到海菜花生长的河边取了水样，又到江西村的一口水井取水样。车一直开到洞头屯，停在村中，到洞源江中取水样。这时我们所带的几十只空瓶子已经装满水样，便到乌石屯一亲戚家吃午饭，然后返回桂林。

老徐将所取百寿泉水水样打包寄往上海，不料，收到回信称，我们所取的水样，不合检测要求，作废了！

我想，这是科学，不是我等外行所能做的。于是，我找到老朋友姚元富，他是广西壮族自治区地质环境监测总站党委书记，姚书记说，掌握水源资料也是他们的工作，并说可以陪我去一趟百寿镇实地考察。

2014年6月18日，姚书记亲自安排两部车，带上包括总工程师在内的工程技术人员，我又约了覃老县长，坐上姚书记的车，直往百寿镇。我本来想到洞头屯取洞源江的水样，覃老县长说，他家对面有一口大泉水，在那里工作比较方便，中午就在他家吃饭。于是我们就直奔百寿镇双合村院子田。

院子田在村委会驻地江边屯东北面，地处山区，村庄坐落在芒洞河东山脚。覃老县长叫了村主任来，村主任把我们带到一个村子侧背后，一座半石半土的坡地上，只见一口大碗粗的清泉水自地下奔涌而出，其势像一口大锅烧开的滚水。旁边有一棵杨梅树和一丛竹子。时值6月，树上还有杨梅，也有掉入泉水中的杨梅果。村民在泉水塘口接入一大水管，作为饮水和洗涤之用。专家们见了如此大的一口泉水，甚为惊喜，立即架上设备，对周围环境进行地质测量，周围为半土半石环境，水质比石灰岩流出的水质要好（石灰岩流出的水质含钙高），初步判定这是一股优质泉水。专家们用专业设备提取了水样（可笑我们曾用普通饮水瓶子取水），然后走下山坡，回到路边覃老县长的家吃饭。菜肴丰盛，全是土鸡、河鱼、山货、年前的腊肉，还有纯净的土熬米酒，吃得非常开心。

一个星期后（6 月 25 日），姚书记请我和覃老县长吃饭，当面向我们出示了一份正规的《永福百寿泉水检验报告》。报告书封面有报告编号：SZ-2014-037；产品名称：水样；项目名称：永福百寿泉水；送样单位：广西地质环境监测总站评价室；报告日期：二〇一四年六月二十三日。落款为广西壮族自治区国土资源厅环境地质实验室，并盖有公章。内页为《广西壮族自治区国土资源厅环境地质实验室水质分析报告》，其中仅水质分析项目即达 80 余页，我们根本看不懂。姚书记说，从水质分析报告来看，百寿泉水是一种质量很优良的泉水，比市面上出售的许多饮用泉水要好！

百寿红茶配上百寿泉水，品质堪称“双百”绝配！

江水漫过心灵

毛　健

回永福探亲访友总有太多的欣喜。住在新建的宾馆，晨曦中，推开窗页忽发现，面对的竟是那条舒缓的茅江。晓风中，江水波叠，线条般悠悠扩展，绵柔而起伏不定，又如盈盈的笑靥，看一眼，便感到爽快。同样，那座福寿桥也赫然跃入了眼帘，气势之大又不失独特风情。记得，早年此处不过是一座窄小的吊桥，走在上面晃悠悠的，但年少的我，偏喜欢走过去晃一下。晃一下，便舒服了。

性情一开，索性到茅江边去走走。忍不住，捧起一把清流洗了洗脸，又搓搓手，顿时，清凉舒适，找回了熟悉的味道。这一洗，心被洗软了。这是一个纯粹的早晨，人如江水，已开始漫动；在江边晨练的、唱彩调的、忙买菜的、吃早餐的，赶上早班的，已经在迎接新的一天。在这些往来的面孔中，该有我认识的朋友，若看到，是今天的记忆，若停留在昨天，便是往事。而这些烙印似乎都离不开茅江。

扑通！水花莹莹地散开。那是我第一次穿着泳裤，裸着上身跳进茅江。江水的味道清爽又清新，江边的水草快乐地漂浮着，绿油油地舒畅着。那年 15 岁，在永福中学读书。此刻，体育赵老师站在齐胸深的水里，手拿秒表，一丝不苟地测试。这是我崇拜的偶像，不管任何时候，赵老师都是一身运动服，硬硬的短发，走路一弹一弹的。我崇拜他，因为他亲口告诉过我，国际标准篮球场是用红糖加糯米和石灰来打成的，这样的地板才有弹性。这是我头一次听说，我信！而此刻跃入水中，是选拔参加桂林地区中学生游泳比赛的选手，我激情十足地去撞碎水花，把水里的鱼儿都吓跑了吧？我使出了15岁的全部力气，奋力挥臂。结果，得了第二名，获得上桂林的机会。哎呀，真想不到，头一次跳进茅江就交上了好运！游泳运动员，那种感觉，一想到就美滋滋的。当然，桂林的比赛很快断了我的念想，高手太多。游泳运动员没有当上，却开始悄悄爱上了茅江。

有时候，不得不信缘分。爱什么，来什么。16岁进糖厂当上了工人，竟天天与茅江相依相伴了。糖厂在茅江边上，与县城相望。糖厂立于山头，茅江绕山脚奔流，整日看到的都是茅江。新进厂的几十号男女是清一色的应届高中毕业生。哦，太青春，太有色彩！年轻的故事和欢笑，年轻的冲动和幼稚，整日在一条江上漂浮，让茅江成了一条青春的江。

从糖厂进县城是要摆渡的。负责摆渡的老贾总爱光着脊梁，露出一身的黝黑和肌肉，他弯着腰，不苟言笑，但遇到糖厂这帮年轻人上了船，叽

洛清江　张荣翔/摄

叽喳喳，口无遮拦，笑话满船的时候，终是忍不住，笑出了一嘴白花花的牙。一年春，二年秋，糖厂的年轻人又长大了；茅江便添出爱情的颜色，多了成双结对的细语。那年头不提倡早恋，要恋也是暗暗地恋。但恋人们都聪明过神仙，在厂里好像都不认识，很少打招呼，一本正经的。一旦走出厂门，来到江边，便热情如火，话多过水。一天，好友偷出一封同房工友的爱情书信，拉我一直跑到江边才展开。原来，这工友开始懂得求爱了。平日里，他严肃地绷着一张脸像尊佛，从不多望女孩子一眼。现在倒好，开始主动邀请美人到江边约会。要不要来看一看？好友问。我摇了摇头，还是算了吧。被发现了不好，很难堪的。这些事，严于管理的厂长肯定不知道，但我们知道，茅江知道。

还是怀想有茅江的日子。那些日月，我每天定点早起，手里拿口盅牙刷，肩上搭条毛巾，径直沿山上的小道一直走到江边，然后活动活动，跳入茅江，畅游40分钟。此时，是一个人的茅江，一个人的清爽；站在齐腰深的水里，分明能清晰看到脚尖的纹路和小鱼儿的穿梭，好清的水，天然透彻。游完，坐在江边石头，慢慢刷牙，看水鸟贴水面飞过，发出啾啾的欢叫声。偶尔，冲动上来，也会对着江水大吼几句样板戏的唱腔。诸如甘洒热血写春秋一类的。想想，年轻真好！思绪和江水一样简单且不停地翻腾。有些烦恼，有些不快，在水里泡一泡便流走了。有些困难，有些挫折，在水里挥臂舞几圈，便添了劈波斩浪的气势，迎刃而解。

诚然，千万不要忘记，江边还是读书读诗的优雅首选。那时，住在集体宿舍，人多人闹，你不可以怪责的。这是集体场所。于是，我常在饭后的黄昏，选择凉爽的日子，捧一本书或杂志，在茅江边静静地读，或模仿收音机里播音员的声音，声情并茂大声朗诵，那才是真正的自由发挥。一个人的诗书，有青山绿水相伴，还可以把两只脚伸进流动的水波，随意晃动，啪啪打响，让凉沁沁的感觉浸湿记忆，书里的好故事和诗里的好词句，便容易一下子记住了。

再后来，要建茅江大桥了！想着过桥不用扛单车上船，心里便一阵激动。建大桥时，每个厂矿、单位都要出人的，我踊跃报名。记得很清楚，我和我的周姓工友，挽起裤脚，两人用一根圆竹杠，每次都抬起三包水泥，多拉快跑，颤悠悠下一个很陡的大坡，如此，来来回回，肩膀便磨去了一层皮，火辣辣了十多天。唯一的遗憾，在茅江大桥建好通车的时候，我已经离开糖厂。而多年后的一次返回糖厂，我居然借来一架自行车，在茅江大桥疯狂地踩了两个来回，让江风随意吹起我飘逸的长发，我内心得到了补偿。我打听那个摆渡的老贾去哪了。有人说，早上岸做生意了。

茅江，一条清澈的江；一条青春的江；一条留住记忆的江；一条造福的江。

当时光不顾一切向前奔跑的时候，再度来看望茅江，其清秀和魅力更是有增无减。我大口呼吸，感受生命之河的赠予，信步又来到了茅江大桥。这时候，思想竟被江水卷起湿润的风完全支配了，我好像和体育赵老师、摆渡的老贾，还有那些当年的年轻工友——如今的爷爷、奶奶们，还有好多好朋友在桥上相遇了。我们彼此打量，问好，回顾岁月，倾听茅江的浪花拍打、吟唱……

如此，想着想着，清悠悠的茅江水便又一次漫过了心灵。

永福三题

王布衣

海菜花开

永福县百寿镇的江岩村和白果村交界处有一条小河，河里面生长着极为罕见的我国特有的国家三级保护植物——海菜花。据专家称，凡生长着海菜花的天然水域，其水质均可免检。海菜花喜洁净，爱温暖，大多分布于云南高原湖泊，是一种珍贵的沉水植物，一般花期在 5 至 10 月间，温暖地区全年开花。自 20 世纪 60 年代以来，由于环境的日渐恶化，海菜花分布面积逐日缩小，濒临绝迹。

这条小河，天光水影，绿波幽幽，通体通明，宁静而安详。海菜花散发着淡淡的清香，洁白如玉的花朵，金色的花蕊，冷静地倒映在水中，铺撒河面。

童谣《海菜花》唱道：

海菜花，开白花
爱洗澡的小娃娃
清清的水不带泥也不带脏
清流就是我的家
太阳公公你慢慢走，让我和你牵牵手
月亮婆婆快快睡，我要帮你捶捶背
月亮对我笑眯眯，星星对我眨眼睛
月亮星星求求你，讲个故事给我听……

海菜花　卢明 / 摄

我听到月亮述说的故事了。

海菜花是月亮在水里种下的爱。

月亮告诉我说，海菜花很香，她跟这个世界上所有朴素的白花一样都有香味。月亮还告诉我说，色彩越是艳丽的花朵，越是缺少醉人的芬芳。

我问月亮，花如此，人呢？

月亮又笑了。

海菜花浮在水面上，她的根却扎在水下细腻的泥土里。长长的、柔曼却有韧性的根茎互相纠缠着，拥抱着，滋润着，拽着海菜花，不让她随波逐流。

于是，海菜花就这样坚守，就这样舒展花瓣，柔柔地开放着，直到严寒来临，被风刀霜剑斩落，顺水飘零而去。待到来年春夏之交，她又是生机一片。

季节，怎能杀死海菜花？

海菜花既不顾影自怜，也不孤芳自赏，一开放就是一个阵容，一个团队，一个群体。水域有多宽多长，她的蔓延就有多宽多长。

海菜花是一种高等水生植物，她用自己的生存方式诠释了植物的进化过程。据说，所有的高等水生植物，原来都是陆生植物，后来，随着环境的逐渐改变，从陆地进入水中。她为什么要躲到水里来呢？我想，大概是因为贪欲膨胀的人类在大自然面前胡作非为，造成了生态危机，为了求生存，她只好寻求柔情而洁净的水的呵护吧。

如果江湖都被污染了，还能躲到哪里去呢？

当一些愚蠢的人把江河湖海当作倾倒工业和生活废水的垃圾场时，大海咆哮，湖泊哭泣，溪流呻吟，河里的海菜花就“自杀”了。

不清洁，毋宁死。

我听到了她的誓言。

她是清纯的精灵，对光明和洁净有着与生俱来的向往，如果水体被污染，透明度不够，无法进行光合作用，她就选择死亡。海菜花也是宽容的，只求水质天然清澈，并不苛求什么绝尘而造的人工纯净水，因为她知道，纯而又纯的净水是没有任何营养的，那样也会死掉。

美，含蓄着。不招摇，不显摆，也从不故作谦卑状。她既不愿意像莲花故作姿态地以“亭亭玉立”为荣、以“出污泥而不染”为誉——她索性拒绝污泥；她也不甘心像水草那样藏在水里扭曲自己——她偏偏就要跑到水面来自由地呼吸，坦坦荡荡，迎接阳光和风雨。

海菜花是沉静的。激流喧嚣的地方，海菜花决不安家。她选择远离尘世的僻静的湖泊、小河或池塘，每日只是静静地仰望蓝天，饮着晨露，送走晚霞，看着两岸绿树摇曳，听着小鸟婉转歌唱，在霜月里期待，在阳光下微笑，在风雨中沐浴和洗涤……

我听到海菜花开的声音了，柔弱，却坚强。

东方神果

一、罗汉果——读你千遍

身为永福人，实在是一种幸福。

有福且永远，这就难免令人羡慕。

永福是一块风水宝地，有“寿”字岩，有“福”字山（凤山），人称福寿之乡。

还有稀世珍品——罗汉果。

罗汉果，是中国名贵土特产，原产于永福县龙江山区。

罗汉果性凉味甘，入肺脾二经，清热润肺，化痰止咳，解暑生津，清肝明目，舒胃通肠，可治疗人体呼吸系统和循环系统的多种疾病，尤其对支气管炎、急慢性咽炎、感冒、哮喘、高血压、便秘、糖尿病具有显著疗效，长年饮用有滋补健身、消滞健胃、化痰之功效。

罗汉果的生产和应用，有几百年历史，海内外视为稀世珍品，称为“中国神果”。

罗汉果的来历，传说纷纭，流行的有三种说法。

第一种，罗汉果的地下块根肚大腰圆，裸露在地表部分很像一个罗汉在晒肚皮，故而得名。

第二种，很久以前，永福龙江有个瑶民，有一天上山打柴，发现山上藤蔓上挂着几个圆形的果子，顺手摘了几个回去，送给一位名叫罗汉的医生。罗汉是个走村串户的“赤脚医生”，以救死扶伤、施行人道主义为己任。他对果子反复研究，临床试验，终于发现它对止咳祛痰有奇效，便不辞劳苦，人工培植，获得成功。人们为纪念罗汉医生，取名罗汉果。

第三种，是说清朝时，八百罗汉荟集寺院念经，天气酷热，许多罗汉中暑，于是有龙江人采这种果来给他们泡水喝，罗汉们喝完顿时神清气爽，热症尽消，故名罗汉果。

说法虽各有不同，却有一个共同点：与罗汉有关。

罗汉是佛教小乘教派的圣者。罗汉果的名字，追根溯源，来自佛教。众所周知，佛教有三宝：佛、法、僧。僧经过修习践行之因，最终修成正果。

何种果位最高？

罗汉果。

修成罗汉，须勤勉，须颖悟，须坚忍，须不断完善人格。这是僧众的终极目标。

唯其难，所以珍贵；唯其珍贵，所以僧众孜孜以求。

普度众生，甘愿牺牲自我，承受人生之痛苦艰辛。“一切众生病，是故我病”“我不下地狱谁下地狱”，正是表现了动人的“罗汉果境界”。

征服苦难，超越人生，正是释尊之伟大所在，也是佛教的真髓。

德国存在主义哲学家卡尔·雅斯贝尔斯说过，佛教不是认识体系，而是救济之道。

科学使人真。

宗教劝人善。

艺术给人美。

因果学说贯穿始终的佛教，它重视个人道德修养和强调行为责任感的精神，千百年来，融会在罗汉果中，生生不息，代代相传。

罗汉果蕴含着佛陀的信念，散发着佛性的芬芳。

罗汉果身在永福，正是福寿之乡的人民与佛陀那一缕悠远绵长的缘分。

于是，永福有了神奇的“寿”字岩。

于是，永福有了绝妙的凤山“福”字。

于是，永福有了中国神果。

我们再来看：永福罗汉果的果型——圆圆的，黄爽，透亮，浑身透出一股超然物外的洒脱之气，像什么?

罗汉的肚子。大肚能容，容天下难容之事；开口常笑，笑世间可笑之人。

罗汉的特征，一是开口笑，二是光头，三是大肚子。永福人民抓住了它的特征。

中国的民间艺术，是植根于民族土壤之中的深层文化，是学院派艺术家无法企及的一种思维方式。它善于捕捉日常事物中最有特征、最富于表现力的那部分，凝练、抽象、概括、高度集中地表现出来，如东北的剪纸艺术、贵州的蜡染。

永福人民捕捉了罗汉的特征，把罗汉大肚子抽象出来，赋予神果以美名，正体现了永福人民的智慧和颖悟。

罗汉果，读懂了它，你就读懂了永福。

罗汉果伴着岁月的风风雨雨，伴着龙江山上的弥天大雾，伴着龙江的隐隐潺声，从遥远的时光穿过来，又向遥远的未来走过去，闪着佛光，透着罗汉果微笑的灵魂……

它是仙界的，也是尘世的。

它是世界的，却来自乡土。

它具有现代风范，却始终是传统的延续。

罗汉果棚下的笑声　张荣翔 / 摄

传统，是一条河，如龙江。

二、罗汉果——神仙果

罗汉果，是神仙果。

在一个晶莹透亮的杯子里，浸泡罗汉果，使之融化开来。你看，“罗汉”敞开肚子，将里面的“内容”发散，渐渐地，芳香溢室。

这芳香，杂有柑橘、苹果、梨、葡萄、香蕉等水果的香味。据现代科学测定，每 100 克鲜罗汉果含维生素 C 约有 400 毫克，比上述那些水果的维生素 C 含量都高。

嗅觉是很微妙的，若是你刻意去寻找这气味，它便无影无踪，若是你随意或无意去感受，不知不觉中，它就来味了。

接下来便是味觉。罗汉果最突出的口感——甜。这甜，醇香可口，厚重，丰满，浓而不腻，清爽宜人，令人回味无穷。罗汉果，这甜是渗入肺腑、沁入毛孔的一种通体舒泰的感觉。

喝了罗汉果，神仙难比我。

这就难怪外国人要打罗汉果的主意。

以前，罗汉果的外贸出口，海关总要严格把关。装箱时每一张纸片都不让出口，以免泄密。

有一回，海关检查发现，一箱出口的罗汉果中有个果子上刻了几个字，海关赶紧交安全部门追查，最终查到这是某位看牛的孩童好玩刻下的，虚惊一场。

但罗汉果的技术还是泄密了。

有一年，从国外连续进来几批旅行团，指名要买国内出版的一份杂志。

这事引起了安全部门的注意。他们复印了这份杂志，发现上面有一篇《罗汉果栽培技术》的文章。

不久，国内某出版社出了一本《罗汉果栽培技术》，发行10多万册，书中详细地介绍了罗汉果从栽种到烤果的全部工艺。

正当国人为罗汉果技术泄密而顿足捶胸之际，有一个年近九十的外国人，窃笑不已。他在华南某地投资2000万元，搞了一个亚热带植物研究所。项庄舞剑，意在沛公。他搞研究所，意在罗汉果。有一年，在广州出口商品交易会上，某国商人要求进口鲜罗汉果，出价与加工果一样，有多少要多少。他们要生果干什么？原来，那位外国专家多年来收集了有关罗汉果的大量资料，搞走了整个罗汉果的栽培加工技术。他不但种出了罗汉果，而且在罗汉果的研究开发和加工提炼技术上，已走在世界的前列。他要大量进口罗汉果，就是想搞维生素C系列产品。西方几个科技发达的国家，已从罗汉果中成功地提取了“甜味素”。

中国人也不是吃素的。1987年，广西罗汉果制品厂的副厂长、工程师胡国强等人，也成功地研制出提取罗汉果“甜味素”的技术，方法比西方的更简单，技术更先进，成本更低廉，属国际先进水平，1993年获国家专利。它的成功，改变了中国多年的出口罗汉果原果和冲剂的单调局面，使地方特产罗汉果得到了进一步的综合利用，它将对果乡永福的经济发展产生深远的影响。

值得欣慰的是，那位外国专家虽种出了罗汉果，但是，那果因为不生在龙江，没有龙江的“佛性”，空有其形，而无其“神”。

每次化验，外国专家都发现，此果中的成分无论如何都比不上龙江罗汉果。

望着中国神果，外国专家喟然长叹。

三、罗汉果——永福人的“身份证”

民谚有云：龙江山区雾露多，气候湿润长汉果。白天黑夜温差大，一年四季盖被窝。那位外国专家机关算尽，也造不出龙江的自然环境，生产不出龙江的岚雾。

岚雾，很有营养，是山之灵，水之灵，佛之灵。它滋润了果苗，滋润了一代又一代龙江儿女，养育了一户又一户山里人家。

漫步龙江，你可以闻到满山满岭、满江满河飘散的罗汉果清香，你可以听到罗汉果吸吮岚雾时的悦耳音响。

罗汉果兴，则永福兴。

罗汉果，以永福龙江为正宗产地。

所以，一些外地的罗汉果，纷纷打出龙江果的招牌，以求畅销。

然而，魔高一尺，道高一丈。一些购买者怕上当受骗，便要核实：

“这是龙江果么？”

“正是。”

“你是永福人么？拿身份证我看。”

其实，龙江罗汉果，便是永福人的“身份证”。

有了它，永福人挺直腰杆，走遍天下。

1987年。北京。龙江乡长范天泽率领人马在土特产展销会上推销介绍罗汉果。

一位胸佩大学校徽的姑娘说：“罗汉果，这东西好啊，我那天买了几个给爸爸吃，他多年的哮喘病一下减轻了，我再买一箱。”

某画报社的一位女记者说：“我买两箱。前几天，我不知道这果的奇效，只买了两个。我母亲咳嗽十多年，药也吃了不少，不见好转。没想到吃了这两个罗汉果后，母亲整夜都未咳嗽。”

一位老干部爱不释手地摸着罗汉果说：“三生有幸，这辈子竟然得见罗汉果。哈，早在四十多年前，我参加解放广西战斗的时候，就听说它了，不料，今日得见。”

1991 年。北京。一老干部家中。广西来的客人把永福的百寿图拓件和罗汉果递到老干部手中：“送给您的。”老干部说：“啊，送我这么贵重的礼物，我承受不起啊！”

2018 年 4 月、8 月、9 月，桂林经济技术开发区永福苏桥罗汉果小镇，分别进入自治区级特色小镇和自治区科技厅产业创新小镇、自治区旅发委旅游型特色小镇培育名单，获得国家 AAA 级景区称号。境内规划面积 2.98 平方公里，有生产制造、产品展示交易、创新创业研发、生活配套、休闲康养、种植体验等六大功能区。

特别值得一提的是，目前自治区级 45 个特色小镇中，永福苏桥的罗汉果小镇是唯一的融特色小镇、创新小镇、旅游小镇为一体的产业小镇。

罗汉果小镇目前有 8 家罗汉果深加工企业，有“广西天然甜味剂工程技术研究中心”“广西罗汉果健康品工程技术研究中心”等自治区级以上研发平台 16 个，博士后工作站 1 个，百泓源星创天地等 4 个企业研发中心，为科技与文化结合、工业与旅游融合的国家级特色小镇。项目建成后，预计带动产业人口约 2 万人，年产值达到 100 亿元。

这些看上去似乎是有些枯燥的数字，在人们的心头，是一串串绿色的音符。

2019 年 11 月 15 日，永福罗汉果入选中国农业品牌目录。在此之前，袁隆平院士还亲笔题词“永福　中国罗汉果之乡”。

罗汉果，不愧是永福人的“身份证”。

绿县水悠悠

如果说，南宁是全国的绿城；那么，永福毫无疑义就是全国的绿县。绿县永福，好山好水好地方，水旱无忧三千垌，十里常逢百岁人。气候温和，生态环境良好，是一个长寿养生之地。

绿县永福境内泉水众多，堪比江南水乡，九曲水湾，碧波荡漾。永福之水，世人誉为健康之水、营养之水、长寿之水、富硒之水。

硒是一种元素，医学界称之为“抗癌之王”，可抗衰老，活化免疫系统，预防癌症。硒，又被称为“心脏守护神”，对心脏肌体有保护和修复的作用。

永福之水为什么好呢？原因当然有很多，其中一个重要原因就是树林多。人们常说，要想富，多种树，一棵树，一个小水库。常识告诉我们，种树能保水土。一棵大树下面甚至有好几吨水。这就叫涵养。

永福为何被称为绿县？还是用数字来说吧。先说广西。“十三五”期间，广西的人工林面积居全国第一，森林平均覆盖率 62.5%（全国第三），植被生态质量和植被生态改善程度均居全国前列。

再说永福。永福境内有好几个大型的林场，全县森林覆盖率 2020 年度高达 79.56%。

永福有这好山好水，就不足为奇了。

2019 年，永福被住建部命名为“国家园林县城”；2020 年被评为“中国净水百佳县市”。

永福境内，河流纵横交错，大小共有 117 条。主要河流有洛清江、西河、大溪河、大邦河、茅江、百寿河等 8 条。境内中型水库 3 座，小型水库 38 座。

正所谓，满眼都是绿，俯仰皆见水。

有人会问，水往低处流，俯视有水没错，怎么仰视也有水呢？

仰视看到的水是什么呢？瀑布。

广福乡的上寨村中村屯瀑布群，发源于原始森林。走进森林，如同到了迷宫。开始可见从树根下的沼泽地浸出的丝丝清水，一路寻觅，小溪的落差越来越大，坡度越来越陡，小溪宽阔起来，水流也丰满起来，绕过林立的巨石，在山间左冲右突，回旋折转，不断壮大，形成悬泉飞瀑，从 10 多米的悬崖峭壁上倾泻而下。

哦，这源头之水是累不死摔不死的，他们被后面的同伴推着赶着，不知疲倦地向前，忽而在石间穿行，忽而从高峰跃下，忽而于低谷徘徊，阳光照耀其滟滟，月影映衬其妩媚，暴雨打出真豪情。

水流沿途汇集，流量越来越大，冲击力越来越强，这股力量切割着地表，把岩石的缝隙冲刷侵蚀分割成一个个山谷，一个个悬崖峭壁，一个个河滩，一片片奇景。

飞瀑之下，必有深潭。

此情此景，笔者不禁诗兴大发，作《飞瀑》一首——

跃下悬崖，道一声别啦——
大山，我的摇篮！
温暖的阳光吻着飞雪，
呈现半圆的七彩花环。
深潭敞开蓝色的胸怀，
接受了飞瀑热烈的爱。

洛清江支流金鸡河上，水面宽阔、碧波荡漾。金鸡河水库，位于永福县罗锦镇林村桐山屯边，建成于 1958 年。

水库周围，奇峰耸立，树林蓊郁。人世沧桑，天地玄黄，永福的山山

上寨瀑布　王明耀 / 摄

水水，始终有着一种澄澈和灵动，也有着悠久的历史和文化。

《韩诗外传》载，鸡有五德：首戴冠，文也；足搏距，武也；敌至前敢斗，勇也；见食相呼，仁也；守夜不失时，信也。

金鸡河，这个名字的来历，曾有着一个关于金鸡的神奇传说。

很久很久以前，此地有一只金鸡神鸟，不仅具备鸡的五德，而且神秘莫测，平时能啄食毒虫，丰收时能呼唤乡亲收割，它既能像雄鸡那样报晓，又能像母鸡那样下蛋——下亮闪闪的金蛋。

每当天旱少雨时，金鸡就会流霞般掠过当地的山峰河流，欢快地叫着，甘霖便从天而降。

不料，当地有一位贪心的衙役，打起了坏主意，想捕捉金鸡发大财。怎么捉到金鸡呢？他听说金鸡闻不得狗屎味，就收集了很多狗屎去熏臭金鸡。

有一天，金鸡闻到这成堆的臭狗屎，实在受不了了，腾空飞起逃离，顿时天空闪出一道金光，撕裂了黑沉沉的雾霾，化作永恒的雕像，这就是人们如今看到的金鸡山，而山下的这条河就叫金鸡河。

金鸡河水库是摄影者常爱光顾的地方，山岭绵延，景色宜人，特别是那水库中间有一个小岛，雾霭弥漫，树影斑驳，整个河面层次丰富，若隐若现，如同仙山琼阁。法国著名导演吕克·贝松曾在这里拍摄过电影《勇士之门》。

金鸡河畔的林村，是彩调剧的发源地，著名的彩调之乡，林村的林姓家族则是永福县最早的彩调世家。彩调已列入国家级非物质文化遗产名录。

林村有彩调唱道：

一只金鸡鸣四方，二度梅花满园香。
三月青山花开遍，四季清风精神爽。

山中老虎美在背，林村百灵美在嘴。
罗锦美在好山水，生活美在好滋味。

永福奇山秀水两相宜，不仅是金鸡河水库，还有板峡水库。

早在 20 世纪 80 年代初，八一电影制片厂曾在此地拍摄战争影片《蛇谷奇兵》。也是那个年代，笔者曾到此拍摄过专题片《板峡风光》，小住过几日，留下了美好的记忆，恍如昨天。

清晨，朝霞映照在清澈的水中，清晨雾霭像轻纱缠着，白而轻软，在深绿的湖上飘荡着，营造仙境的氛围。

中午，阳光透过森林洒下斑驳的光，明明暗暗，水光山色，湖水清冽宜人，凉爽而惬意。

晚上，月色朦胧，草木清香，水清鱼读月，山幽鸟谈天，人像是沐浴在月光里，柔柔的，静静的，似乎又回到了婴儿时光，躺在母亲的怀抱里，不知今夕何夕。

最难忘板峡水库的双曲拱大坝，坝高 60.3 米，坝顶高程 234.3 米。我们晚上在这里吹口琴，大坝如同回音壁，那音乐竟然像手风琴乐队在演奏，响彻夜空。

板峡湖两岸，山是水的影子，水是山的等待。山倒映在水面，有千般神韵；水缠绕着山，有万种风情。

山与水，水与山，如同初恋的情人，难分难舍；又如金婚夫妻，历经沧桑，永不分离。

船在湖中穿过，激起浪花，四周那些高高低低、大大小小的山峰，尽收眼底。山之酷与水之媚，山之刚与水之柔，山之静与水之动，山之仰与水之俯，山之野与水之文，山之雄与水之秀，这样的组合、结合、融合、亲和，正是和谐的绝妙境界。

上善若水，大道似水。沉下来，静下来，细细品读这悠悠碧水，有无穷的感悟——

柔弱得像这源头之水时，人就变得刚强了。谦卑得如同这湖水时，人就变得高大了。

至柔者莫若水，人们常说似水柔情；至刚者莫若水，人们常说洪水猛兽。

当人单纯得如同这板峡湖水时，就变得丰富了。

当人灵动得像这板峡湖水时，就自由了。

这水一路奔流，随物赋形……

永福之水，如同琴弦，在演奏新时期的乐章。

迈向新时期的永福，如今正在建设一座大型水库——长塘水库。水库工程位于洛清江上游西河干流上，坝址距离永福县城约 7 公里。

水库建成后，可供水桂林市临桂新区大约每年 14693 万立方米，可缓解漓江用水紧张、减轻永福县城防洪压力等问题，可谓功在当代，利在千秋。

高山流水是知音，行云流水为妙境。

绿县永福之水与长寿永福之人，早已确认过眼神。

我家住在大河边

刘　莹

我家居住的地方叫大河，属于永福县罗锦镇永升村下辖的一个屯，只有十来户人家。这十来户人家零星分散于几座山头，周围绿水青山，常年白雾缭绕，鸡犬相闻，鸟鸣悠悠。

有人问，你家门口真的有大河吗？我说，有啊，不过大河其实只是一条小河，属于清清山溪的那种，本地人叫它大河，是因为离它不远，还有一条更小的山溪，称为小河。

一条大河一条小河，我家地处其间。大河小河既是河流名也是村屯名。所以，我们这个地方好记，也好找。

但因大河屯离罗锦镇十多公里，小时候又不通公路，到镇上赶圩来回需要十多个小时，所以人人都说我们这里是偏僻山区。再往大山深处行走，有一个村子叫大茅岗，又名大同窑。我以为那里就是地球的边缘——因为再往里走是什么地方，我们不知道，大人也不知道。那儿崇山峻岭，荒无人烟。大家都以为那里是人间的尽头，而我们是在地球的中心。

两条河流一南一北从山前山后流过，“地球中心”无异于人间仙境。

因为水源充足，山上的竹林树木郁郁葱葱，各种野花开满山坡。山风吹来，林涛阵阵，如同美妙的交响曲。若遇风调雨顺，河水无比清澈，一眼就能看到水底游动的鱼虾以及鹅蛋一样光滑的卵石；若逢雨季，河水暴涨，朵朵白色的浪花撞在暗红的石头上，如珠玉乱溅，美不胜收。

我们的小学依河而建。孩子们如同叽叽喳喳的山雀，给这寂静的大山增添了无穷的生趣。河流涨水时节，老师们会来回接送我们，将数十学生一个一个背过河，直到我们安全离开。

在我的印象中，家乡的小河无疑是天底下最美的河流。

晴天，朝阳升起，为小河镀上一层金辉；雨后，云雾缭绕，为小河披上一层白纱；夜晚，弯弯的月亮像小船在水中慢慢移动。微风吹来，河水泛起粼粼波光……故乡的小河不但是一幅变化多端的画，更是一首韵律优美的诗。

多少次，我们在这条诗意的河流中嬉戏，流连忘返。

炎热的夏天，小河是我们纳凉的乐园。我们光着脚丫，让清凉的河水漫过脚背，没过腿肚，浸过小腰。将衣服扎进裤头，拨开岸边的茅草，在岸边的小洞里抓螃蟹。螃蟹躲在泥洞的深处，我们用一条小棍去撩，螃蟹经不住诱惑，追着跑出来，几次就到了洞口，我们则努力用小手去抓。经过几个小时的战斗，螃蟹没得到几只，天却差不多黑了，恋恋不舍收拾东西，妈妈的晚饭已经端上了桌，螃蟹难得吃到，抓螃蟹的经历却一辈子难忘。

少年不识愁滋味。有一次在学校旁边的河流里，看到大人们放的竹排，我们不管三七二十一，也去学放排，十一二岁的小姑娘哪能撑得起那长长一溜儿的大竹排？三五个小孩前赴后继，一次次跌翻到水里，全身湿透，冷得打战，又不敢告诉老师，跑回几里外的家去换衣服，然后再回到学校，就跟什么也没发生一样。

我们还经常去河中游泳，男孩在上游，女孩在下游，互不干扰。文文静静的女孩子，见到河流就变成了疯丫头，无师自通学会了狗刨式游泳。从高高的岩石上跳下深潭，潜水十多米再钻出来，爬上岸，没有一个胆怯的。岸上的同学将带来的午饭塞进跳水员的嘴巴，上来一个喂一口，吃得那么的香甜，加了油的孩子，游得更欢了。

常在河边走，哪能不湿鞋。我们这帮野孩子，有一次终于溺水了。

那是一次山洪过后，原本风平浪静的水潭变成了锅头潭，几个小姐妹被卷进锅头的底部，不知深浅的我，凭着一股英雄气概，走到潭边一手拉一个，意图英雄救美，谁知道被一同带入潭中。那池水刚好没过头顶，潭内有礁石，偶尔脚尖踮那么一下，头还可以露出水面呼吸，在水潭中沉沉

山里人家　张荣翔 / 摄

浮浮，我带着哭腔朝岸上蹲着的一个女同学喊："快救人，快救人！"想让她去叫老师。可是不了解情况的她只是望着我们傻笑，无所作为。最后还是我猛力蹬了几下，划到了岸边，然后跟沙滩上的同学手拉手将另外几个同学一一拉了出来。

这天晚上，肚子里灌满了河水，一点儿东西都吃不下。小河，第一次让我们尝到了苦涩的滋味，从此我们再不敢随意下河。这件事情，我们都保守着秘密，直到今天，老师和家长一个都不知道当年这件可怕的事情。

得这山中的河流庇佑，我们的生活一天比一天好了。后来，当年这些溺水的姐妹们一个个都离开了大山，找到了更好的去处，如今都过得不错。不知道她们是否还记得这段刻骨铭心的往事呢？

青山依旧在，几度夕阳红。时隔几十年，山村发生了天翻地覆的变化。如今水泥路通到各家各户，过去的泥舂房子也被一座座小别墅取代。在外工作生活的我们，每年都要回几次家，每次住上几晚，与父母聊聊天，享受一下山风的清凉，感受一下河流的诗情画意。

长大后我才发现，原来离我家十多公里的大茅岗并不是地球的边缘，它是我家门口这条大河的发源地，其周围还有星罗棋布的小村。离大茅岗十多里地的东南方向有飘逸如彩练的公路，闻名遐迩的阳朔县、繁华热闹的荔浦市和山清水秀的平乐县都在她的东南方。

而大河周围，是我熟悉的村村寨寨：大坳、拖排岭、十三弯、陡岭脚、蓝靛厂、汤家、邱家、苦竹冲……这些村屯，都曾留下过我童年的足印。它们如一枚枚棋子散落在大山之中，里面的人，有些我认识，有很多已经不认识了。

这山中的河流就像摇篮，孕育了大山的文明，成就了百姓的生活。

人事虽变，但河流永恒。大河小河一路蜿蜒，在山下交汇，最后与江月村的河流并入翡翠一般的金鸡河水库，最终通过永福县城，汇入宽阔的洛清江，向南方奔流而去……

如果说大山是人类之父，那么河流就是人类之母，她用生命的乳汁哺育了世界，给我们带来那么多的美好。

生活在人类文明的摇篮中，何其幸福。

看大水

黄云华

谷雨过后，正是插秧点豆时节。可是雨水多了，洪水也来了。茅河经过去冬今春的将息，一改过往的顺和，脾气随着水涨浪高益发暴戾。倘若某日里雨下过了头，它必定发威动怒，涨大水给你看。

"看大水喽！"不需谁振臂高呼，已然是堡里街的人天生的默契。

生长于斯，我自是那些看客中的一员。

"涨大水了，快起床！"母亲急促的声音把我从睡梦中叫醒。此时，从我家门前穿街北去的那条沟渠已被洪水淹没，上涨的水流不断漫过路面，吞噬着街道，且顺着屋旁那条带坡的小巷急泻，与屋后另一条沟渠泄下的洪水汇合，将我家和前后左右的街邻团团围住。黑夜如漆，伸手不见五指，唯有密集的落雨声和哗哗的流水声响彻耳畔，间或从邻里传出些许响动、几声人语。

大水都冲进屋里了，却又看不见它有多大来头，那被困在屋子里的人，谁的心里有底呢？

总算熬到天明，雨势渐弱，上楼推窗远眺，只见黄水翻涌，一片汪洋，将堡里街围成一座孤岛。

要是雨停了，洪峰便很快过去，茅河水位逐渐消减。此时，我家门前屋后的那两条沟渠成了泄洪的重要枢纽，最多一个时辰，就将涌进街上的洪水全部排除。这真要点赞先人的智慧，开挖沟渠从茅河引水不仅能灌溉田园，也顾及街上百姓营生，还极具泄洪排水功能！

街上的洪水消退，我该去看茅河里的大水了。

堡里河畔　吕杰 / 摄

堡里老街在茅河西岸，从我家出门南行三四百步就到河堤。刚出街口，便有异响传来，其声唰唰，不绝如缕，愈近河边，声响愈烈。

这响声来自何处？当然是茅河了。

这条平时宽不过二三十丈、深可见底的河流，因被洪水加持，又被临街这边的高堤阻挡，便将河面蛮横地向东边拉伸至一里左右宽度。看之听之，皆是浊水泱泱，满河流响。而把目光稍稍伸向上游，再顺着水势拉回近处，就会看到洪水流经河东地势高的高堡屯后，突然西折带起落差直抵护佑街上的这段河堤，但当激流被河堤抵挡，便怒潮冲天，发出巨大的闷响。间或，还将堤身狠狠地撕裂一块，掀起一阵惊心动魄的高潮，吓得正在堤上看大水的人大呼小叫，连连退缩。而以石笼和泥土垒就的河堤被这般冲打，更带起了决堤毁坝的节奏，说不定“哗”的一声轰响，洪水就涌进街上了。肆虐的洪水登堂入室并不足惧，至多是折财损物罢了，最怕莫过于毁屋伤人，那才是天大的祸殃！

但看沿河上下的一季新禾，也正在遭受着灭顶之灾。

有道是“天地不仁，以万物为刍狗”。试想若天不降甘霖，地不载万物，水从何来，稻菽何栽，人焉能活？或是万物自有定数，无论天灾还是人祸所致，茅河也有难以承受的生命之重吧。

就像这段临街的河堤，从来就是人们临河看大水的最佳处，也是沿河最高最牢的堤坝，虽年年挡洪峰，却每每被水毁，可见它的能量也是有限的啊。好在近些年，政府出资筑起了坚固的河堤，并着意对沿岸进行园林式打造，更将堤路硬化，北延南伸，建成一条集防洪、出行、观光、休闲、运动于一体的多功能河堤，真是造福一方百姓了。抚今追昔，又不禁感叹：洪水真如猛兽。数十年间，昔日的堤坝在与洪水厮杀中连连败退，让河水不断向西蚕食。而今新堤的位置，已于当年旧堤处大大后退了数十米！

看来看去，看大水是常看常新，层出不穷，又怎是一个“看”字了得？

“快点看，快点看，河上漂下大东西了！”

忽然有人放声惊呼，引得看大水的人们一齐投目，但见上游似有庞然大物漂来。待临近细看，竟是一座连着几根梁柱较为完整的木皮屋顶，上面还站着只惊慌失色的大活鸡呢！这时，有人逮着耍嘴皮子的机会了。

“那个鸡蛮肥啵，你快去捞上来吃呗！”

“这种好事让给你，莫吵我，快点去！”

搭话的动口又动手，扯起说话者的衣服连连推搡。

“扯什么鬼，扯下河去喂龙王！”旁边有长者见耍嘴人举止失当，当头棒喝。

真是活该！谁叫那个手口皆动的人不长眼呢，偏偏在自己的老父跟前放荡，还逗得旁人笑了一回。

“又有大东西漂下来了，是木排，快点看！”

果然，一排扎好的杉木正被激流冲下来，都是整根整条的原木大料。这是山里人换取衣食之物啊，顷刻间被一场大水冲走了。真个是洪水无情！

漂下的木排引起了堤上人的骚动，只见有人手握长钩在堤边追赶着，一次次把长钩伸出去想钩住木排，却又犹豫地缩了回来，见追不上了，才无奈却步，讪讪地盯着木排漂向远处。这时，我倏然想起父亲告诫我们的一句话：“蛮山莫蛮水。”料想那位捞木排的人也深谙此理，倘若不慎被木排拖下水去，可真成龙王爷的下酒菜了。

大水既能成灾，也能成财，乡人们视从洪水中捞取有用之物为发“大水财”。在这类求财人中，除了捞木头的，捞鱼的也算一族，他们把称作捞绞的大网兜伸进水里，将被洪水冲到堤边的鱼虾捞起来，屡试屡中，所获不菲。还有一波人求的是“大水柴”，等到洪水消退后，河滩上遗下很多从山里冲出的枯枝断木，都是上好的柴禾，哪家不需要呢？再说大水送来的东西无主无名，全凭谁的手脚快，抓到手就是你的。我年少在家时，也是这波捡大水柴的人，常常未等洪水退尽就涉水去捡，先下手为强。等后来者到，先来的已将收获归拢成一堆又一堆，放上石头做个记号，据为己有了。一场大水下来，能捡到三五担柴禾是常事，运气好的还能从淤泥里扒出几根大木料呢。

看大水，看大水。如果只图看热闹，或只想从洪水中捞取几根木头、几斤鱼虾、几担柴禾，对多数街上人而言，并无多大吸引力。我想，人们之所以对看大水那么执着，应是面对水患发自内心的焦虑与不安，并从观感中察水情、判水灾、找应对，获得一种心理慰藉。或者，更是一种护佑家园的自觉吧。

话说这山环水绕的堡里街，古往今来经了无数水灾，为何安之若素，生生不息？

我也想寻个答案。

潮水岩奇观

梁熙成

在永福县永安乡枫木村潮水屯的后山上，有一个天然的山岩——潮水岩。

潮水岩的洞口，距山脚有三十多米高。洞口最高处约六米，最宽处有十米多，岩内有几处悬垂的钟乳石。进岩后，往下攀行十米左右，便见一个大水塘。洞内凉风习习，游人到此，顿生寒意。

从古到今，岩中的潭水每年都会有一两次不定期的涨潮翻浪现象。岩中的潭水上涌，直从岩口翻扑而出，形成间歇性的瀑布。于是，在当地就留下一个美丽的传说，千年流传至今。岩中的深潭里住着一个龙王，他因偷吃了太上老君的灵丹，被天帝罚下界来，锁在潮水岩中，天帝要他在潭中万年酣睡。这个龙王睡觉时，每年要翻一次身。而龙王每次翻身时，就会搅动岩中的潭水上涌，发出巨大的响声。有时似千军万马奔腾，震耳欲聋，声传数里之外；有时又像天空中的闷雷触地，久不平息。虽然是一个神话传说，但也如实地描绘、叙说出潮水岩的奇异现象。

听当地村民说，潮水岩涌潮的时间很不规律。潮水小时，岩中会发出闷雷似的响声，时大时小，潭中的水像被煮沸似的翻滚不停。潮水大时，岩中的潭水上涌，直从半山腰的岩洞口涌出，铺流到山下。有时甚至会扑射下来，水声隆隆，水花乱溅，鸟兔逃躲，草石惊飞。潮水翻涌出岩，间歇一阵，水流平静下来，又似白帘悬挂，似与人潺潺细语。每次涌潮的时间，长则半日，短则十来分钟，很不规律。更有一个奇特的现象：春天雨水多时，涌潮反而不大，也无雷鸣风吼之声。岩中的水只静静地涌出岩口，

漫流而下，水流涓涓，潺潺如语，如诉如慰，好似与人亲切交谈一般。倒是在秋旱无雨时，岩中反而会涌起大潮，声如雷鸣，数里可闻。这种奇特的现象，至今也无人能讲得清楚，道得明白，正应了“天机莫测”的古语。

那一年，地质队来了一支六个人的小分队，在村中住了一个多月。他们天天到潮水岩去考察。但直到他们离开时，什么结论也没得出，什么话也未留下。看起来，这是自然之神不让人知道的秘密！

旧志载：潮水岩奇观，在古常安县境内。古常安县即今永福县的北四乡镇，包括新中国成立后划归融安县的雅瑶、桥板、黄金、板榄、山背，以及今鹿寨县（除雒容），均为古常安县地方。而古常安县最早的治所，就在距潮水岩不远的狮形山南麓，在今永福县永安乡太和村的狮形山南麓的一处石壁上，至今还留下“常安立县赋”的崖刻残迹。常安立县后，潮水岩无疑成为古常安县的第一自然景观。

随着岁月的推移，当地老百姓也对岩中的潮水现象有了一些规律性的认识。至今还留下几句关于潮水岩的俗语：

潮水岩下有人家　吕杰 / 摄

早潮晴，晚潮雨。

午潮三天晴，晒衣晒被不挨淋。

潮后三天挨雨淋，今年谷子装满屯。

潮后三天不落雨，日头晒到十月底。

潮后就立秋，谷子有得收。

当地老百姓还悟出了一些自然征兆。比如："岩中出白雾，岩石披水露。"这就告诉人们进岩要小心行走，免得被滑倒、跌伤。又如："冬天岩风暖又响，明年大潮不用讲。"当地有的村民，还磨炼出了一种"听地"的本领。即在大潮来临之前，在自己家中，用吹火筒一头触地，一头用耳朵贴紧细听。如果听到的响声沙沙平静，说明潮水不大。如果听到沙沙的响声中有跳动声，跳得急，又不规律，说明有大潮，而且还会把鱼带出来！于是，村民就带着竹筐、鱼篓到山坡下等着捡大鱼！

这就叫："潮水响嗦嗦，大鱼小鱼跳满坡！"

朋友，快去等着捡鱼吧！

西江画廊（五题）

黄德辉

西江亦称西河，是永福的母亲河。

据《永福县地名志》介绍，西江全长 91.5 公里，西江流域共有主要支流 17 条，遍及全县主要林区，森林面积达 547 平方公里。整个西江流域其实就是一个宽广无垠、水流密布的森林大公园。

西江仿佛一条苍龙在绿色群山中蜿蜒穿行，两岸田园如画，溪泉清澈，轻烟淡雾缭绕，四时鸟语花香。山里人家的村庄依山傍水，最大的三四十户，最小的只有两三户，甚至一个美丽的山谷里只住有一户人家，人们过着黄莺夜落庭前树、入院山泉带花香般的幸福宁静生活，是名副其实的福寿养生家园。

当我在西江绿色的河谷中漫游行走，只见望不到尽头的绿色群山之中，一道道大山梁牵着一道道小山梁，一个紧接一个的大山谷装载着一个个色彩缤纷的小山谷。这里步步是景，处处有画，流水绵延不绝，河岸何止仅是河岸——那分明就是西江展开来的一幅山水长卷！

西江画廊的精华景点主要有西江小三峡、双江口、月亮湾、泡口渡、牛头滩、大亮门、长塘等处，限于篇幅，我只能择其几处作简要描述。

西江小三峡

从永福县城沿西江河谷公路北去 41 公里，就到了牛河大桥头。

这是一个南来北往的关口，站在牛河大桥向上游放眼望去，只见三座高峻雄奇的大山之间，两条清亮的小河从峡谷中悠然流出，汇在一处，然后一路哼着轻快的小调流到永福县城。我想，古时的永福人对这条河流一定是百般喜爱，但是该给它取什么名字才能准确表达对它的爱呢？一时也拿不定主意，因它从西边绕城而来，权且就叫它西江吧，没承想一直叫到了今天。永福人说的真正意义上的母亲河西江，其实是指整个西江流域，即包含注入西江的所有山溪水流。

眼前的这两条小河是西江最重要的支流，一条来自百寿镇，叫百寿河；另一条出自龙江乡大山深处的小河，叫龙江。远眺百寿河的河口，但见两岸山势险峻，山崖上的古树苍藤不时随着山风婆娑起舞，令人顿生怀幽古之豪情；当一叶竹排轻轻转入峡口，悠然游向烟雾迷蒙的百寿河深处，不禁让人相信那里一定会有陶渊明心中的桃花源。而龙江则在转过一个山湾后，从青翠欲滴的毛竹林掩映中跳出一个村庄，同时跳出来的还有“山重水复疑无路，柳暗花明又一村”这句古诗，这个村庄有一个十分贴切的名字——江口屯。

百寿河、龙江交汇处是西江画廊中的第一个著名景点，那三座洋溢着

西江即景　卢明／摄

阳刚之气的大山仿佛三条壮汉，被人们叫作“三大炮”，山脚下的流水宛如美丽清纯的山妹子，忠贞不渝地为“三大炮”奉献着它们天长地久的柔情。此处地势十分险要，以前没有公路，只要占据了“三大炮”即扼住了水陆两路通往永宁州城的咽喉，形成易守难攻之势，可谓一夫当关，万夫莫开。后来人们到这里驻足观景，感受到它既险峻奇绝又清新怡人，景在眼前而又意蕴深远，竟联想起浩浩荡荡的长江来，遂取名为“西江小三峡”，总算保留了原名中的一个“三”字。

从航拍图上看“西江小三峡”，两条连接在一起的河流构成一个大大的“人”字，它们在融为一体后开始了新的曲折而浪漫的旅程。我们应当记住，永福的母亲河是从一个大写的“人”字开始的！

外来人车至牛河大桥头，可在近两年新建成的游客中心驻足小憩，岔道口的那间小屋是一家米粉店，店面虽小而客人颇多，亲切的乡音夹杂着米粉香气飘向山野，让人忍不住进店吃一碗用龙江山泉水煮成的桂林米粉。这时，你若朝龙江河上游的绿色群山深处走去，就能领略中国神果——罗汉果原产地、大板山原始森林、九滩瀑布群等风景名胜。而走过牛河大桥，可以去到历史悠久的永宁州古城，在那里，你可观赏永福百寿图、重阳树和神奇的海棠花，还可踏上隋唐穿岩古道，抒发一段怀古幽思。

双江口

从牛河顺流而下，经过里旺、兴隆，不多时就到了双江口。

双江口在永兴公路的河对岸，以前是一个十分热闹的渡口，但是没有人能记得这里曾经有过多少位艄公，他们年复一年地在风雨中摆渡并默默无闻地老去。如今已经没有了渡船，几年前建成的一座钢筋水泥过水桥让这个古老的渡口变成了回忆，只有从河岸边岩石上那些光滑泛亮的坑洼和当地老人的叙说中，才会让人想起关于双江渡口的零星旧事，随着时间推移，这些旧事也定会随同西江水漂流远去。

这里为什么叫作“双江口”？从绿色大山深处流淌而来的大驿沟和小驿沟在这里注入西江，故名“双江口”。据当地老人介绍，以前西江曾是

双江口　吕杰 / 摄

永宁州城通往永福县城的唯一水运航道，人们运送货物或日常出行，走水路都要在这两条山沟的沟口停泊歇息，以便装卸货物、歇脚吃饭，沟口就成了航运通道上的两个码头驿站，因此分别被称为“大驿沟”和“小驿沟”，从而打上了历史的烙印。西江沿河人家为了抄近道去赶永宁州圩，或是外地贾客商贩进山收山货，还有赶路的军队兵士，便沿着大驿沟、小驿沟旁的崎岖小路穿越茂密山林前往永宁州城，这样可比走水路缩短大半路程。走的人多了，大、小驿沟渐渐成了重要陆路通道，路途中自然就多了一些供过往行人小憩的落脚点。

双江口曾是这一带方圆几十里地的生活、文化中心。现在的双江村委原先叫双江大队，大队部在大驿沟口，20 世纪 70 年代前后，这里有卫生室、代销店、水泥球场和一个七年制学校。村民们但凡头疼发热就来双江口打针拿药。代销店虽然只是一间平房，但山里人日常生活必需的酱醋、针线、牙膏、火柴等等，几乎都是从这间平房流出去的。据说那年曾经有几位县里干部下乡来到双江大队，看见在大队部旁的代销店门口，一位山里汉子趴在地坪上一动不动，大家以为他发生了什么意外，急忙上前将他扶起。只见那汉子满面通红，口中喷出酒香并不住叫嚷："可惜，可惜，可惜哦！"原来，他刚从店里买得几斤米酒，出门不小心就把装酒的竹筒跌落地上，竹筒底部不幸被地磕碰出一个大洞，米酒顿时咕噜咕噜从破洞口涌出，他心痛至极，立即趴倒在地，吮吸着那些泼洒在地面坑洼里的米酒。后来，这段趣事传出山外，一直传出去很远很远。大队部前的水泥球场平时供学校上体育课使用，逢节日和农闲，附近的村民们到这里来举办篮球比赛，或者是请电影队来放电影，这便是双江口最热闹的时光。

几位当年曾搭着木船前来参加篮球比赛和看电影的后生，而今已是两鬓风霜，他们相约来到双江口，站在空荡荡的老渡口，一起怀想他们那随同西江水逝去的青春。他们当年读书的地方已建起漂亮的教学大楼，但七年制学校却已变成一所小学。看着球场边那面正迎风飘扬的红旗，他们想起了小时候结伴走崎岖山路听着哗哗流水声上学、放学的往事。那一年，他们看了无数遍电影《渡江侦察记》，能把电影里的台词记得滚瓜烂熟，放学时，大家跳下渡船就一窝蜂开始奔跑，跑在前面的自然就成了英武的解放军"李连长"和战士"小马"，跑在后面的则学着表演艺术家陈述扮演的敌情报处长高声大喊："追！追！给我追！"人影和喊叫声很快就消失在苍茫暮色之中……

现在，大、小驿沟已不再是昔日那样的交通要道，水泥公路从西江河畔直接通达至沟尾，因其优越的自然条件，大驿沟里有了休闲度假山庄，小驿沟出产了小有名气的"小驿沟米酒"。永福县第十届国际养生旅游福寿节曾在双江口举办越野车沙滩竞技表演及山地自行车汽车越野大赛，这些充满着现代气息的文化活动，或许能让人们从中感受到双江口历史上曾经的热闹与繁忙。

月亮湾

再往下游就是月亮湾风景区，景点主要包含蚂拐冲沟口、月亮湾和渔梁滩。

距离仁合村委会大约300米，有一个优美的河湾，蚂拐冲沟在河湾处流入了西江。当地人祖祖辈辈在这里生活，觉得这个河湾除河水更深一些外，并无什么特别之处。有一天来了几位摄影师，当爬到沟口的山上放飞航拍机时，他们发现了西江在这里显得格外壮观美丽：西江流到这里仿佛一下子被激发出强烈的艺术冲动，用它那神来之笔在群山、田野和村庄之间，写下了一个巨大的、标准而又具有艺术张力的反向“S”形，远山岚雾飘拂，近处村庄炊烟袅袅，蓝天白云漂浮在悠悠水面，在灰白色的卵石河滩边，长着密集的深绿色黄竹和箭竿竹丛……整个画面洋溢着蓬勃生机！当摄影师让村民们欣赏这张“西江写意”时，村民们开始不敢相信这原来竟是他们生活的地方！这个“S”形一头在蚂拐冲沟口，另一头则在下游不远处的月亮湾，它的收笔处就是渔梁滩。倘若哪天能够在这里搭建一个观景、拍摄台，西江的这幅写意作品或许会名扬天下。

月亮湾是一个大大的回水湾，没有人知道它到底有多深。每当洪水暴涨，月亮湾就会一改它平日里的柔情，让人们感受到它暴烈的性格，整个月亮湾就是一个汹涌的大漩涡，从上游漂流下来的竹排、木排以及农家的谷桶、粪桶、竹篮、箩筐之类的家什，都会在大漩涡里不厌其烦地顺势旋转漂流，仿佛不忍离去。附近的村民们蜂拥而至，手举长钩奋力打捞，有一次甚至从漩涡中救起一头不慎落水的大水牛。

西江在月亮湾几乎呈钝角角度绕弯，流向渔梁滩头。在滩头河道中央有一个洲岛，叫作渔梁洲，洲上面长满了水柳和芦苇，远远望去像是一艘漂浮在水面的绿色大船。渔梁洲把河水一分为二，主流笔直下滩仍为航道，岔流则流经一个山弯才又绕过来同主流会合。以前，西江上的每一位放排汉子都知道到了月亮湾，就得上岸用粗大藤条拖住排尾，让长排的排头在月亮湾中缓缓拢到主流航道这边来，倘若不慎冲进岔流，长排将会被激流巨石冲击得七零八落，“打烂排”是放排汉子们最忌讳的一件丑事。但对于当地人来说，那道岔流倒也有些好处。他们运来毛竹在这里架起一座宽约20米的渔梁，搭成了西江上最大最著名的渔梁，这条滩也因此得名渔梁滩。每年春夏之交，河水微涨，附近的村民就会迎来一段十分刺激而快乐的抓鱼时光。游进岔流的鱼群全部跌落到渔梁上活蹦乱跳，只要你身手

月亮湾　吕杰／摄

足够敏捷，抓满一箩筐西江鱼基本不会花太长时间。而今渔梁滩已经不再有渔梁了，但滩底那个名为“渔梁屯”的村庄，其名沿用至今，人们把那架渔梁曾经带来的欢乐留在了记忆之中。

如今渔梁滩没有了渔梁，但渔梁洲还在，渔梁滩景色依旧。近些年，人们又发现了一个秘密：渔梁滩一带有着整条西江数量最多、味道最鲜美的螺蛳。夏秋季节，几乎每天傍晚时分，不少青年男女从西江上、下游纷纷来到月亮湾，他们并非仅仅为了游泳，而是要在这个风光如画的渔梁滩一边谈情说爱，一边捡螺蛳，还可以躺在光洁的卵石河滩上仰望山里的月亮。他们发现有一位银须飘拂的老者坐在河边，就好奇地上前向他打听：究竟是先有那些水柳和芦苇之后才有渔梁洲呢，还是先有渔梁洲之后才有了水柳和芦苇？这位老人呵呵大笑，他说很小的时候就听他爷爷说过，渔梁洲包括上面的水柳和芦苇，在他爷爷还很小的时候就一直是这个样子了，年复一年，不管洪水激流怎样猛烈的冲刷都没能改变它们的模样。老者还随口吟出了一首诗：

绿岛如舟碧水浮，
蒹葭杨柳渔梁洲。
千年流波推不动，
阅尽人间喜和愁。

他吟的是渔梁洲！

至于这里为什么似乎总有捡不完的螺蛳，谁也说不清楚。有人说是这里的河道生态环境最适合螺蛳繁衍生长；有人说是因月亮湾水域幽深，足够容纳螺蛳最大的族群聚居；还有人说是因为螺蛳喜欢听渔梁滩美妙悦耳的流水声……

大多数外来人只能看到月亮湾白天的风景，我们不妨通过月亮湾当地一位读书人写的一首小诗，来感受一下月亮湾的夜色：

白雾茫茫水连天，
依稀堤岸柳含烟。
春山溪月渺无迹，
唯有江滩夜不眠。

不消说，那不眠的“江滩”就是渔梁滩了。

泡口渡和碓塘坳

当你在一个雨天来到泡口，站在渡口码头朝北望去，只见一座陡峭的石山高高矗立于烟雾朦胧的西江水面，轻烟飘忽之中，石山上的小树隐约可见，显得格外清奇绝俗，使人感觉这座山似乎曾在湖南张家界景区里见过。西江流到这里仿佛安放了一扇大门，两岸石山骤然突兀而出，河面顿时被挤压得格外狭窄。山脚下的水域蓝幽幽深不可测，人们把它称作“碓塘”（意即碓坎一样的深水塘），把两岸的陡峭山崖统称作“碓塘坳”。以前走山路必须越过碓塘坳，直线距离虽短，但走山路过碓塘坳却要花上好一阵工夫。

据曾在西江上放过排的老人回忆，碓塘坳多年前曾有一群猴子，常年在山崖上、树林间快乐地攀爬跳跃，当听到放排人说话或吹口哨时，它们常常会调皮地撒下一把小石子或者几只野果，用这个生动活泼的形式表达着它们就是这片绿水青山的主人。

这里还有一个曾经让很多人向往不已的神秘传说。说的是从前有几位山里人去永福赶圩，返回时经过碓塘坳，忽听山坳间传出人声，抬头只见山腰间有几个身穿黄色长袍的人，各人骑一匹雪白骏马，在山路上缓步行走。赶圩人以为那是外来的彩调队进山唱调子，便加快脚步想赶上去同行。但追赶了好一阵工夫，却总是追赶不上，渐渐地竟然再也不见那群人马的踪影。他们诧异万分，问遍附近的村庄，都说没有看见过什么长袍相公和雪白骏马！后来终于有长者开口说话了：那些相公和骏马应该就是深藏在碓塘坳的金子和银子现出的原形！人们这才恍然大悟，怪不得碓塘坳有着天生异相，原来是埋藏着金银财宝呢！在此后很长的年月里，这个传说引得无数人纷至沓来，在碓塘坳四处寻宝，直至最近的十多年前，还有人带上十分先进的现代科学探测仪前来反复探测，但结果还是一无所获。

十多年前，县里修建永（福）兴（隆）公路，在选择穿越碓塘坳路线时，设计人员颇伤了一番脑筋：若是炸掉这座石山，公路虽能拉直通过，但西江沿途难得一见的景观却因此要被毁掉。最后反复斟酌决定绕开这座山石修路，虽然现在这段公路要爬上一个陡坡，却为西江留下了一处不可再生的奇绝景观，实在是功莫大焉！

在这座幸存下来的山石侧后方，一座绿色山峰陡然高耸挺立，山崖上挂着一道瀑布，四时水流不断。要是恰逢雨季，瀑布轰然飞流直下，蔚为壮观。因其水质上佳，当地政府还将泉水引流至公路旁一座新建的凉亭，以供过往行人取水和品泉。

泡口渡就在碓塘坳下游三四百米处，原来一直比较繁忙，先是依靠木船摆渡，后来改成铁壳船浮桥渡，农用车辆可从桥上通行，提高了运力。永兴公路通车后，加之上游的村屯分别修建了几座跨河铁索桥，经这个渡口来往的行人锐减，基本就只有住在大田河沿岸的村民。大田河因其流经一个叫大田的村庄而得名，源自泡口村的山林深处，在泡口渡近旁汇入西江。一条机耕路连通了散落在大田河畔的一座座村庄，汉族瑶族同胞长期杂居，世代和睦相处。那里土地肥沃，物产丰富，环境清幽，随处可见“桃花源里人家”。

跨河连接永兴公路的泡口大桥属于国家“渡（口）改桥（梁）”项目，早几年建成使用后，人们出行就不再需要撑船过渡了。泡口渡从此作为一个时代符号永远镌刻在西江的堤岸上。

长塘

流经长塘的西江河段最具独特风格。绿幽幽的江水深不见底，流动舒缓，恍若静止，说是河流倒更像是个深水塘，因此这长达 2 公里的河段被称作“长塘”。长塘两岸山势高耸，河道却不显局促，反而让人感觉有几分开张。在西江的其他河段，若是此岸是陡峭的山崖岩石，则彼岸大都为平缓沙滩，看似张弛有度，阴阳相合。长塘两岸则以岩石为主，岩石缝隙中长着一丛丛杂草水柳。山上灌木繁盛，四季青葱苍郁，有时又突起几处山崖，似乎展示着西江蓬勃的雄性力量。

西风岩是长塘的点睛之笔。在永福新水厂水质监测站的对岸，一面刀削般陡峭的山崖从山腰间凌空而下，迅即又化成了游龙形状，在将贴近水面的位置昂起它那高贵的龙头。站在永兴路上朝对面山腰间抬眼望去，清晰可见山崖上有一个岩洞，洞口轻烟缭绕，灌木丛生，那就是人们常说的西风岩。由于民间流传着一些不同版本的传说，愈发增添了西风岩的神秘色彩：有人说，在这边岸只要爬到同西风岩一致高度的位置，就能感受到从西风岩洞中吹过来的凉风，清新的风中还夹杂着几丝腥味；有人说，宋朝时永福人李珙的师父曾在西风岩洞中打坐练功，后来收李珙为徒，教他武功并传给他一部兵书，再后来李珙在科考中一举夺魁，成为武状元；有人说，很久以前流传着一本邪恶法书，这本法书尽授勾引良家女子误入歧途之法，祸害民间，一只善良的乌鸦夺了这本法书，奋力将此书叼进西风岩洞中，藏在了一个十分隐秘的地方……这些传说是无法也不必要去考究其真实性的，但西风岩却从此扬名。

当然，西风岩除了充满神秘色彩，还常常能使人感受到它浓浓的诗情。在西风岩脚下，因上方大岩石的阻拦，被洪水冲刷而来的卵石沙在这里堆积成一块小小的沙洲，无论经历再大的洪水，这块沙洲都一直在那里，仿佛这是西风岩必须保留的一个部件，虽然就整条西江而言它是微不足道的，但在长塘它却显得格外醒目和珍贵。小洲上悠悠地长着一些水草，由于它在西风岩的山崖下面，能够遮挡风雨，冬暖夏凉，且小洲的周围水深流缓，简直就是一个天然良港，因此经常有竹排渔舟小憩，甚至有的就停泊在这里过夜。倘若你在清晨时分来到这里，或许就能够看一首动作版唐诗：江雾尚未散尽，西风岩笼罩在烟岚之中。渔人已经早早起来，在小船上升火烘烤昨晚湿水的衣物，或是温米酒喝几口暖过身子，就将渔船划离小洲收网去了，直到消失在曙光初露的远方……这几乎就是唐诗《渔翁》描绘的情景：

渔翁夜傍西岩宿，
晓汲清湘燃楚竹。
烟销日出不见人，
欸乃一声山水绿。
回看天际下中流，
岩上无心云相逐。

大诗人柳宗元写的“西岩”远在湖南永州，却丝毫没有影响同样的诗情在永福西江西风岩下重演。

西江在晨风吹拂中静静流淌，下游马鞍山脚下的拉搞村仍未完全从睡梦中醒来。这时一支数十人的冬泳队在长塘中兴奋地畅游着，他们游到上游的长塘入口处后，又返身游回长塘尾。所谓长塘尾就是长塘下游的出口，江水就在那里下滩。这支常年坚持的游泳队本身就是一道亮丽的风景，每天给长塘静谧的早晨平添着几分朝气。

若逢天气晴好，游泳队员们回游到西风岩下游 200 余米的位置时，都会不约而同地在那里停留下来，他们要在那个位置等待西江日出。经过多年观察，他们发现这是观赏西江日出的最佳位置。在这里贴着水平面向下游望去，只见一轮浑圆绚丽的朝阳渐渐从远处的山梁上升起，天地万物霎时变得七彩斑斓，长塘两岸的风景顿时显得格外生动传神！这时若是稍微移动位置变换一个角度，又见朝阳从拉搞村边的那排老樟树后冉冉升起，眨眼间就停留在老樟树苍劲有力的树冠之上。他们深深陶醉在这水天一色的壮美日出里，不由得完全融入这璀璨无比的晨光之中，甚至一时竟分不清哪是西江，哪是自己……他们设想着将来在这里建一个长塘观景台，以便让更多人能够来这里观看西江日出，认识西江，感受西江，在诗一般的西江感悟天人合一的超凡境界……

洛清江

王　松

流经永福多个乡镇的东江、茅江和西江，在永福城南的水门滩，汇成了洛清江。

讲永福的江河，就离不开洛清江。因为永福境内几乎所有的江河水，都流进了洛清江。

江岸人家

从水门滩开始，洛清江一路向南，流经永福县辖的两个乡镇——永福镇和广福乡，下游在广福乡的兰麻山一带流入鹿寨县境。

自唐初永福设县以来，永福镇就一直是县治所在地。宋太宗时，县城出了个状元王世则，学问既高，政声又好，明人包裕对他有一评价："清声雅望，与吕文穆诸公同时并美。"王世则的家，就住在城南的江边。《永福县志》（光绪重修本）称："世则所居，前临洛清江，后枕凤巢山。"写此文时，正值县里对王世则故居的那条街道实施拆建，要打造一条状元街，以纪念本乡的这位先贤。这是永福人的幸事！

水门滩下的洛清江东岸，有一座宋代的瓷窑遗址，这里出土的瓷器，有碗、碟、壶、罐、腰鼓等数十种，其中的花腔腰鼓，还是古老的傩戏、师公戏等民间祭祀活动的主要乐器。据专家考证，傩戏在桂林起源极早，到宋代最为繁荣。宋人周去非在《岭外代答》中就记载过桂林傩，也记载过这种腰鼓。说"静江腰鼓，最有声腔……合乐之际，声响特远，一二面鼓，已若十面矣”。在洛清江畔，我也仿佛听到了从那个遥远年代传来的箫鼓之声。

垂钓洛清江　张荣翔 / 摄

紧临着宋窑遗址，有一个村庄，叫塔脚村。村庄因洛清江畔一座明代所建的宝塔而得名，可惜古塔后来坍塌，只留下宝塔脚下的一个村名。三年前，县里在古塔遗址上重建了一座新塔，并依明代故事命名为文明塔，塔上还布了彩灯，无论昼夜，从县城水门滩方向举目南望，文明塔都是最为吸引目光的建筑。塔山下的广场上，有一片桃园，立春后，桃花会轰轰烈烈地盛开，让人感觉永福的春天就是从这里开始的。去年春节，天气极好，趁着家人团聚，我也陪着家中的两个老人去文明塔赏了一回桃花。我没有想到那里竟然热闹非凡，有在桃花丛中摄影秀美的，有带了音响在塔下广场唱歌的，也有像我一样一家人过来踏春赏花的。九十岁高龄的父亲很久没有出门了，这一天竟在这里遇到了好几个旧友，回家之后，就滔滔不绝：和谁是哪年认识的，和谁在哪里共过事，谁的酒量高，谁的歌唱得好……把“窖藏”几十年的记忆全都翻了出来。

洛清江刚流出永福镇地界，就被一片广袤的麻竹林列队相迎。竹林属于广福乡的龙溪村，占地 11000 余亩，是永福县创建自治区级产业核心示范区项目，这里生产的竹笋，肉厚、细嫩。除了竹笋产品供不应求，龙溪竹园还是观光体验、餐饮休闲的佳境。竹林浩浩荡荡，感觉就像一支阵容庞大的绿色军队，虽然没有十分整齐的军容，但其长枪大戟，遮天蔽日，仍使人感到震撼。在一些风日晴和的早晨，霞光泻地，洛清江会像一个身披金甲的将军，在这片绿色的军阵前庄严走过，像是检阅自己麾下的一支劲旅。龙溪江中有大鱼。过去，县城的渔民常常会在黄昏之后放排下滩，在龙溪江面撒网、放鱼鹰。静夜之中，江水拍岸之声，渔人呼喝之声，以桨击水之声，隐隐传于数里之外的县城，宛如渔歌互答，时而激越，时而悠扬。先民们将这天籁之音，命名为“龙溪晚唱”，列为永福八景之一。

除了麻竹笋和龙溪鱼，广福乡还有一项颇有名气的产业——桑蚕。广福蚕茧以质优、洁白、丝长而闻名，有资料记载，其一茧丝长可达 1000 米。我对桑蚕方面的知识一无所知，但还是觉得那是一个了不起的数字。由于种桑多，因此广福乡也产桑葚，乡人用自家熬制的米酒泡成桑葚酒，用来招待客人，或者馈赠亲友。这种酒入口甘醇不上头，又能强身护肾。

广福乡在历史上出的名人不多，或许算不得是人文荟萃之地，但是有一个人非常著名，那就是 20 世纪 50 年代以后曾经蜚声中外的民间文学和儿童文学作家肖甘牛。对于肖甘牛，我是先读过他的作品，过了很久，才知道他竟是离我如此之近的广福乡马陂村人。记得我还上小学的时候，就读过他写的民间故事《一幅壮锦》；而由他搜集整理的另一篇民间文学作品《刘三姐》，却成了后来电影《刘三姐》的原始材料来源，这部电影在国际上创造过非常高的票房纪录；还有一部作品《灯花》，曾让一位陷入绝望的日本妇女重新燃起对生活的希望，被日本人民称为“越过国境盛开的灯花”。

洛清江在广福乡的下游，绕过玉屏山，再过鲤鱼滩，很快就进入了群山绵延、以山高滩险载入广西史籍的兰麻岭谷地。据《徐霞客游记》记载：“其滩悬涌殊甚，上有兰麻岭，行者亦甚逼仄焉。”前几年因为工作关系，我曾经几次到过这个谷地，这里两岸高山夹峙，江流渐行渐低，而两岸山势却愈行愈高，仰望山峰，如刺蓝天，但江水却深而缓，水上行舟，亦甚舒畅，感觉这与徐霞客的描述极不相符。问同行者，才知是因为下游有一座水电站筑坝蓄水，抬高了水位，阻滞了激流，所以现在的兰麻滩，水流是极舒缓平和的。兰麻滩的右侧，有一条小溪从山谷中流出，汇入洛清江，溪水极清冽，游鱼清晰可鉴，这是大邦河。河口系着两条渔船，船家姓黄，是长期驻扎在大邦河口的，吃住都在船上。渔人把捕到的鱼用火烤干，或三五天，或十来天，就拿回几十里外集市的家中，让家人到街上去售卖。大邦河口的干鱼很受欢迎，卖价也比别处高，是口碑相传的当地名品。溯大邦河而上，山中有一村庄，村中男子都擅寻野蜂。村人说冬天的蜂蜜最好，所以每年冬天，在很多人家的庭院，都会看到一只大桶，上面摆着一只盛满蜂巢滤着蜂蜜的竹筐。

过了大邦河口，便是永福与鹿寨县的交界处。

古道悠悠

历史上很长一段时间，洛清江还是桂林和柳州两地之间的重要航道。

唐代以前，桂、柳之间无捷径，两地交通，先要沿桂江行船到苍梧，然后再溯柳江而上，水路长达千余里，货物转运，耗时费力。武则天统治时期，曾把大量政敌流放到岭南，这些外人的介入，使岭南的民族矛盾变得复杂。为了加强对岭南少数民族地区的统治，长寿元年，武则天命人在洛清江上游主干大溪河与漓江之间，开凿了相思埭运河，沟通了从桂林漓江经相思埭、洛清江到柳江的水运航道；两年之后，又从永福沿洛清江畔开凿了兰麻山驿道，打通了从永福经兰麻山、鹿寨到柳州的陆路交通。自此，从桂林南下柳州的距离，缩短了八成。

有意思的是，唐代官府不惜耗费人力物力开凿的这两条水陆交通，并不尽如人意，不仅险绝难行，还有毒蛇或野兽经常出没。公元815年，被贬到柳州当刺史的柳宗元，在途经兰麻山驿道时，就饱受这条荒野古道的折磨和惊吓，他在诗中描绘经过这段古道时的情景是十分恐怖的：“阴森野葛交蔽日，悬蛇结虺如蒲萄。”这哪里像是一条商旅频繁的道路呢？直到明代，这条古驿道似乎还是没有修得令行人满意：“麻兰、乌沙诸岭，险绝刺天，路极逼仄。每遇岭则直上，至绝顶乃下，下抵涧水乃已，渡涧水又复上，如此者三四程。诸岭每逢狭处，谓之隘子，必有大小石子一堆，意必戍士积之，以备他虞。”（明·魏濬《峤南琐记》）两位相距数百年的旅人，对这条古道的感受，竟还是如此相似，说明这条古道不仅难行，还难修筑，至于行军打仗、戎士戍守，则更是凶险异常。然而在永福和鹿寨县界的附近，有一个叫拦马关的地方，似乎就曾做过一回古战场。《广西历史地理》记载了一首民谣："拦马关，拦马关前血斑斑，八姐赶兵连夜到，一朝杀过万重山。"这首民谣讲的是宋朝杨八姐带兵南征的故事。在永福，我也听过类似的传说：洛清江畔兰麻古道的遗址旁，有一块刻有"太平岭"字样的山岩，相传这"太平岭"三字，就是杨八姐带兵南征的时候刻下的。过去，我曾认为此事有杜撰的可能，现在看来，或许有迹可循。

旱路如此，洛清江的水路，又该如何？与徐霞客几乎同时代的岳和声，在他所著的《后骖鸾录》中，对当时洛清江航道的情况描述得更为详细："十四日发永福，……顺流而下，中多隐石，波纹沸起，每一放滩疾如纵矢，两岸崇峦，挺特相送。其林水佳畏处，青如螺结其石，骨棱嶒处净如苔滑。约三十里有一峻壁屹峙，初睨之若无路，转而南又为广路，岛屿萦回，卒不可究诘。"从广福乡的鲤鱼滩往下，直到进入兰麻山谷地，一路湾急滩险，时而江滩中迎面一块大石砥流，时而水湾处露出一块蓬茅沙渚。此段江边有一村庄，名大石村，据《永福县地名志》载，这个村庄就是因为村外洛清江中有一块大岩石而得名的。进入兰麻山谷地，越往下游，河道越是逼仄，古时舟行之人，无不视此为畏途。

水上行舟，本是极其浪漫的旅行，古今有多少打动人心的诗歌，都是乘舟江行之人写出来的。但在古代那些对于洛清江的记述中，俯仰绿水青山的作者，字里行间却找不到一点浪漫的情怀，实在令人喟叹。其实，由于洛清江滩险流激，兰麻驿道又山高路陡，这条连接桂柳的交通要道，或许在很长一段时间，都没有形成过纯粹的陆路或水路，如果不是载货的舟船，行旅之人一般都水陆兼行。这种情况一直延续到清朝。

清初，从中原到岭南、西南之间的商贸往来日渐频繁，朝廷多次对桂柳航道进行疏浚，洛清江航道也进入一个水运的繁荣期。这条桂柳航道，已经不仅仅针对桂林和柳州以南的货物运输，一度还成了湘黔之间货物运输的大动脉。《贵州航运史》载："贵州素不产盐，食盐要靠外省输入，黔东南的锦平、黎平、榕江一带所需食盐，除由湖南洪江经相思埭运入外……这一带的木材、白蜡、茶油，要运销两湖和两广，也都由水路运

洛清江上的高铁桥　吕杰 / 摄

输。都柳江、洛清江、相思埭、桂江等航线，为黔桂之间的航运大动脉。”直到民国时期，洛清江航道，已可通行数十吨重的货船，虽然陆上交通已甚为便捷，但洛清江依然有着较为繁忙的航运船只。永福县城也集结了一支航运队伍，洛清江航运曾经是永福部分民众赖以生存的一项产业。新中国成立后，由于陆路交通迅速发展，再加上洛清江上不断建起了多个水电站，阻断了水运航道，洛清江的航运功能才日渐消失。

乡中水

汇成洛清江的东江、茅江和西江，是永福县最主要的三条河流，它们的流域，覆盖了永福县的大部分土地。所以，永福人对这条融汇着乡音，流淌着乡情的洛清江，也就十分眷恋。他们甚至觉得洛清江的水流得太快，走得太急，于是就在洛清江即将流出永福镇的短短 4 公里河段，设塔置景，还把永福八景中的两处景观——金山耸翠和龙溪晚唱，也赠给了这一小段河流，似乎要千方百计地留住这一江乡中之水。

就说塔吧。水门滩下洛清江东岸的文明塔，最初是由明代本乡进士张守约募资建造的。张守约在他撰写的《新建文明塔记》中写道："一旦宝塔南离迎砂，北拱凤城，古匾曰文明。三江合流，悉会塔前停蓄。自兹而后，通邑之风气聚，灵秀钟，则万年之户口昌，文运泰，科第日盛，富庶绵绵。"他认为文明塔能使三江之水"悉会塔前停蓄"，还会让故乡"户口昌，文运泰，科第日盛，富庶绵绵"。惜水之情，已是十分明白。

再说古八景之一的"金山耸翠"。这一景在永福镇和广福乡的交界处，也是洛清江即将流出永福镇（县城所在地）的地方。我一直感到疑惑，金山其实就是普普通通的一座土山，既没有挺拔伟岸之势，又没有石秀洞奇之美，要说取其"耸翠"吧，永福的山，座座四季常青，也并非金山所独有。况且县城之中还有众多景致，比如浓荫馥郁的中洲绿岛、文脉深厚的状元读书岩、状元坪，哪一个都比它更有故事和内涵，凭什么金山就能成为八景之一？后来我终于发现了它的一个特点：金山耸立在洛清江西岸，山的东部却向江中奋力突出，形成遏江回澜之势。我一下子明白了，这是永福人舍不得那即将离去的洛清江水，又知道无法将其挽留，故用此景表达殷殷惜别之情。所以这个"金山耸翠"之景，实则是八景之中最具情怀的一处景观。

洛清江的航运虽然被现代的铁路和公路交通所取代，但是洛清江却成了近些年来水电产业的用武之地。本世纪初，短短几年时间，永福境内洛清江上就建起了两座水电站——龙溪水电站和鲤鱼滩水电站，电站的两座拦河大坝，成为江中两道全新的风景。我曾与在广福乡政府工作的一个朋友聊起洛清江的险滩激流，他说："现在哪还有什么险滩激流？龙溪电站和鲤鱼滩电站的两座大坝，已经把洛清江过去的险滩变成了平湖。要是没有这两个大坝，县城和广福的景观就差远了。"此话信然。鲤鱼滩大坝建好后，这段昔日的险滩，宛如一匹业已驯化的烈马，温婉得就像一位女子，哪里还有"波纹沸起"的脾气？余晖之下，有时还会看到几只竹排，在昔日那"疾如纵矢"的江中悠闲地张网捕鱼，成为挺特高山之间最美的点缀。

而龙溪大坝则让永福县城绕城江水的水位上升了数米，水面也扩宽了几倍，让这座小城成为名副其实的江城。甚至在某一年的福寿节上，还在城西的碧水湾举办过摩托艇的水上表演呢。而城南两江合流处的水门滩，也已变成水面最宽的一片“平湖”。夏秋时节，夕晖泛起，我常在河口北岸的月亮湾小区河堤散步。这一带河堤形如弯月，左有东江之流，右揽西江之水，吹着凉爽的江风，举目南望，平湖如镜。当下游的金山渐渐被暮色浸染得模糊时，洛清江左岸的文明塔就开始点亮华灯。

永福的乡亲，终于留住了这乡中之水。

古驿道上的山村

张荣翔

前些年，县里组织开展古村落调查，我有缘结识了木村，木村依山傍水，居住着196户人家。

木村东北面通往苏桥镇石门村，西南方向通往伏龙寨屯，有踩得溜光却维护得较好的人行小路，时常会遇到三五成群的徒步爱好者。小路而或沿着河堤，小河流水潺潺，河水清澈见底，鱼乐虾戏；而或穿过山林，林荫苒苒，鸟语蝉鸣。村头一段是用大小均匀的鹅卵石铺设，现保存完好。小木村村头早先跳石过河，前两年已建石拱桥。石拱桥头两株高大遒劲的槐杨树树冠已盖过桥面，像一座迎宾拱门。据村上的老人讲，这条路是旧时由桂林通往柳州的一条重要古驿道。古驿道经过桂林—苏桥驿—石门—木村—拉搞（渡）—井门—湾里，往南翻过险峻的兰麻古道，再往南200多里便到达柳州。

苏桥驿是桂柳古驿道上离木村最近的驿站，有关苏桥驿的诗词众多，作者名气最大的要数明代大学士解缙。明永乐五年（1407年），解缙被贬为广西布政使司参议，在桂林期间到了苏桥，驿站姓夏的驿丞非常钦慕解缙，与解缙谈得很投机，并对解缙接待得十分周到。解缙于是做了首诗——《赠桂林苏桥驿夏驿丞》：

微官自古重英贤，
孔子当初为乘田。
况是太平边报少，
苏桥驿里枕书眠。

驿丞甚为感动。

木村是以莫氏家族为主的壮、汉两族和谐居住的古村落。明隆庆五年（1571 年），祖籍河池南丹桥头村的莫朝翰，早年随柳州提督征讨有功，由柳州游击升授梧州副将，年过七旬解职归田。途经木村，但见古木苍苍，山清水秀，田地肥美，当即在这里置地建屋安居，距今已 450 多年。

清道光年间，又有外地杨姓、胡姓、秦姓、周姓迁入。此后，因人口增长迅速，村落住宅拥挤，部分村民搬至落岭水库旁居住，称为小木村。

木村村落靠山而立，山为天平山支脉大崇山余脉，群山中有一座似龙头的山峰叫西登山。西登山上有西登寺，寺内有一泓清泉，水深数尺，清洌甘美，四季不盈不涸，名“龙口泉”，传说饮之能解忧除烦、祛病消灾，被历代朝山进香者奉为“圣水”。

木村因其独特的地理位置，历来都免不了受战争的摧残，加之年代久远，自然灾害的破坏，村庄大多数古建筑已经损毁，多数村民拆除旧房在原址上新建了砖混结构的楼房，村落新旧房屋交错而立，旧房古色古香，新房现代漂亮，相得益彰。

古建筑中，莫氏祠堂格外引人注目。祠堂侧门上“德正应和”四个大字让我颇感兴趣。

查阅有关资料，“德正应和”出自《左传》：“心能制义曰度，德正应和曰莫。”意思是内心能制约于道义叫作“度”，德行端正、反应和谐叫作“莫”。从中可以看出，木村莫氏过去十分重视德行和修为，并以“德正应和”作为莫氏家族的祖训，对莫氏后人的繁衍生息，起到至关重要的作用。

木村村头古驿道旁，立着一块高 79 厘米、宽 52 厘米的石碑，是清同治年间木村村民自治的《珠山禁约》：

> 立禁约……或遇采樵者，祈赐箴规，使知悔悟，免取愆尤，则不惟先人感德，亦且后裔沾恩矣，谨此预闻。
>
> 一议盗砍剥树皮者罚钱一千文。
>
> 一议借故讨草砍杂树者罚钱八百文。
>
> ……以上条款不拘外人本族，皆同此议……

原来，木村人早有如此浓厚的环保意识，保护树木，涵养水源，做到人与自然的和谐发展，无怪乎这里的人要多福多寿了。

几百年来，木村多长寿者，常有百岁寿星。光绪十三年（1887 年），广西学政李殿林为木村长寿老人莫氏九世祖莫澍亮祝寿，并赠送了一块“南极永耀”牌匾。现在村上还有多位九十多岁的寿星。

在调查期间，我还听村里人说落岭水库长着美丽的睡莲，一个周末的早晨，我同几个朋友一起前往木村，去落岭水库赏睡莲。

落岭水库夕晖　吕杰 / 摄

木村村旁流过的小河，叫油榨河，它由天平山支脉在永福镇、苏桥镇、龙江乡三乡（镇）交界的蚂拐冲、老汉冲、太阳冲的数个小溪汇流而成。油榨河弯弯曲曲，落差较大，水流湍急，河岸树木葱茏，时常未见河流先听流水声。1958 年，永福县在油榨河上落岭河段拦河筑坝，修建了落岭水库。

落岭水库不大，属小（一）型水库，库容 370 多万立方米，丰水期水面约 40 公顷，四面是青山、果园和村庄。清澈的水面，不时泛起微微涟漪，迎面飘来缕缕荷香。水库一隅长满了野生的莲藕，面积足足有七八十亩。仲秋时节，荷花盛花期已过，荷花花瓣都已凋零，变成了碧绿碧绿的莲蓬，让人想起晚唐诗人李群玉的《北亭》诗句："荷花向尽秋光晚，零落残红绿沼中。"三四个十来岁的孩童在岸上剥莲蓬，不时将白白胖胖的莲子送入嘴中，似乎越嚼越香，好吃极了。一对年轻的情侣在淤泥漫过膝盖的泥塘中，挖起尚未老熟的野生莲藕，虽然溅得一身泥水，但收获满满，显得十分开心。

水库四周浅水处，则长满了形似睡莲的水生植物，金黄的小花在清晨和煦阳光的照耀下熠熠生辉。野水鸭、白鹭在开满鲜花的水中嬉戏觅食，宛若一幅美丽的油画。

朋友黑弟用小木船载着我们到水库中近距离观赏、拍照。手持长焦镜头单反相机的摄友，觉得这些可爱的黄花水草不像睡莲，一时又说不上名字，当即用“形色”APP查询。

“这哪是睡莲，分明是荇菜！”摄友惊呼。

“荇菜？都没听说过！”

“‘关关雎鸠，在河之洲。’该听过吧！”

“《诗经》啊，但就记得两句：‘窈窕淑女，君子好逑。’”

“你这‘色狼’！”

“关关雎鸠，在河之洲。窈窕淑女，君子好逑。参差荇菜，左右流之。窈窕淑女，寤寐求之……”一朋友竟然一口气吟诵完这首《诗经·关雎》！

眼前这些原以为是睡莲的漂亮水草，居然是三千年前古人《诗经》中的荇菜！荇菜婀娜多姿的藤蔓在水中摇摆，托着鲜黄色的小花在水面上摇曳，可爱的心形绿色叶片浮于水面，静静地享受阳光的滋养，甘做美丽小花的陪衬。

荇菜的生长，总是一片片地绵延，生机勃勃。荇菜最爱干净，又有净化水域的作用，因而它的栖身之处都十分净洁，而连片生长的荇菜无形中美化了生养它的环境。

看到这么多美丽的荇菜，仿佛时空穿越，遇见一群古代美女，朋友们开心极了，尽情地在湖边拍照臭美、跳舞唱歌……

我不禁想起浪漫诗人徐志摩的爱情诗《再别康桥》：“……软泥上的青荇，油油的在水底招摇；在康河的柔波里，我甘心做一条水草！”这青荇，就是荇菜。这长满青荇的康河，让诗人无比羡慕和眷恋。

美丽的荇菜像一句句诗，装点着古老的木村，使这个远离喧嚣的山村，既有着厚重的历史文化积淀，又充满着浪漫情怀，让我一直向往不已。

井　门

邹　龙

井和门是一种什么关系？水井有门？

有的！在我出生的小村庄，井是有门的，村庄名就叫作井门。

据《永福县地名志》（1994年版）记载：

> 井门，属桃城乡湾里村。在村公所驻地湾里西北面，距离1公里，行程1.3公里。地处丘陵，村庄坐落在坡脚田边。聚落呈块状，占地面积92亩。建于明末清初。村旁有一井，井边有两块石头似门，故名。

地名志对井门的记载较为详尽，但对于村名由来之述稍有偏颇，并非“两块石头似门”。据村中老人说，井门与汤姓祖上汤员外有关。汤员外原住在西河边的车田，由于家道中落，于是西迁到一里开外这块风水宝地后，把门前的那口水井进行重新修葺，用一米多高的石墙把井圈围起来，并留有便于进出的两道门，一道门对着员外的新家，另一道门朝着车田家旧址。于是，这个“井旁有门，开门见井”的地方就叫井门了，至今已有380多年历史。

井门，是一方环境优美的宝地，更是一个民风淳朴而富有故事的地方。

村前樟树望西河，村后土岭靠大山。这里是一处风水极佳的宜居村落。村庄与西河之间是一垌田地，地势平坦，沙土肥沃，自古以来水旱无忧，全村人的粮食蔬菜皆主产于此。一年四季，垌上色彩分明，斑斓亮眼，春绿秋黄，那绿的是满满的希望，黄的则是沉甸甸的收获。村后山岭树木葱茏，泉水叮咚，梯田如浪，初春如镜夏如金，牛羊成群，牧场水草丰茂，一幅世外桃源的景象。改革开放以后，特别是党的十八大以来，村中楼房高耸，装修一新，道路干净平整，夜幕下太阳能路灯明亮耀眼。入夜，广场舞曲响起，伴随着明快的节奏和优美的旋律，饭后的人们翩翩起舞，一天的劳累顿时烟消云散，好一幅乡村振兴的优美画卷！

几百年来，善良淳朴的井门人，用自己勤劳的双手，以井为轴，绕井择宝地修房建屋，繁衍生息。古水井呈龙形，一井四口，圆形的吃水井为龙头，方形的洗菜井、洗衣井和洗污井一字排开，井井相通，水自梯流，水面高低适当，从未逆流。井沿四周皆为石街。不管天有多旱，井水从未干过，全村 300 多人吃水从未担忧。从我记事起，深两米、直径三米多的吃水井常年清澈见底，水温冬暖夏凉。井壁以河石垒砌，井沿乃为青石镶嵌，井底一层细沙卵石。水自井底冒出，拱成朵朵水花闪动，水花周围，游鱼历历可数，甚是好看。

小时候，每年的大年初一，我就跟着小伙伴，逐家给村里的老人拜年。初一在村里拜年，往往要一整天，有糖果吃也不知道饿，渴了就一窝蜂跑到吃水井边用手捧水喝。井沿的青石有点溜滑，一不小心就有人跌井里去。不知从何时起，村里就有了一条不成文规定，不管哪家小孩掉井里，家长就要及时邀请隔壁邻舍来帮戽井，将井水戽干、清淤、刷井壁，然后用石灰消毒才算完成。

听老人说，村里的小孩几乎都有掉井里的经历，似乎要经过井水的洗礼才算井门人，但这口井几百年来从未“坏”过人。怎么这么神奇？我曾想，是不是井水上冒那股向上的冲力作用？是不是井水中含有什么特殊物质造成浮力增大？还是古井上空有一双神灵的眼睛？我百思不得其解，答案始终难以确定。难道真如村里老人说的那样，这水井是村里年岁最长的一位慈祥老人，小孩掉井里，就像投入老人温暖的怀抱，她爱都爱不够，还怎么可能“坏”自己的子孙呢？

古井不仅是村中饮水之源，也是信息中心、休闲之所。每天清晨，水井边是最热闹的地方。天刚放亮，挑水的男女老少，纷纷开门出来，挑着水桶涌向井边。

井门村的老井　邹典怡 / 摄

挑水也是有讲究的。挑水人都先到洗菜井边站定，双手把持扁担两头，双肩轮流斜下，一左一右，两个桶底蜻蜓点水般点向水面，才算洗完桶底，然后才去吃水井打水。打水时扁担不离肩膀，手握桶梁，侧身蹲下，先将水桶浸入水中，水至半桶时顺势一压一提，左右开弓，一气呵成，两桶水就打满了，躬身起担往家去。若遇偷懒不洗桶底者，定遭群起而攻之。要是哪家新媳妇不得担水要领，将水桶掉井里或打烂桶，大家定会安慰、帮忙，新媳妇脸红过后全是感激，也亲身体验到全村人和睦的氛围。

挑完水后，洗衣井开始热闹起来。姑娘媳妇们端着大盆小盆的来了，围满洗衣井边，除了洗刷鞋帽声、捶打衣物声，最“抓耳”的就是“井边广播”声了：哪家两老昨晚吵到半夜，哪家后生带妹仔回来了，哪家的黄狗下了几个狗仔……话题广泛，内容新鲜。姑娘和新媳妇一般不作声。说到兴奋处，大媳妇偶尔来几句痞话，惹来满井笑声，惊得周围的鸡鸭扑扑急跑开去。

水井旁的晒谷坪和井门小学是我儿时玩耍和学习的乐园。在生产队的时候，晒谷坪是我和小伙伴白天斗鸡、打陀螺，晚上玩捉迷藏的好地方，玩累了就趴在井边的矮石墙上休息，玩渴了就到吃水井边捧水喝，那时光正如南宋词人辛弃疾《丑奴儿·书博山道中壁》所书的“少年不识愁滋味”，晃眼就过了几十年。虽然现在吃水井不用了，古井和村庄面貌也焕然一新了，但每次回老家，总会情不自禁到井边走走看看，看的不仅仅是风景，而是脑海中那一股一股浓浓的家乡情结！

我们那个年代的农村小孩，没有读过幼儿园，也没有上过学前班。我小学一至四年级都是在井门小学度过的。记得每天早上广播一响就起床，洗脸刷牙的时候，妈妈已经将水缸的水挑满了，奶奶的一大锅猪潲也煮好了。见我和四姐洗漱完毕背上书包准备出门上学，奶奶急忙用大锅铲，从潲锅里捞出两个热气腾腾的大红薯，用妈妈刚挑回来的井水降温、冲干净后，每人一个，这就是我和四姐的早餐了。虽然现在也常常到市场里买些红薯吃，或蒸或煮或烤，但永远找不到当年吃潲红薯、喝井水的感觉。虽然吃潲红薯、喝井水的时光过去四十多年，奶奶、妈妈也离我而去多年了，但妈妈挑水的身影、奶奶捞潲红薯的动作，在我记忆深处总是抹不掉，也忘不了，仿佛就在昨天，那么清晰！

“年年岁岁花相似，岁岁年年人不同。”井门，这个生我养我的地方，那里的一山一水、一草一木，永刻心中。

林　村

林　祎

林村是永福县罗锦镇的一个行政村，它山清水秀，土地肥沃，钟灵毓秀，造化天然，美得令人陶醉。

明朝中叶，有福建莆田林姓人在永福做官，见金鸡河畔的鳌峰山下（今林村一带）地势磅礴，山环水绕，状如龙腾凤舞，认定为一方住宅宝地。他卸任后便邀来几个族人一同落籍居住，起名林村，意为林姓人建的村子。

东有鳌鱼滩上游，西有五螺塞水口，
南是飞鹰龙凤舞，北是罗汉赶狮猴。
前是观音坐莲台，后面蚂拐跳龙潭，
上有盘古叮咚响，下是金鸡啼早晚。
十山九岭引山羊，三狗赶到乌泥塘，
神仙到此不想走，子繁孙茂展奇才。

这首古民谣，说的就是林村的美好。

经过几百年的繁衍生息，不包括历代迁出的人员，如今林村有3000多林姓族人，全部是“亘古忠臣”比干的后裔。

有人居住就必须有水，并且是好水。

林村有很多水井，数百年来一直滋养着这里的人们。二甲井、八甲井，均为圆形吊水井，直径85厘米，深15米左右，井沿分别高80厘米和63厘米，两井相距约30米，并排在鳌峰山前，合称“永福县第一深水

林村一隅　吕杰/摄

井”，极少干涸，过去是二甲屯和八甲屯数百村民的主要饮用水源。鳌峰山尾部也有一口井，这口井比较特别，它没有正式名字，就叫挑水井，它旁边的村子就叫大井头，来挑水走的路就叫挑水路，它也是吊水井但没有井沿，它虽然没有井沿但几百年来从没伤过人。这三口井，两口在鳌峰山的头，一口在鳌峰山的尾，形神兼备，给人以充足的想象空间。福塘井由于水好喝、井好看、名字好听，2008 年被评为永福县十大名泉之一。还有大门拉井、双塘井、水拱井、桐山井、金鸡井等等。每一个水井都是一首史诗。井沿上深深的绳索印痕、井旁被踩得溜光铮亮的青石板和台阶，见证着它们曾经的奉献与辉煌。

金鸡河从村中流过，1942 年建拦河坝引水灌溉农田。1957 年 12 月改

建为堵河蓄水工程，1958 年 5 月竣工，取名金鸡河水库。

经过 10 余次续建、扩建和除险加固，金鸡河水库成为一座集雨面积 127 平方公里，总库容 2968 万立方米，设计灌溉罗锦镇、永福镇、苏桥镇 10 多个行政村 4.5 万亩农田的中型水库。

金鸡河水库不但对整个永福县的农业生产起着重要作用，还直接影响着湘桂铁路（含高速铁路）和桂柳高速公路永福段及永福县的防洪安全。同时，它还是一处旅游胜景。

金鸡河水库是一个巨大工程。史料记载，修建金鸡河水库淹没耕地 2100 亩、搬迁 35 户 189 人，并且历时时间长，抽调民工多，仅 1957 年 12 月，就抽调民工 9000 多人，林村几乎家家户户都住有民工。为了取土筑坝，林村人的旱地、菜园、房前屋后，甚至祖坟旁边，被挖成了一个个深浅不一、大小不等的坑，好似美丽姑娘脸上突然长出的点点斑痕。

这里，要向金鸡河水库的建设者致敬，向为修建金鸡河水库做出贡献的林村人致敬。

葛山、河陂山、鳌峰山、螺蛳山、狮子山、金鸡山、老虎岭、蒙岭等等，一个个都有故事、有韵味。它们雄踞在金鸡河两岸，山水相依，装点着大美林村。

葛山在水库的南面，与水库连为一体，是林村最雄伟、最端庄、最大气的一座山。

河陂山也紧邻水库，山的东北脚下有河陂岩。20 世纪 60 年代末至 80 年代初，河陂岩被辟为国家战备油库。建油库不仅占用了林村很多土地，还毁掉了洞内所有景观。老人们回忆说，河陂岩穿过几座山，有 99 岔，起码装得下万把人。宽敞而又景致壮观的有仙牛坪、沙子寨、石磨坪、石门飞泉、桃源洞、盐田等 20 多处。仙牛坪中间的钟乳石酷似一个牧童，旁边一堆堆钟乳石极像匍匐的水牛，坪里遍布牛蹄似的小坑。石磨坪里有四个钟乳石，形如石磨，上下分明。石门飞泉，一瀑布从方形洞中倾泻而下，声震雷动，气势雄伟壮观。桃源洞中有山有水，山环水绕，幽雅怡情。盐田处一片斜平地上阡陌纵横，石丘田里，银光闪烁。

倘若没有这段“深挖洞”的历史，青的山，绿的水，幽深的岩洞，洞内千奇百怪、形态万千的景观，连通水库而又不知流向何处的地下河，还有林村悠久的历史、厚重的文化、丰富的民俗，多种元素汇合，说不定早就建成了景致上乘、世间稀有的旅游目的地。

可惜了。

鳌峰山上有一个岩洞，过去叫下岩，后来更名为血泪岩，这是因为 1944 年 10 月，日本兵侵犯林村，用毒气熏死了躲在岩中的 79 位乡亲。1983 年 4 月，永福县人民政府将血泪岩列为县级文物保护单位。

蒙岭脚下的蒙岭屯既是壮族村落，又是修建金鸡河水库的移民村。

螺蛳山、狮子山、金鸡山因像极了螺蛳、狮子、金鸡而得名。螺蛳山、狮子山的石头为青石，历来是打制石碑、石器的上等材料，20 世纪七八十年代修建板峡水库，这两座山提供了主要的砌筑石料，默默地做着贡献。而金鸡山则更牛一点，金鸡村、金鸡河水库都以它来命名，好似金鸡鸣唱，声名远扬。

老虎岭前的古座村在金鸡河的左岸，是一个壮族村落，无论男女老少，他们在村里全部讲壮话，在外面遇见本村的人也讲壮话，而对于村外的人，则讲平话（当地汉族语言）、桂林话和普通话，不管是哪个地方嫁来的媳妇，两三年后也都能讲一口流利的壮话，数百年来都这样。加工石材是古座人的传统手工技术，能工巧匠很多，他们錾石碑，錾碓坎，刻字，刻石桌、石凳，刻各种人物、动物石像。近年来，村民们种植砂糖橘、加工石材、跑运输等等，日子越过越红火，成了远近闻名的富裕村。

400 多年前，林村人在祭祀令公时就有了“调子”（即彩调）的表演雏形。经过不断发展，彩调于清朝乾隆年间成形，嘉庆、道光年间成熟。1960 年代，电影《刘三姐》的火爆，让世界扎扎实实地认识了彩调。彩调被誉为“快乐剧种”，是广西地方传统戏剧，国家级非物质文化遗产。1987 年，林村被确认为广西彩调剧的发源地，2014 年至今，永福县连续三届被命名为“中国民间文化艺术（彩调）之乡”。彩调，是林村这方水土孕育出来的艳丽花朵，是林村人对广西文化做出的重大贡献。

山得水而活，水得山而秀。这就是林村，一个如诗如画、引人入胜的好地方。

挑水吃

曾锡贤

当“挑水吃”三个字映入你眼帘时，你脑海里一定会出现一幅人们挑着水来回奔忙的画面。可是，在这里我说的却是一个地名，它是我们这个小山村特有的景点。

挑水吃，是我们门口河的一个点，很小很小的一个点，其实是一个小码头。这个小小的挑水吃码头，宽丈余，全用方整的河石砌成，码头的两旁和河的对岸均是绿茵茵的草坪，上面长满了毛茸茸的锅巴草，人踩在上面，软软和和的，舒服得不得了。两边有几棵垂柳，微风一来，柳枝摆动，仿佛在向人们摇手打招呼，画面活了。

挑水吃这个码头，因为利用率太高，石阶被踏得光亮，河里的沙石被水桶底刮出了一个个小坑塘。

挑水吃所在的这条河，我们叫它门口河。门口河由几条小河汇流而成，最长的一条叫四定河，其次是凉伞河，最短的叫北江河。

四定河是金鸡河的干流，发源地叫四定河尾，距挑水吃这条河大概40多里吧，河流流经堡里镇的清坪村，然后到罗锦镇金福村的福陂、牵马垌、甘岭、庙门、山峡，再到江月村的塘陂，而后到金福村的仁陂山——挑水吃的所在地，即我们的小码头。河流由南到北，贯穿三个行政村，最后注入金鸡河水库。

在金鸡河的上游，还有一条小河叫永升河，发源于永升村，它水源不长，流入江月后，与四定河合二为一，为金鸡河水库立下汗马功劳，可以说，金鸡河水库的水源主要来自这两条河。

挑水吃的上游，因山势的陡峭形成了很多深塘，较有名的是打鼓塘、龙田塘、枫木塘、鸡泪塘、辣椒塘、毛竹塘、冲水岩。下游有夹河塘、长塘、雷公砌滚水坝，经过枧洞屯进入金鸡河水库。

先说打鼓塘，打鼓塘距清坪村的桥头屯下方大约 200 米，打鼓塘的上下方因为落差大，河流在这里便形成高低大坎，上下相差十几米。水从上面落到下面，不但腾起密密水雾，而且水流还发出隆隆响声，震耳欲聋，拨人心弦，打鼓塘因此而得名。

龙田塘和枫木塘，都因水深而得名。其中枫木塘得名又与塘边的几株巨枫有关。这几株巨枫，最小的也要两人合抱，估计都年过百岁了。

鸡泪塘不知出自何典得名，在山峡的南头，一大溜光秃秃的石壁下形成绿幽幽的深水，给人一种神秘莫测、阴森恐怖的印象。

说到险，除了打鼓塘，就要算冲水岩了。在没有修建仁陂山水渠和金福公路时，冲水岩确实险。岩石从山上凸出一大截，而河水面上的石岩，经过洪水千万年的冲刷洗涤，石块被冲成了一个深槽和一道石坎，旁边还有很多大小不一的石头。每逢涨罢大水正好放排时，放排人便会心里打怵。

江月河　张荣翔 / 摄

在计划经济的年月里，这项工作必须由有力气有技术的人去完成，所以每每队里安排这项活时，这些人便被点名出工，想推也推不掉。由于冲水岩水急浪高，稍微大意和不经心的放排人便要吃亏了。冲水岩是个死角，水急且石板不高，水流急、排子冲速大，手稍慢些木排或竹排便会被水冲上两三米高的石板上，竹排轻些还可以搬动，如果放的是木排那就惨了。上又上不得，下又下不来，搬又搬不动，这时别的放排人又走远了，这人只有急得跳脚，嘴里咒骂不止，边骂还边扯起嗓子请同伴来帮忙。

比较平和温顺的是辣椒塘、夹河塘和长塘了，因为塘宽而且长，所以水面舒缓平静如镜，排子行走水面，不疾不徐缓缓而行，直如处子一般。

由于挑水吃这条河流不长，所以水的流量不大，一年四季都是温婉可人的。水好它就养人，不但养人而且养鱼，挑水吃河里，不但鱼多种类也多，鳜鱼、鲶鱼、鲤鱼、红翅鱼、石壕鱼、蓝刀鱼等等，应有尽有。

记得我们小时候，一放完学就往河里跑，又特别爱去挑水吃。因为那里拦了一道小坝，加上两岸又是平平整整的草皮，书包往上一放，衣服裤子一脱，冲到水里便打起水仗来。打完水仗便去水里的石块下面摸鱼，一直玩到很晚才回家。

挑水吃这一带的河流以浅滩居多，也不时会有一道拦河小陂坝，陂坝底正好架渔梁。如果运气好，一天也可得三四斤小河鱼，吃是不用愁了，还可以烘些干鱼仔拿去圩上卖。

说到鱼，闹鱼是农村人的最爱。到了秋冬季，天大旱时，河水便干成一个个小水塘，小塘找鱼的人不多，如果是大塘，那就热闹了，附近村子闻讯赶来凑热闹的人络绎不绝。男女老少里三层外三层围着，一边互相交流着信息，无非是些家长里短、婚丧嫁娶的俗事，一边趁主事闹鱼的人不注意，偷捡几条鱼到鱼篓里。

除了特别干旱之年，挑水吃这条河的水从没断过，而且永远是清清亮亮的。在人们的印象中，这条小河的水，从来都是那般妩媚，那般温柔，那般缠绵多情。

挑水吃这条河也并非总是脉脉含情，变起脸来也是十分可怕的。20世纪的70年代和90年代，两次滔天大洪水将门口河彻底改变，小码头没有了，自然，挑水吃也不存在了。

这里的人们没有丧失志气，几年工夫，水挡砌起了，还修起了又宽又长的水渠。

到了本世纪初，特别是近几年，村里通了自来水，去挑水吃的人越来越少了，挑水吃才彻底地完成了它的使命。

梦里又回芭蕉沟

杨志德

家乡前前后后都有小山沟，因为植被好，山沟溪水长年不息，欢快的溪流蹦蹦跳跳奔向小河，成为西江上游的小支系。溪沟多了，西江水自然充盈，犹如树的根，根系越多，树则越旺盛。

家乡的小山沟都有名字，村里有多少姓就会有多少山沟：刘家沟、王家沟、谢家沟……有些没姓的山沟则依沟溪边生长的植物群落为其取名，有樟树沟、毛栗沟等，而芭蕉沟的记忆于我尤为深刻。

芭蕉对于古人似乎总与愁绪分不开，如李商隐的“芭蕉不展丁香结，同向春风各自愁”。徐再思的“一声梧叶一声秋，一点芭蕉一点愁，三更归梦三更后”。而在我看来，是当时的环境、心境不同罢了。芭蕉沟离家有几里地，沿着山势蜿蜒而上，形如一个大弓背，沟两边全是大小不一的野芭蕉，挺直青亮的圆杆杆，碧翠似绢的绿叶叶，载满生机和活力，脚下则是白晶晶的溪流，它们自上而下，穿过光滑的岩石，掀起舞动的水草，溪面上还会漂着几张干树叶，小船般顺流而下，遇上溪中石头沟坎，则顺水滚入水底，成了小虾的房屋。

溪沟虽小，但满是记忆。芭蕉沟，一个绿油油的秋千，荡出许多色彩斑斓的童年故事。

芭蕉沟树木青葱，树叶遮天蔽日，那一缕缕钻过树叶缝隙的阳光散射在溪面上，随着流动的溪水上下闪动，犹如跳动的音符。这里一年四季凉爽无比，溪水永远都清亮透明。夏天，洒一把在脸上，全身透凉，掬一捧放进嘴里，清甜入脾。小时候，大人总会提醒，不要直接用嘴去喝溪水，会有蚂蟥钻进鼻子。想起猫鼻里蚂蟥扭动着时而出时而退的样子，背上确实有点发麻，于是乖乖听大人的话。这时芭蕉叶就成了水瓢，顺着叶尾一撕便可摘下一大片，打个折弄成了一个漏斗形，舀起溪水细看一眼，没有异物便仰头一咕噜，水就进了肚里，这时的溪水，带有芭蕉叶的天然清香，感觉特别甜。

家里的罗汉果地就在芭蕉沟，为了节省时间多干活，中午饭一般就在地里解决。那时的中午饭很简单，在饭盒或者大口盅米饭上盖一层干菜就是午饭了。天虽热，有芭蕉沟，午饭就不会发馊，早上出工时，搬一块石头放进水里，让石头的另一面露出点水面，饭盒便放在石头上，蚂蚁小虫也只能望溪兴叹。中午时，折两根小树枝，削去外皮当成筷子，坐在溪边石头上，上面有芭蕉叶遮阳，双脚则浸在冰凉的溪水里，细细地嚼着咽着，时不时用几口溪水当汤，疲劳和饥饿烟消云散。山里要是突然遇到下大雨，一点也难不倒我们小孩子，随手把外衣外裤脱掉，将衣服夹在胳肢窝下，举起一整块大芭蕉叶放在头顶，任凭雨滴噗噗清脆地打在芭蕉叶上，踩着滴答的节拍从容洒脱地走在回家的路上。

芭蕉沟不宽，溪水最深的地方也不过两尺，也许是水量不大的缘故，溪水里多是些小鱼，感觉千年不大，却又非常灵敏，但凡风吹草动，则迅速钻进石缝里不见了踪影。小虾小蟹倒是不少。小虾我们称为虾米，因其个头确实小，身长一厘米左右，这种小虾炒辣椒香喷喷的，特别送饭。小时候，父亲用麻绳编织成捕虾用的捞绞，为了经久耐用，就用未成熟的野柿汁浸泡，再晾干就成棕黑色的了，跟上过漆一样，几年都不会烂。那时最喜欢背着小竹筐跟在父亲后头，一小抓一小抓的虾米放进筐里时总是弹跳不止，我就担心会跳出来，于是张开手掌挡在上方，虾米不断地弹跳击打在手心上，感觉麻麻的，很有收获的胜利感。外出工作后，父亲还会去捞虾，但总留在家里的火炕头上，哪怕生虫坏掉也不炒来吃，因为他知道我喜欢吃。现在捞虾的人多了，好不容易才攒起一大碗，父亲都留着。看着白发日渐增多的父亲，我不忍心让他再去爬山沟，就跟他说，现在自己虾过敏，吃不得。父亲见我很认真，也只好作罢，只不过还时不时问起，还过敏不。

除了虾米，芭蕉沟里的小螃蟹也招人喜欢，小螃蟹个头小，大拇指盖大，大人是不会感兴趣的，我们则十分欢喜。我们抓螃蟹自有绝招，夏天家里常煮苞米，整条整条放水里煮熟，吃完苞米粒后的苞米芯就是抓蟹的武器。邀上三两个小伙伴，每人手里拿着五六个苞米芯，小跑着来到芭蕉沟，把苞米芯用石头压在沟底，待上十几分钟就可起获，轻轻拿开石头，抓着苞米芯的一头离开水面，螃蟹多的时候，一个苞米芯上会带着十来只小螃蟹，不大一会工夫，便满载而归。小螃蟹炒香来吃，嚼在嘴里嘎嘣嘎嘣的，脆得很。看着我们很享受的样子，父母亲很少动筷子，总讲好扎牙齿（方言，塞牙缝），不好吃。

小时候，家里的猪饲料，最好的就是玉米，然后就是野菜了。下雪的时候野外适合喂猪的野菜都冻死了。这时候，芭蕉沟的芭蕉树成了猪的美食，大人们选一些嫩小的芭蕉树整株砍下来，剥去外面几层老皮，剩下雪白的里层，再砍成一小圈一小圈的，一次煮好一大锅，足够猪吃一星期。芭蕉树生命力很强，砍过的根，第二年又会长出小芽，不会愁没芭蕉了。

芭蕉沟　王明耀 / 摄

现在常有人介绍用山里的芭蕉蔸煮水喝，可以减肥。现在想来，不无道理，难怪那时候的猪总养不肥，一年到头百来斤，但当时猪肉的味道现在却是无法再尝到了。

这几年，禁采禁伐，芭蕉沟依然流水潺潺，芭蕉叶依旧郁郁葱葱。虽然村边有条小河，用水也便捷，乡亲们却在早些年利用芭蕉沟的自然落差，把溪水接进了每家每户，也许是离不开芭蕉沟溪水的清甜吧。前阵子，县城的朋友到我老家去，说想吃甜笋，家人挖了两棵，用芭蕉沟的水煮了两大碗素的，笋一上桌，朋友迫不及待开筷，连连惊呼太好吃了。见他馋样，便拔了几棵给他带回去，他回到家做来吃，说完全没有在我老家煮的味道好。我明白那是少了芭蕉沟的水。每逢回老家，我第一件事就是就着水龙头让水冲一把脸，然后用水漱漱口，再缓缓喝上几口，慢慢回味，水还是那么甜，人还是那么亲。

田园如故，山水相思。芭蕉沟，那湾溪水成了一首流动的歌，里面流淌的是思念和回忆。

插队轶事

何山鹰

四十多年前，一艘木船载着我们六个知青，到达了广福公社大石一队。

大石一队是一个群山崴嵬、大江环抱的山村，由三个自然村100多户人家组成。三个自然村星罗棋布地点缀在大山脚旁和洛清江边。江水弯弯曲曲，忽高忽矮的田野显示了山地的起伏。村子显得很古朴，大多数是用泥砖砌成的房屋。那不时从屋顶升腾而起的袅袅炊烟，每天都为这个静谧的山村平添几分生气。

记忆的闸门一打开，当年插队的许多生活往事，如江水般潮涌而来。时间虽已久远，但我觉得仿佛就发生在昨天，插队生涯是那么鲜活有趣地点缀着我们的生活。

在大石村头上游两里左右的江上，有一片大小不一的岩石耸立江边。其中有一方几平方米的平台尤受游泳者喜爱，离水面不高，双手一搭一撑即可上岸，那年头好多光屁股小孩都爱背着大人偷偷跑到这里游泳玩。

记得一个大热天，我们在江边附近的田里割禾。等队长宣布收工后，看着大伙踏着夕阳归去时，我和板栗、小董几个心照不宣地往江边走去，迫不及待地跳进水里。

此时，夕阳的余晖还横斜在对岸的山坡上，不时有山鸡扑哧扑哧地拍打着翅膀飞入林中。酷暑的热浪下，我们被凉爽的江水浸泡得舒心酣畅，那是一天最美好的时光。

村里几个小男孩老早就在这里戏水游玩了，叽叽喳喳地叫喊以及跳水时的扑通声此起彼伏。我们几个知青水性相当，有的爱玩跳水，有的喜仰泳浮在水面，有的好潜水，玩得不亦乐乎。

突然，刚从江中游回大岩石准备上岸的板栗尖叫起来，吸引了周边所有人的目光。

那声“哎哟”叫得凄惨，有些撕心裂肺，让人听得心惊肉跳。大伙还没回过神来，只见他双手迅捷地往岩石上一搭一撑，大半个身子浮出了水面。右脚往上一抬，左脚也抽出了水面。

就在他这一气呵成的上岸动作即将结束的同时，大伙一下惊呆了——板栗那只左脚像钓竿一样，在上岸的同时扯了只脚鱼（鳖）上来！

这只脚鱼足有蒸扣肉的品碗大，仍咬着板栗的小趾头不放。我们赶紧过去帮忙。有的抱住板栗脚，有的抓住脚鱼，叫板栗趴在岩石上脚趾朝下，同时把脚鱼翻过身去让其四脚朝天，小董用凉鞋猛击脚鱼，那家伙负痛后才松了口，把板栗从惊悚中解救出来。

那晚脚鱼汤是怎么做的、味道怎样都忘得一干二净了，但板栗脚钓脚鱼的奇闻却一直记忆犹新。

我们六个知青从插队第一天起就坚持开集体灶，六个人就像一家人一样共同生活。两位女知青体力差些就做轻松些的活，煮饭、种菜等。男同志负责砍柴、挑水。

只要到山里出工，收工后男同志都到山上砍一担柴火才回家。不到一年时间，我们打的柴火堆放在知青屋檐下，两大板墙边都超过了两米高，直到大伙回城了还没烧完。

而队里分给我们种菜的那块自留地，尽管大家用心去种，勤快浇水施肥，但每当地里的青菜快到可以采摘时，总被悄悄溜进菜园里的牛吃得精光。我们竟然从没吃过自己种的菜。

小菜全靠村民接济，荤菜除半个月能买到一点猪肉外，其余的，得靠我们自己了。

因为杀虫活大都在早晨和下午进行，中午空余时间相对多些，我便常和村里几个同龄人去戽鱼仔、挖泥鳅。

在村子背后的大山坳旁有一个叫蚂蟥冲的地方，尽管地势比一般的田要高，但这片沼泽地很肥沃，其中有很多小泉眼，村民称其为牛眼睛。有

大石新貌　吕杰 / 摄

的泉眼冒出锈水，老人们告诫我们千万别踩那些地方，不小心陷进去，越往上拔腿就会越陷得深，那不是闹着玩的。可这地方有两个特点，泥鳅多，今天挖完明天又有，永远挖不完；蚂蟥多，随便一处水里都有那软飘飘的身影在悠悠地畅游。

第一次到蚂蟥冲挖泥鳅便旗开得胜。照着老轫教的技术做，双手插进泥中，然后把十指往回扒开，烂泥中的泥鳅就会暴露无遗。是抓是捧，全由自己。

那天挖了几十分钟，起码捉了半斤多，心里特别得意。

就在走到旁边水沟里准备洗脚回家时，一双脚放到沟里搓洗时发现上面很多泥巴洗不掉，定睛一看是蚂蟥！十几条，全都吃得圆鼓鼓的，扯都扯不掉！

我那惊天地泣鬼神的刺耳叫声不知有多少分贝，鱼篓被抛得老远，双手不停地拍打，而那些蚂蟥任凭如何扯打，就是不掉，让人奈何不得。比我大上几岁的老轫扯来一把田埂边的芭芒草，叫我双脚绷紧，他拿着草由上往下刮。这一招还管用，所刮之处，蚂蟥纷纷掉落，留下十几个伤口往外冒血。老轫又摘了些名叫金蚕叶的草让我搓烂擦到血口上，这才止住了血。

老轫还告诉我，以后下水田前先搓把金蚕叶把脚抹一遍，蚂蟥怕这味道，便不敢靠近了。后来真的屡试不爽，再也没有蚂蟥上身了。

一次轮到我和小董值日赶圩，集体灶规定大家轮流少出一天工，去圩上为大伙采购生活用品和菜。从生产队到公社圩上十八里山路，光走路来回都要花半天时间。

赶圩的头等大事是吃碗米粉。

那天我们各自买了粉后，小董没吃几夹就发现猪皮上有一撮没刮掉的长毛。他人长得比我矮小，胃口出奇地浅。一看碗里的猪毛就再也吃不进了。我二话不说，端起他放下的碗一起倒入我的米粉里，一阵风卷残云、稀里呼噜吃得连汤都不剩。

那天赶完圩往回走时下起了大雨。

山路弯弯，涧水淙淙，本来就崎岖的路更加湿滑了。在经过鸡冠石旁的山沟时，沟壑里来时还看得见的石墩子已被山上冲下来的黄泥水淹没。我们只得卷起裤脚，提着凉鞋，摸索着涉水而行。还没走上几步，我便“啊”地惊叫起来，脚下踩到了软而滑还会动的东西。

那时害怕二字根本不会写，似乎一身的胆子。赶紧叫小董接过箩筐后，我用手沿脚下的石缝边摸去。这一摸，竟摸到了长得疤疤癞癞的有些像癞蛤蟆一样的山蚂拐（石蛙）。小董一看也来了兴趣，把担子放到沟对面后，也下来“参战”。

那天我们在这五六米宽的山沟里捉了两斤多山蚂拐。为了炫耀，专门用沟边的藤条一只一只地叠着绑好，直接挂在扁担头上。小董也一扫没吃好米粉的不快，憨憨地说了一句：“这下把老子的猪毛损失搞回来了！”

三年一个月零十八天的知青生活，转眼即成永远的怀念。

西河记忆

陶建梅

西河，是珠江水系洛清江的支流，发源于海拔 1524 米的天平山支脉大雾山脉的广福顶。由西北向南流，经永福县龙江乡的丹江、龙隐、上维、保安、驿马、龙山等行政村，至江口与百寿河汇合，始称西河。流经龙江乡的西河、兴隆、双江、仁合，永福镇的泡口、四合、湾里等行政村，至永福县城南部汇入洛清江。在西河上游，龙江河保安段及其支流丹江、上维河、布里河、波塘江、碧潦河、拉江等，有珍贵动物大鲵（娃娃鱼），属国家二级保护动物。

138 县道沿西河江岸延伸，公路两侧绿树成荫。龙江乡森林覆盖率达 87%，境内有 20 公里的自行车赛道，被称为最美赛道。

而我，有幸在这有着“百里西河、百里画廊”美誉的西河路段行走了 2 年多。虽然调离多年，很多记忆仍然历历在目。

记忆最深刻的是架在河面上连通两岸的十几座吊桥，是西河段上的独特风景。十几米高的桥墩，粗大的铁索吊起了桥面，桥面是木板铺设的。走吊桥需要一点技巧，否则桥面晃悠得厉害。过桥的时候，重心要稳，脚步要轻快，切忌左右用力，否则桥面就会晃悠起来。十几米高的桥面晃悠起来，脚都会发软。有时候下村，走在前面的使坏，故意晃一下，惹得走在后面的姑娘们尖叫不已，扶着桥两边的铁索不敢动。奇怪的是，你越害怕，桥就越发晃得厉害。你不怕了，快步通过，桥面就不晃了。

从小生长在西河边的孩子们艺高胆大，夏天的时候，从桥上直接跳入河中，我们看得心惊胆战，他们笑得得意放肆，有着农村孩子的野性。

最奇特的是，西河水的颜色会变的。春夏季节，水量比较大，河水清澈见底。到了秋冬季节，水量变小，河水就成了绿色，绿得像调色盘里的色膏一样浓厚。

西河水是清甜的，用西河水煮的鱼汤、鸡汤味道就是不一样，特别的清甜。三、四月份的时候，河边还有很多肥肥嫩嫩的白花菜。我们经常在下村的时候，就顺手摘一些白花菜，休息的时候再去河里摸点螺蛳，幸运的话，还可以在草丛里捡到几个鸡蛋。因为村民的鸡都是散养的。淳朴的乡村，香喷喷的农家饭，在我脑海里留下了深刻的记忆。

经过西河村，别忘了带几块里旺的清水豆腐。山里的水做出的豆腐，细嫩清香。很多人都慕名而来，专程去购买。主人每天就做那么两桶，不预订，还真买不到。

到了牛河口，千万要记得吃一碗牛河米粉再进龙江。牛河米粉大碗，味道又好。进龙江之前吃碗米粉都快成了标志性的仪式了。

再往上游走，到了丹江和上维，那是龙江乡最边远的村寨。山上有很

仁合村吊桥　卢明 / 摄

多珍贵的林木和药材。曾经在丹江的村民家中看到院子里的晾衣杆居然是紫檀木。山中的鸡是会飞的，经常飞到树上栖息。入了冬，村里的人总喜欢在河沟里用大石头垒起一个又一个的圈，把买回来的几十斤草鱼放到圈里养，过了两三个月后，草鱼的肉质更加鲜嫩清甜了，是过年的时候招待客人的最佳菜肴。

龙江乡是罗汉果之乡。十月份是罗汉果成熟的季节，此时到处都有罗汉果的清香味。乡政府门前的罗汉果集散地，码放着一筐一筐的罗汉果，收果的、卖果的，小货车、大货车，小小的龙江街热闹非凡。

龙江的百香果也特别好吃。大概山里的气温低一点，百香果也比外边的成熟得晚一些。但是，汁多，香甜。曾经购买了几十斤寄到武汉去，从小在武汉长大的表弟不知道是什么，一刀从中间切下，黄色的汁混着黑色的籽流了一地。然后，在同事们的惊叹声中，一股香甜的味道弥漫而出。最后，寄给表弟的百香果被他的同事们抢完了。2017 年，在武汉的超市里，百香果标价 13.5 元一斤，而且因为运输时间长，积压太久，外表都呈黑褐色的了，味道也不怎么样，所以人们不怎么喜爱。我寄去的百香果，到了武汉，还是紫红色的，新鲜得很，又刚好熟透，味道很棒。表妹家的孩子特别喜欢吃百香果，于是去网上订购了一些，但是味道不行，太酸了。打电话来问为什么龙江的就这么好吃。我想，大概是因为龙江的山好、水好吧！

如今的西河，除了铁索吊桥，很多村屯已经修建了滚水坝，车子可以开过河对岸，到达家门口。长塘水库也在规划修建，仁合、双江、西河、兴隆这一段的村庄和风景将成为历史，“百里西河、百里画廊”将成为记忆。

与西江为伴

刘卉芝

我喜欢西江，常走近西江，与她宁静相伴。

广场边，一湾西江静水平铺，让冷漠的钢筋水泥平添了许多秀色。她在夜色中安静无波，似乎融化了城市的喧嚣，洗净了白日的浮躁，让人们在她的宁静里，仿佛能听见自己内心的声音。倚在河堤边的大理石栏杆上，看江面跳动的霓虹，如一群孩子在追逐、跳跃，相互嬉戏，纯真欢快。如若明月高悬，丝竹缥缈，对水临风，内心的恬淡可化解一切孤寂失落，让自己完完全全融入夜色之中。

现代生活太嘈杂，节奏太快。今天想不起昨天的轨迹，下午不记得上午是怎么过的，甚至想不起前一刻自己在做什么。每个人都在想着下一刻要完成的任务，盘算着明天该做的事情，有限的一点思维空间，也被手机电脑无限精彩的网络世界挤占了。大家都在拼命追赶，想要抓住些有形无形的东西，没有人会在意别人想什么，甚至也没有心情思考自己，时间被现实塞得满满当当。然而，当夜深人静叩问心灵时，就会觉得空空荡荡。回首过往，没有一星半点的印记，内心便被无边的孤寂充斥。“寂寞重门掩，无人问所思”，被寂寞啃噬的感觉，足以使人意志崩溃。如果此时，走进西江，与静静的山水为伴，以心与之交流，便会相看两不厌，获得情感的升华。

“逝者如斯夫，不舍昼夜”，滔滔西江水，让人感慨不已。世间万物，就像这江水，一经流去，便不会回来。西江就像一本饱含哲理的书。与西江为伴，细细品味江边的一花一草一朵浪花，便可从中撷取智慧，让人茅塞顿开，宇宙人生便在眼前呈现，别是一番境界，体验到更为快乐的人生。

春日里，西江边繁花似锦，但西江春色却不同于公园的春色娇媚，而是充满了生机活力。两岸簇生的清明花、带着豪气的芦苇丛和不知名的自由开放的野花，无不宣告着自然、奔放。我曾在某一个春天心血来潮，从牛河大桥起，沿西江南岸徒步，沿途时而山间小道，时而河道沙洲，在温润的空气中，在青山绿水间，洒下欢歌笑语，留下靓丽身姿，真真切切感受烟雨西江的迷人魅力。还在江边一户农家院门上看见一副“忠孝传家久，诗书继世长”，横批为“民康物阜”的对联，这让我对福寿之乡的人文历史有了更为感性的认识。那时候才明白，其实很多厚重的文化，并不是办公桌上书本和网络上的文字那样单薄。人文底蕴，应该是在人们生活的每一个细节里，在风俗习惯里、民间交往中，乃至人们对社会、对自我的认知中……

秋冬季节，阳光明净，天高气爽，江风飒飒，凉意袭人，江水犹如彩练缠绕着福寿大地，时而欢快，时而静默。西江两岸群山罗列，倒映在江水中，意蕴便在这山水间润滑开来。每一次临水而立，我便沉默，我喜欢默默地感受江水带来的平和，常常在水的幽静里忘却一切；喜欢山水相依的意境，绵延不断的群山与水缠绕，有着不尽的情意。情真意切紧倚携，簪山带水美相依，我常把山间清溪看成山与水的窃窃私语，而那静静流淌的江水，便是山的伴侣，唯有山与河共存才是完美的。

一年之中多数时候，西江平静流淌，像温顺的少女，秀色可餐。但有时候，西江波涛汹涌，有如万马奔腾冲向前方，也似一阕雄浑的乐章，给人以力量和震撼。每年的四月到七月是西江汛期，人们经常会在这个时段见识咆哮的西江，滚滚洪流夹杂着枯枝败叶呼啸而来，有横扫万象的豪气，让谁也不敢小觑。每年西江大水时，我总会到江边走走，看看昔日温顺的她如何壮丽地走向远方。杜甫在《登高》中感慨“无边落木萧萧下，不尽长江滚滚来”，我没有领略过长江的浩荡，但我喜欢诗歌中大浪滔滔的磅礴气势。每当看见雄浑的西江水高歌猛进而来、激越昂扬而去时，我总是心潮澎湃，不能自已，仿佛身心充满了力量，激发出无限的生命活力。

有时，我会把西江想象成一首诗歌，从山里逶迤而来，带着曲调，踩着韵脚，走走停停。她在浅滩上跳跃，飞溅起洁白的浪花，相互推挤着，与河床上的卵石游戏，和岸边的山花野草唱和；有时，我也会把西江想象成一个传奇故事，从遥远的历史蹒跚走来，低回婉转，跌宕起伏。她在时光深处盈盈浅笑，在深潭里静默，邀蓝天白云入座，与群山依偎，细细诉说着，或者只是沉默。

西江渔人　张荣翔 / 摄

如若傍晚，看落日逐渐隐没在视线所及的山头，余晖给晚霞镶上灿烂的金边，给广袤的天空衬底，云朵飘浮，远山的线条连绵起伏，柔和飘逸，那些挤挤挨挨的重峦叠嶂，仿佛稚子之于母亲，被一江碧水环抱，安详而宁静，充满依恋和信赖。此时，与沉默的西江为伴，感受那江水澄澈，山光物态，飞鸟虫鱼，皆于期间休养生息，万物洗尽了戾气，涵养在这美好的时空中。“上善若水，水善利万物而不争”，据说这是为人、做事的最高境界了。

西江，在福寿大地上缓缓地流淌，流进了人们的血脉，无言地滋育着一代又一代永福人。因了西江的宁静、秀美，永福人无论到哪里，看到山水都要在内心比较一番，也总是打心眼里觉着自家好。多年前，我和一群人出门，在全国各地游走了一大圈，不乏名山大川，风景名胜。每到一处，自然感慨颇多，赞不绝口。然而，回到永福下车后的第一句话居然是：“终于回来了，还是我们永福好，水都比别的地方好喝多了！”全车人哗然：其实大家都在心里默念着这句话呢。

与西江为伴，西江告诉我，年年岁岁，时时刻刻，她毫无倦意地奔流，尽管留恋沿途的风景，但不会做一刻停留。她从远古奔跑到现在，再向未来跑着，没有什么能让她停下脚步。她用与我心灵相通的语言说：不能停下，谁也无法停下。在忙忙碌碌中忽略了自己的人们啊，与西江为伴吧，西江会领我们走进一个充满活力的世界，告诉我们什么才是真正的快乐。

我们的第二课堂
——金鸡河散记

林庚运

金鸡河是茅江支流的主干，在罗锦镇林村境内堵河蓄水建有一座中型水库，叫金鸡河水库。我们小的时候没有家庭作业，没有辅导班，没有手机、电脑，就连图书也很少，放了学或者是星期天，这里就成了我们延伸的课堂。

晚稻成熟，水库的水慢慢干了，只剩下中间的那条金鸡河。2000 多亩的库区，长满了绿油油、鲜嫩嫩的野菜和野草。

男孩子们抽勾，二人一组，把各自生产队最健壮的牛牵来，说是给牛吃嫩草，其实是在水库里摆开阵仗，两两开打，我们叫牛打架。起哄，挑逗，鞭打，双方的牛都被撩雄（惹急）了。它们低着头，扬起角，朝对方冲去。牛角碰撞得砰砰直响，有的角断了，有的流血了，牛跑，人也跑，牛的惨叫声，人的尖叫声，混杂在一起，惊心动魄。

这种搞法很快被制止了。社员们看见牛伤了，心疼得不得了。驻队的干部骂得最凶，说我们这些小崽子光会吃不能做，还不如牛卖力，牛是生产队的宝，可不能死。后来才知道，牛是很值钱的。要是因为牛受了伤，影响了生产，驻队干部是不好交差的。牛死了，差不多就是政治事件了。

牛不能打架了，但我们的耍法还有很多。

有一种耍法，别的地方叫什么我不清楚，我们这里叫“打鸡头”。一根长 20 厘米、直径 3 厘米左右的圆木棒，我们叫鸡棒；一截长约 5 厘米、直径约 2 厘米的圆木头，我们叫鸡头。把鸡头架在石头上，或者是小土坡上，

金鸡河水库　吕杰/摄

鸡棒猛敲鸡头高的一端，鸡头弹起，鸡棒用力把鸡头打出去，然后用鸡棒从鸡头安放的地方量到鸡头落地的地方，一棒就是 1，这是最低级的玩法。第二级别的玩法是，鸡头被敲打弹起时，鸡棒接一下再打出去，量的时候一棒算 2。第三级别的玩法是鸡棒接两下再打出去，量的时候一棒算 3。鸡棒接三下、四下再打出去，那是高级别高水平了，一棒算 5、算 10，多数小孩子做不到。随各人玩哪种打法，结果都是棒数少的给棒数多的“进贡”。

鸡棒和鸡头要用石山上长的硬柴火做，敲起来梆梆响的才好，长度也是有讲究的。鸡头太长太大，就重，打不远，太短太小，就难打得准。短鸡棒打鸡头，“吃贡”的时候特别容易伤着手，长的量棒数的时候就吃亏，打得同样远，别人量得 60 棒，自己才量得 55 棒，就挨进贡。

最精彩的是吃贡。挨进贡的人把鸡头抛给吃贡的人，吃贡的人用鸡棒把抛来的鸡头用力击打，鸡头呼呼地飞出去四五十米远，进贡的人除了要躲避飞来的鸡头，待鸡头落地，还得跑过去捡起鸡头又跑回来继续进贡，如此反复，气喘吁吁，满头大汗。抛得不到位，吃贡的人可以不吃，进贡的人又得再捡、再抛。有时吃贡人还故意把鸡头打进牛屎里或者烂泥塘里，进贡的人也得去捡来继续进贡，简直想哭。好不容易得吃贡了，由于技术不过硬，面对抛过来的鸡头，鸡棒一扫过去，打空了，没有吃到，就失去了吃贡的机会。那个后悔呀，后悔得直拍大腿。于是就不服气，就死命地练，做梦的时候手都在甩。

宽阔的金鸡河畔，留下了我们矫健的身姿和酣畅淋漓的喊叫。

打石头仗也是很刺激的。放学回家把书包一撂，到煮猪潲的大扒锅里捞出两个红薯，也不管潲水臭不臭，就把红薯往嘴巴里塞，噎得眼睛翻白也不管，径直往水库里跑。我们自然地分成两伙，年纪大点的打石头仗，年纪小的打泥巴仗。不管打石头仗还是打泥巴仗，都需要眼神好、头脑灵、腿脚快。说来也怪，石头、泥巴砸过来砸过去，密密麻麻的，玩了好几年，极少有人被伤着，有那么几个受伤的也只是被打到脚和屁股这些地方。只有弟狗背时（方言，倒霉）。那天，我们正玩得兴起，突然听见弟狗"啊"地一声惨叫，接着撕心裂肺地哭起来，像杀猪一样。我们一看，他额头上红红的一片，肯定是被打中了。他讲他是躲开了的，谁知有两块泥巴相撞，一块被撞得改变了方向，直直地朝他的脑袋飞来，正好打在额头中间。我们按照老人教的，马上吐口水给他涂抹，抹着抹着，就起了一个乒乓球大的包，加上满脸的眼泪、口水、鼻涕、泥浆，我们说这回弟狗像妖怪了，嘻嘻哈哈地回家了。真是少年不知愁滋味。

弟狗他爸收工回来，在村子里走了一圈。不久，好多人家就传出了鬼哭狼嚎的声音。

第二天，我们放学回来照样往水库里跑，整整齐齐的。

这群小汉子，要是在战争年代，说不定一个个都是好兵。

春雨淅淅沥沥地下，到了四月底，水库就蓄满了水，我们的阵地转移到了岸上。

比赛打水漂是经常的事。拿一块扁平的石头，侧弯着腰用力摔出去，石头擦着水面飞行，不断向前弹跳，弹跳得越久，水漂就越多，水漂多的就是胜利者。比赛结果虽然没有奖励，也没有表扬，但获胜的人走起路来摇头晃脑，雄赳赳的，就像一个王。

钓鱼也是一件大事。老人说，住在金鸡河边，要学会游泳，要懂得找鱼虾吃。游泳早就会了，该学找吃的了。我们人小用不了渔网，就开钓。那时鱼很多，我们用鸭仔蛇（蚯蚓）、饭蚊子（苍蝇）做鱼饵，什么大眼鱼、黄尾鱼、麻勾鱼、石豪鱼，都可以钓得到。我们还学会了排钓、沤钓（又叫放钓）、发钓[1]等好多种钓鱼的方法。

夏天的晚上，五六里长的大坝上热闹非凡，少说也有三四百人。微风带着烂漫山花的幽香，拂过宽阔的水面，贴着大坝往上升，亲吻过大坝上所有的人，然后飘然而去。人们东一伙西一堆，或坐或躺，有的在交流队里的生产情况，有的在传递着外面的新闻，有的纯粹在享受风的凉爽。而我们这些小孩子早早就来了，把最好的位子占好留给老人，等他们一到，就央求他们讲故事。

最会讲故事的是十一爹，他是一个裁缝师傅，读过几年老学，他的故事最多，也讲得最好听。从他的嘴里，我们知道了包公，五鼠闹东京，狸猫换太子，知道了薛仁贵脱帽退万敌，孙悟空三打白骨精，还知道了郑兴为了救母亲割自己大腿的肉给母亲吃。最过瘾的是听聊斋故事，既紧张又期待，什么女鬼聂小倩、黑山老妖、崂山道士、婴宁、连琐等等，听着听着就挤作一堆，大气都不敢出。最要命的是，故事讲到一半，十一爹说口干了，要喝水，不然讲不下去了。虽然离家只有几十米，但是谁都不敢去，你推我，我推你，最后找出了一个办法，就是轮流去舀水，每次去三个人，拿水的人在中间，前面一个开路，后面一个保护，并且走几步喊一声，大坝上要有人答应。但往往是舀得水来走到一半，人就飞跑，要是有人咳一声嗽，尿都挨吓出来。回到大坝上，一筒子水只剩下几滴。我们战战兢兢的，十一爹他们却哈哈大笑。

老奶奶们聊着村里面的新鲜事、各自在娘家时的往事，还时不时出谜语给我们猜，教我们唱童谣，偶尔还小声地唱几句调子（彩调）给我们听。到了十点、十一点，人们才陆陆续续回家。有的年轻人索性在大坝上过夜，第二天一大早，用清凉的水洗洗脸，咕噜咕噜漱漱口才回去出工。

大坝的东端紧连着河陂山，山上有一个岩洞很大，20 世纪 60 年代末

1 发钓，当地钓鱼的一种方法，鱼吃钓时触发钓竿机关，鱼就被扯出水面悬在空中。

到 80 年代初，被辟为国家战备油库，有很多的工人和他们的家属，还有一个连的解放军。这个战备油库的生活区，每个星期都放两三场电影，放映时间要根据县电影公司安排，有时晚上七点多钟就放了，有时要等县电影院放一场或者两场以后才能放。不管哪个时候放，都要派车到县城把片子接回来。要是大队部方向传来三声汽车喇叭声（这是村里人跟司机们的约定），我们知道拉片子的车回来了，于是急忙赶过去。刚才还热热闹闹的大坝，转眼之间就安静下来。第二天晚上，电影里的台词、故事情节，将用我们的语言和我们的方式，在这金鸡河水库的大坝上重新上演。

金鸡河上游的山区，那时还没有通公路，毛竹、杉木、矿木、枕木被扎成排，在放排汉子的驾驭下逶迤而来，进了水库就像一条条长龙，很是壮观。这些竹木是生产队最重要的经济来源，金鸡河就成了交通要道，成了山里人的希望之道。因为水库的东面是公路，这些排就被拢在东边的水岸，放排汉子或者是一个人扛，或是两个人抬，艰难地走上大坝，喊着“一、二、三”——肩膀一顶，人往后一缩，这些竹子、木头就滚下大坝，停在公路边。

然后就分类堆放。杉木、矿木、竹子一堆紧挨着一堆，简直望不到头。枕木方方正正的，被摆成“井”字形，一层层码放，比大坝还高，像城堡一样，有八九十座。大人们说，这些木头、竹子要运到很远的地方去，修铁路、开矿井、建工厂、起高楼大厦。

堆放竹木的地方也是我们最爱去的。我们捉迷藏，我们“抓特务”，我们模拟打仗。我们横七竖八地躺在“城堡”上，背“语录”，背“老三篇”，唱革命歌曲。我们浮想联翩、异想天开，争论孙悟空和薛仁贵哪个厉害，包公这么大的官别不别短火（手枪），有多少警卫员。我们猜想着大人们讲的那些很远的地方是什么样子的。

接下来的几个月，一辆辆汽车，把这一堆堆竹木、一个个“城堡”运走了。我们失落了很久。但是我们知道，只要有金鸡河，只要有金鸡河水库，这些竹子，这些木头，明年还会有，明年的明年还会有。我们的心里装载着希望。

寒来暑往，冬去春来，金鸡河就这样给了我们很多的美好，这些美好一直陪伴着我们，成了永恒的记忆。

蹚过这条带着墨香的河

付娟娟

老屿河的名字怎么得来的无从考证，老屿河的源头从哪儿开始也不想去探究。我只知道，老屿河曾是我们青春年少的见证，循着时光的脚步回溯，仿佛看到墨香灯影里少年稚气的脸庞，仿佛听到淙淙水声伴随着干净清脆的读书声，仿佛看到河水溅起的一朵朵水花，绽放出青春年华里天马行空般的美丽梦想。

老屿河总是在记忆里潺潺轻唱，而学校、河流、青春，那些不能忘怀的影像总是不经意间一幕幕呈现。

校在坡上，河在坡下。

校是永安乡唯一的一所初中，穿过永安街跨过老屿河即到。学校倚山临河，学生食堂最靠近河边，食堂阿姨每天清晨，挑起箩筐，到河边淘米洗菜，箩筐左右轻轻摆动，秕谷、米糠、碎屑浮起来，清清的水面就浮起一条灰白的淘米水水带，河水哗啦啦流，水带一会儿就散开了，而水下的小鱼聚拢过来，瞅着一片菜叶的碎片，一口衔住，欢快地摇摇尾巴，迅速钻进石缝里，还不忘探出头瞧瞧动静。校舍一层一层拾级而上，学生宿舍、教学楼、教师宿舍，教师宿舍在最高的那一级，当时没有自来水，喝水、用水都得到河边挑回，每位老师家里都准备有一根扁担，两个铝桶，赶在每天清晨，就把一天的水挑回存到水缸里，扁担吱呀吱呀响着，石阶上来来往往，一步一个脚印，泼洒的水在石阶上印出花。教音乐的谢老师是一位娇小的女老师，挑水上石阶很吃力，几个男同学每天自告奋勇替谢老师挑水，这道风景每天清晨都在校园里重复上演。

江边掠影　王明耀 / 摄

初中三年在永安初中度过。校园四周及后面山岭，疏密有致地生长着灌木林、板栗树、竹林、桂花树、松树、杉树……绿色点染的山坡层层叠叠，绵延远方，风起，松针、杉枝、竹梢、绿叶伴着风的脚步摇曳起舞，那满山挨挨挤挤的绿就波浪般流动起来，窸窸窣窣的天籁便音乐般流泻起来。

那时候，校园周边最多的就是桃金娘树，这些小灌木专选酸性土生长，但不计土地贫瘠，食堂后，澡堂旁，石缝间，土坡上，随处都能看到它们的身姿，有的静默独立，有的挤在一起热闹丛生，树冠低矮，叶儿碧绿。每至夏季，一朵一朵粉红色的花儿如点点红霞，隐在绿叶间含羞带笑，花谢果长，桃金娘果实由初生的一点点硬邦邦的果核，到成熟后一个个紫黑色小坛子似的挂满枝头，整个夏季花开花落，而我们拿一个空墨水瓶，灌上一瓶清凌凌的老屿河水，折几枝花儿，摆在教室课桌上，搁在宿舍窗台上，这份芬芳弥漫在少年时代的每一页笔墨中。果儿成熟，我们三五相邀，摘一篮桃金娘拿到河边，浸在水里清洗，果实捧在手中，流水滑过指尖，桃金娘玛瑙般黑紫发亮，饱满柔软，弹性十足，一个个小坛子一样，忍不住就坐在河边，一颗接着一颗吃起来，酸酸甜甜，手指上染上了紫红、嘴角也染上了紫红，你望望我，我望望你："你看你这个小馋猫，嘴角上都是桃金娘了。""你说我？你还不是一样！来来来，我帮你洗洗。"捧起一把水花洒过去，水花四溅，笑声落在水面，那份天真无邪，那份酸酸甜甜，随着老屿河的流水，流过少年，流过青春，丰盈了少年的甜蜜与烦恼，至今忆起，仍是回味悠长。

老屿河就在坡下，从学校前方横穿而过，虽是一条很小很小的河流，但即使在枯水季节，河水亦没有断过。河流沿岸山岭横亘，农田纵横，河边的树枝丫，凌空照影。不时出现的几根修竹，竹竿弯弯，风儿拂过，竹梢在水面一圈一圈荡起涟漪，似老人垂钓。河滩都是大大小小的石块砂砾，河水清清亮亮，像欢快的孩子，从深山里蹦蹦跳跳而来。曾与几个同学溯源而上，攀巨石，涉水潭，过浅滩，弯弯曲曲，颇有一些大无畏的冒险精神，可终因天暮而返，此后便打消了这冒险之旅的念头。

那时，学校还没有围墙，条条小道通河边，清晨或者黄昏，薄雾轻浮，河水安静，草木幽香，我们总喜欢抱着语文书，捧着英语书，找一块石头，择一道河滩，席地而坐，或默默背诵，或轻轻朗读，卡壳了，不会了，你帮我，我帮你；渴了，喝一口小河里甜滋滋的水；累了，掬一把清凉凉的水拍拍脸。《陋室铭》《爱莲说》《卖炭翁》《桃花源记》《岳阳楼记》……墨香融入流水，水流淌进记忆，时至今日，在课堂上教学的时候，我仍旧能随口流畅地背出这些文章，这跟当时在老屿河边下的功夫是分不开的。

小河最热闹的时候是午饭过后，男生女生趁着午休，提着桶，端着盆到河边洗衣服，男生五大三粗，衣服泡在桶里，脚噗噗噗踩几下，拿出来三搓两搓就好了，还美其名曰：见水为干净。女生嘻嘻哈哈打闹，说着校园里的八卦：音乐老师谈男朋友了，部队的，好帅的噢！某人与某人闹别扭了，好多天不说话了……洗着洗着，有些男生，衣服一脱，咕咚跳进水潭，拍打着水花，故意溅到女同学身上，然后吸一口气，一个猛子扎进水里，潜到水下，从水潭另一边钻出来，望着女生龇牙笑，女生羞红了脸，又气又急，跺着脚却无可奈何。

小河带给我们多少幻想啊！叠一只小小的纸船，把希冀和小秘密藏在船上，目送着纸船随水远去；小河带给我们多少快乐啊！到小河里翻石头，抓小螃蟹，抓小虾，看小鱼绕着腿肚游来游去；小河带给我们多少魂牵梦萦啊！涨水的时候，是老师牵着我们安全走过小河跳石……

时光流逝，岁月更迭，很多人很多事的影像在我们脑海中会慢慢模糊、慢慢淡化，但老屿河还在，它仍旧不知疲倦地奔流着，那叮叮咚咚的流水，已经成为我们生命中的一首歌，融入我们的血液，在老屿河度过的每一个瞬间，都是我们生命里隽永的记忆。

大溪河印记

李小林

我的老家在苏桥。

家乡有一条河，名叫“大溪河”，苏桥圩在大溪河的东边，我的老家在西头。

我的老家与大溪河相距大约15里，相隔这么远，按说大溪河与我本不会有太多的关联，但是因为集镇毗邻大溪河，要到集镇上进行农产品买卖之类必须先过了大溪河，所以随着年纪的增长便逐渐有了接触，同时也是随着年龄的增长，到外求学，及至外出工作，与大溪河也是渐行渐远，但大溪河以及与之有关的过往在我的心里烙下了或多或少、或深或浅的印记。

上小学之前，我是没有到过集镇上的，及至上了小学，我开始做一些下田插秧收割、回家晒谷煮饭之类的活计，此时我在父母的眼里也算个小大人了，于是才有机会偶尔在逢圩日时，趁着家里有点小东西到圩上卖、顺便购置日常用品的时候，像个小跟屁虫一样跟在奶奶或者妈妈后头，到圩上开开眼界、长长见识，这样与大溪河就结识了。虽然每次都要步行往返30里的路程，但因为圩上有松软可口的油炸馍、香喷喷的五香瓜子，以及桂林米粉、苏桥米豆腐等美食可以品尝，遇上长辈“开恩”，甚至还可以奢侈一次，到圩尾狭长的新华书店里买上一两本梦寐以求的《敌后武工队》《岳飞》之类的连环画，这是最让我开心的事了。

老圩在大溪河东侧，每次去赶圩都必须做好“足”上功夫，先风尘仆仆地步行15里路来到大溪河边名叫“渡船头”的小村庄旁的小码头，然后乘船渡过大溪河，上了岸再走上十来分钟的田间小路才能到达圩上。想必，这大溪河畔的小村“渡船头”的名字就是由此而来的。

未曾到过圩场之前，我满脑子装的都是我们的小村庄：村前静止如镜的大水库，村后纤细文弱的小山沟，以及村庄四周纵横交错的金色稻田，我们小孩的快乐世界，无非是夏天扑进水库里嬉戏玩水钓鱼摸螺蛳，秋季时跑到土岭上放牛采摘野果捉迷藏，何时见过这般水面宽阔、深不可测的大河，于是，坐渡船赶圩便成了我童年时期好奇而又渴望的一件事。

大溪河将全镇九个村委分隔在河的两岸，两岸群众要到对岸走亲访友、春插秋割、买卖农产品等等，都需要乘坐渡船才能完成。如今时光逝去已久，记忆也逐渐变得模糊，只记得横渡大溪河的渡船是一艘铁皮船，一根粗大结实的钢缆绳从低矮的空中横跨河面，两头分别牢牢拴在岸边的大树上，缆绳上套着一个已经被磨得油光发亮的木头夹子，这是摆渡人专门用来拉渡船前行的工具。小时候，觉得很神奇，摆渡人站在船头，吼一嗓子“坐稳了，开船喽——”，话音未落，只见他双脚前蹬，身子稍往后倾，双手紧握木夹子往后用力一拉，满载客人的渡船便轻轻离岸，尖形的船头便与清澈的河水撞击出雪白的浪花，随着哗啦哗啦的河水与船体的撞击声，船就平稳轻松向对岸前进。

有人的地方总有故事。从人们上船到船靠对岸，其间不过短短数分钟，在迎来送往的渡船上，男人们的粗犷打诨、女人们的家长里短、小孩儿的打闹哭笑……每一天里，大溪河上的渡船都会迎来四面八方的乘客，又把乘客送向四面八方。在这些满是泥土气息的浓浓乡音里，演绎了一个又一个或喜或忧或有趣的故事。

记得有一次，渡船正行进到河中间的时候，忽然人群中传出一声妇女的尖叫：“我的孩子掉河里啦！”声音急切，霎时间船上就炸了锅，小孩子都掉进水里了，这还了得。当众人七嘴八舌、手忙脚乱弄清楚事情缘由后，才知原来是这位妇女脱下沾了泥巴的鞋子，扶着船帮探身用河水来洗，却不小心失手把鞋子掉到河里，水冲走了鞋子，情急之下大声呼喊求助。在苏桥方言中，“鞋”与“孩”同音，故而闹出了一个啼笑皆非的笑话，让人虚惊一场。

我喜欢赶圩，还有另外一个原因，就是趁着在渡船头码头候船的间隙，可以开心又好奇地欣赏一番大溪河竹排上鸬鹚捕鱼的壮景。十来只鸬鹚整齐地排列在竹排的一侧，如同站岗放哨的哨兵。渔人则端坐于竹排上的小板凳上，手上拿着竹篙，眼睛一眨也不眨，死死地盯着清澈轻缓的河面，水面但凡有些许动静，定然逃不过渔人和鸬鹚犀利的眼神。此时，渔人便会挥舞长长的竹篙，将鸬鹚统统撵下竹排，而鸬鹚则如离弦之箭一般扑通扑通扑向水面、钻入水中，河面上就激起一个一个涟漪。过了好一会儿，也许是两分钟，也许更久吧，一只只鸬鹚才又从水里面冒出来，争先恐后地游近并跳上渔船，渔人则一一抓住鸬鹚的脖子，把一条条鱼儿从鸬鹚鼓鼓囊囊的脖中挤出来，扔进鱼篓里，然后又把鸬鹚抛进水里。如此反复多次，直到渔人叼起一支香烟，满意地吐出一圈圈烟雾，这时鸬鹚才有了休憩的机会。这样的场景在童年时期的我们看来甚是有趣，直到现在这

苏桥工业园区　唐滨 / 摄

样的场景还深深地烙在我的记忆深处。

后来，大溪河上建起了大桥，再后来，我也上了初中，离大溪河也近了。从山旮旯里走出来，感觉一切都是那么新奇。偶然的机会，我接触到了写作。当时，由苏桥文化站创办的《大溪河文艺》刊物走进了初中校园，虽然是手刻油印的，但那散发着印油香味的文字却深深吸引了校园里的一群懵懵懂懂的“小文艺”，当然包括我在内。然后，我也模仿着“舞文弄墨”，期盼有一天自己的作品能在《大溪河文艺》有一个“豆腐块”，当然，大部分稿子基本是石沉大海、杳无音信。终于，初二时，我的一首小诗《妈妈的皱纹》被《大溪河文艺》采用刊登，指导老师还在课间操的时候进行了朗读，这极大地激发了我写作的兴趣和爱好。

童年时，我对大溪河的印象仅停留于大溪河可以游泳、洗衣服、灌溉农作物等等，到了读初中尤其是恋上写作后，大溪河在我的心中成了一条文艺之河。逢星期六或星期天，我都会骑着二八大杠自行车或者是步行来到大溪河大桥上，倚着桥栏，凝望宽阔清澈奔流而去的大溪河水，寻找灵感，涤荡心灵。

斗转星移，时光飞逝，苏桥的变化日新月异。大溪河大桥横跨东西两岸，人们赶圩或走亲访友或买卖往来再也不用挤渡船了，渡船也渐渐退出了历史的舞台。群众出行方式已经从最初的步行，到骑自行车，到开摩托车，乃至驾驶小汽车，从大溪河上面的大桥上疾驰而过。后来，不管是读书时代，还是参加了工作，只要回到老家，我都要到大溪河桥上去走一走，或凭栏远望，看一江河水滔滔向南流。此时，让自己平心静气下来，才发现，原来一直奔流不息、无私养育我们世代成长的大溪河水，竟是如此温柔可爱，这般美丽动人。歌曲《我的祖国》中有一句唱词："一条大河波浪宽，风吹稻花香两岸"，我想用在对大溪河的描写应该也是可以的吧。一方水土养一方人，清澈的大溪河养育了一代又一代的苏桥人，这里人杰地灵、人才辈出，涌现出了清朝状元张建勋[1]、榜眼于建章[2]、文武奇才张其锽[3]等历史上有名的人物，以及20世纪80年代末的全国劳模骆友生，等等。

近些年来，随着桂林经济技术开发区在苏桥成立，大批企业入驻，为苏桥带来了大量的劳动就业机会，造就了一批"工厂上班、田里劳作"的"两栖"农民以及完全"洗脚上岸"的农民"蓝领"，大量外来务工人员融入了这里。随着时代进步，大溪河的功能与作用也发挥得淋漓尽致，建起了自来水厂，满足园区企业的生活、生产用水。

一晃几十年过去了，我也早已从稚气未脱的少年迈向了不惑之年，很多人与事早已如流星般从生命中划过，而唯有大溪河会时不时在我的脑海中、睡梦中闪现，挥之不去，抹之又来。

今晚我又想你了，我心心念念的大溪河。

1—3　关于三人的籍贯，今人多称他们为桂林人或临桂人，是因其详细籍贯在苏桥镇，这里旧属临桂县，1951年苏桥划归永福县辖。——编者注

金鸡屯撷珍

林媛妹

古井

我的老家在永福县罗锦镇林村金鸡屯，几十户人家的村庄，村口山坡下有一口古井，古井旁种了两棵桂花树。各家各户的大人们和那些个子比水桶高一点的姑娘们，一大早就会挑着两只大水桶去井里挑水——那时候，在年少的我眼里，评估一个女孩是否长成姑娘，就看她能不能去井里挑一担水回家了。

这口古井的水清澈见底，冬暖夏凉，四季都有水供全村人饮用，对村民来说，这口古井无疑有“母亲井”的寓意。村里的女人们生了孩子，待孩子满月时，便会带上煮熟的好饭菜到井边祭拜一番，然后在桂花树下吃一顿饭，回家后就可以和队里的人们一起出工干活了。

记得我 7 岁那年，母亲生了弟弟，弟弟满月时母亲就用小竹篮装满饭菜，带上我一起去古井边吃饭。一路上母亲一句话也没说，到了古井旁，轻轻地把饭菜摆出来，烧几支香，双手合十拜几拜，然后我们就蹲在桂花树下默默地把篮里的饭菜都吃了，提起竹篮回家。那一顿充满仪式感的井边午餐，几十年后我一直记得，母亲非常虔诚，眼神里流露出对古井的感恩之情。

泉水

记忆中，村里的泉水真的是非常甘甜，无论是那口供人挑回家的古井里的水，还是跟着大人在岭上砍柴、在田里劳作时，山沟里、田埂边随便一处小小的泉眼冒出来的泉水，都是清凉清凉的，喝到嘴里甜甜的，非常解渴。

后来村里的人不想去古井里挑水了，就纷纷在自己家的院子里打一口井。串门时，就会把每一家的井水都尝一下，发现家家的水都那么甜，比不出哪一家的更有味。

那年头，不是冬天的时候，村里人，无论男女老少，基本都会直接喝井里的生水，特别是夏天，从外面干活回来，口渴了，就用一个大竹筒，对着水泵装满井水，一口气咕嘟咕嘟，喝得肚子鼓起来才罢休，在外干活的疲劳好像立即就消失了。

记得，妈妈用村里的井水做的豆腐特别嫩滑，姐姐们用村里的井水做的凉粉特别好吃。就算在外面劳作时随意喝的泉水，也没听说有什么人会闹肚子痛之类。

现在，每当我在深圳的超市里面对琳琅满目的饮料时，就会特别怀念小时候家乡那四处可见的泉水——感觉那是现代社会任何饮料都无法与之相比的原生态甘泉！

小河

村边有一条河，不是很大，但是给我们的童年带来很多欢乐。

河里有很多鱼，在秋冬季节河水变浅时，村民们用石灰到河里去“闹鱼”。有时睡到半夜，忽然听姐姐们说有人在河里“闹鱼”了，于是赶快爬起来和姐姐们带上捞鱼的工具、拿着手电筒就往河边跑。

深夜的河边早已站满了村里的男女老少，借助大家手上的电筒、马灯或者火把之光，可以看到有脱了衣服跑到河中心去抓鱼的男人，有走到河边用渔具小心翼翼捞鱼的妇女，还有在河岸上看热闹的孩子们。

记得有一次，我的父亲居然在河里捞到一条八斤重的大草鱼！那条像小猪一样的大鱼，被父亲放到河岸边的草地上，给围上来的乡亲们看了个新奇。我们兄弟姐妹几个，仿佛家里中了头彩一样，在村民们羡慕的眼

林村田园　萨家琳／摄

光和祝贺的话语里，跟着父亲欢天喜地回了家，用家里最大的锅把鱼煮了，一家十口人终于有机会吃鱼吃个够。

后来，我到了外面的大城市，在企业年会上，有机会到五星级酒店去品尝各种美食，可是，感觉再没有比我父亲抓到的那条八斤重的草鱼味道好，也再没有比我们一家十口人围着一大锅鱼用餐更快乐的宴席。

那年头，村里人家大都有好几个小孩。夏天到了，孩子们就跑到河里去游泳。不需要大人来专门教，五六岁的孩子，跟着那些八九岁的，一起跳进河里，学他们的样，在水里划拉几下，呛几口水，过几天就学会了各种姿势：蛙泳、仰泳、狗刨、潜水。

学会游泳的我们，胆子变得越来越大，跟着男孩子一起，跑到河面高高的大桥上往下跳，游几下后洋洋得意地爬上岸。现在我去深海里游泳时，儿时我们集体“跳桥”的画面，就像电影里的慢镜头一样，时常闪现在我脑海。

水库

离我们村两里多远，有一个用我们村的名字来命名的水库——金鸡河水库。1988 年，我从师范学校毕业，被分配回母校林村小学任教，夏季和同事经常到水库里游泳，冬季则带着学生们到水库里野炊，拍下不少快乐的黑白照片。

后来去桂林其他地方旅游，看到了阳朔的十里画廊，发现金鸡河水库的风景比起漓江的山水来，多了一种不同寻常的仙气。

1991 年，在小学当了三年教师的我离开了家乡，到省城进修；1993 年毕业后到外县工作；1995 年从外县又到了外省（广东）打工、创业。

平时回家乡，一般都会到水库去玩一下，因为我的三姐嫁在水库旁边的村庄里，坐在三姐家楼房的阳台上，可以看到水库最好的风景。

2016 年 10 月，家乡举办福寿节，我们作为深圳资深的策划公司，受邀参与策划“走向金婚　拥抱幸福”大型集体婚庆活动。我带了几十号深圳的福永人到我的家乡永福县参加活动。活动结束后，我和家乡的领导带着这群深圳的“亲戚”去金鸡河水库游走一番，大家在水库周围的花丛里尽情拍照，目睹水库养鱼人打捞大鱼的热闹场面，然后品尝由我家三姐亲手煮出的美味水库鱼，他们回深圳后经常在微信群里想念金鸡河水库！

在深圳，当我转发家乡人朋友圈里的水库视频时，那些来自世界各地的外国朋友、来自全国各地的深圳朋友，都说桂林他们去过，但是没有见到我家乡这个仙境般的水库，必须要去一次。

当知道我的家乡永福还有很多百岁老人时，他们就更加向往了。

门口江

韦 新

在百寿镇朝阳村瓦瑶屯，有一条小江从村边蜿蜒而过，清澈见底。

我问我先生："这江叫什么名字？"先生说："没有名字，大家都叫它门口江。"

大家口口相传的"门口江"，大概意思是，从家门口流过的江，通俗易懂。

门口江，是这样的随性。

瓦瑶是我先生的家乡，也是我的第二故乡。

初见门口江，两边的元宝树枝叶茂盛，最大的一棵应该有一百多年的树龄，树下是两三级台阶，是村里最热闹的地方之一。

每天早晨，天蒙蒙亮，嫂子婶婶们每人拎起一桶衣服，来到江边，衣服放在大石板上，一边聊天，一边撒上洗衣粉，然后石板上搓一搓，水里摆一摆，拧一拧。洗好了放回桶里，大家在台阶上再坐一会儿，意犹未尽。如果农事不忙，都能扯很久。总之，生活琐事在江边都能聊出很多味道，伴着水流声，时不时传来她们爽朗的笑声。

刚结婚的时候，先生还逗我，想要认识嫂子婶婶们，拉近关系，那就拎上一桶衣服，去江边，去一趟马上就熟悉了。

门口江，是这样的随和。

每次回瓦瑶，我都要去江边溜达溜达，总觉得那是一处打卡地，没到过门口江，就不算到过瓦瑶。

江水干净、清凉，水里的鹅卵石清晰可见，小鱼小虾穿梭在石头缝里，

门口江　张荣翔 / 摄

戏水的鸭子悠然自在，嬉戏打闹的孩子们最开心。一到夏天，大人们就管不住孩子们了，他们个个都想泡在水里，游泳，抓鱼，最有趣的事尽在江里。

阳光照进水里，波光粼粼，狗鱼、巴石鱼躲在石头边的青苔里，躲在沙子里，或者趴在石头上，不仔细看，你都发现不了。孩子们抓鱼的工具很简单，除了双手，就是一个塑料袋，一个小瓶子，或者一个小勺子，就可以一把捞起来，鱼儿前一秒还在水里，后一秒就已经被捕获了。

对我来说，太新奇了，我从未自己抓过鱼。

我第一次抓鱼，是在孩子们的注视之下，用塑料袋把鱼围到石头缝里，旁边虽然有青苔掩护，明显我的塑料袋堵住了前面的路，鱼只好乖乖地游进袋子里。

门口江，是这样的有趣。

生女儿之后，我在瓦瑶住了三四个月，经常推女儿去江边，听流水的声音，都说自然的声音是最好的白噪音，小孩子可以安然入睡，我还特意录下来，存在手机里。

虫鸣、鸟叫、流水声，这是最美妙的自然声、最纯净的轻音乐，心随之安静下来。

回望过往，步履匆匆，有时候忙于前行，忘了初心，偶尔停下脚步，认真倾听心里的声音，做好人生的选择。

在外奔波的村里人，每次带孩子回瓦瑶，都会去江边转转。孩子们洗个手，洗个脚，不过瘾再去水里泡泡，游个泳。大人呢，就在树下聊天，偶尔瞄一下水里的孩子。水不深，父辈们也是从这里开始学游泳，与水打交道，捉鱼……

总感觉，这是一处必经的地方。小孩子在这里慢慢长大，大人们也逐渐变老，而门口江还是门口江，一天一天在流淌，看着这个村庄一天天变化，似乎也在诉说着什么，过去已过去，未来可期。

门口江，是这样的有故事。

女儿也很喜欢门口江，不管风吹日晒，都想去捡个石头，砸个水花。

江里的石头，可谓五彩斑斓。孩子们可聪明了，摸摸江里的石头，在石板上画上一笔，如果留下有颜色的痕迹，那就是一支天然的颜料。孩子们把这种颜料石头收集起来，有红色、黄色、橙色、紫色，在江边的桥下，架起一个小作坊，磨颜料，给石头上色，或者玩过家家——配制"饮料"，往空的塑料瓶里，加颜料，调"橙汁""西瓜汁""番茄汁""咖啡""奶茶"，就地取材。玩过家家，孩子们的想象力总是让你觉得惊奇。调制"饮料"之后，孩子们又挖沙"开路""架桥"……俨然是一个大工程的现场。多年后，或许会诞生路桥设计师呢。

门口江，是这样的充满希望。

岁月悠长，门口江也许就是人生中的一条小江，但它的存在给予人们快乐、平静。门口江，虽无名，却像大海中的一朵小浪花，虽小，却不可或缺。

人生中遇到的人和事，都不是偶然的，门口江就这样与我不期而遇，似乎是冥冥之中注定的。

影视作品中的永福山水

林庚运

永福，水清岸绿、山辉川媚，全国许多电影制片厂、电视台慕名前来，取景、拍摄了10多部电影、电视剧以及20多部纪录片、专题片。

《铁甲008》，1980年由八一电影制片厂摄制的国产彩色战斗故事片，是一部较早反映中越边境战争的电影作品。该片的编剧是金敬迈、李宝林、桑坪，导演是华纯、任鹏远，军事顾问是威力，演唱是李谷一等。影片在永福县城至罗锦镇公路的岸斗厄一带取景拍摄，当时在永福引起很大轰动，很多人到拍摄现场观看。

《流亡大学》，上海电影制片厂摄制于1985年，是为纪念中国人民抗日战争胜利40周年而拍摄的电影。吴贻弓导演，童汀苗编剧，吕其明作曲，钱守一拟音，上海电影乐团演奏，王永吉指挥，智一桐、祁明远、高博等主演。在永福县城至百寿镇的西江一带拍摄师生流亡行走的过程。

《非常大总统》，1986年由上海电影制片厂出品的一部历史剧情电影，根据黄继树长篇历史小说改编，孙道临导演拍摄，孙道临、张晓敏、谢伟雄、吴雪、李定保主演。电影描述了辛亥革命刚刚推翻清王朝的时期，国家处于军阀割据、混战的局面中，孙中山就任非常大总统，誓师北伐的一段历史。影片在百寿镇取景拍摄，并邀请永福的一些干部群众做群众演员。

《蛇谷奇兵》，八一电影制片厂摄制，1989年上映，于业华执导，高志强、朱建民、郑晓宁、周强等主演。影片讲述了对越自卫反击战中，我军坦克分队营长肖军率领士兵从蛇谷奇袭越军的故事。影片在永福县板峡水库一带取景拍摄。

《万山剿匪记》，又名《大围剿》，广西电影制片厂出品，是一部反映20世纪50年代初期风起云涌的广西剿匪战斗历史电视剧。毛健导演，王玉璋、徐守钦、李定保、黄爱玲等主演。在永福西江调集多艘大船拍摄运粮画面，并在百寿镇的百寿岩一带拍摄近一个月，永福的干部群众纷纷应邀参加了拍摄。

《桂系演义》(未公映)，广西电影制片厂2001年拍摄的一部反映新桂系兴亡沉浮的40集长篇历史电视剧。该剧由全国政协副主席程思远题写片名，黄继树根据其同名长篇小说改编，由执导多部历史题材电视剧而蜚声海内外的著名导演陈家林担任总导演，陈卫国担任执行导演，由广西电影制片厂副厂长侯堉中担任制片人。李志、张秋歌、吴旗、唐利民、史田等主演。在百寿镇拍摄半个多月，永福的一些干部群众和学生积极参加了拍摄。

《桂北剿匪记》，2004年根据小说《山村复仇记》改编的电视剧，旺财导演，郭广平、李婷、孙岚、王奎荣、张琪、袁苑主演，在百寿镇取景拍摄。

《虎将李明瑞》，讲述李明瑞将军戎马一生的电视剧，由广西文联、广西电视台、玉林市电视台联合摄制，导演郭有驯，主演傅程鹏、黄显明、佟悦、王卓伦，2004年在百寿镇取景拍摄。

《红七军》，2009年由广西电影制片厂、广西满地乐影视文化有限公司等联合出品的电视剧，反映和再现百色起义以及邓小平等老一辈无产阶级革命家创建红七军的战斗历程。编剧侯堉中，总导演吴子牛，导演陈冠龙、刘海波，动作导演傅小杰，主演周朗、马晓伟、郑国霖、张晋、左金珠。该剧在永福县城附近的西江一带拍摄了激烈的战斗场面。剧组邀请永福县部分干部群众参与拍摄。

《李公蕴：到升龙城之路》，2010年中越合拍的一部19集越南历史类电视剧，为纪念河内建都1000周年的活动献礼而拍摄，讲述了越南李太祖李公蕴建立李朝、迁都升龙城的成长历程。导演靳德茂、谢辉强，编剧郑文山、柯章和、刘丹，主演范进禄、阮瑞云。该剧在百寿镇取景拍摄。

《勇士之门》，2015年上海基美影业股份有限公司、法国欧罗巴电影公司、基美影画有限公司联合出品的奇幻动作片，由马蒂亚斯·霍恩执导，吕克·贝松担任编剧及监制，赵又廷、倪妮、尤莱亚·谢尔顿、吴镇宇、戴夫·巴蒂斯塔主演。该片讲述了颓废男孩机缘巧合地开启了异世界的大门，卷入了一场惊心动魄的种族斗争的故事。在罗锦镇林村的金鸡河水库取景拍摄。

《红七军》泡口渡拍摄现场　黄福辉/摄

《血色黄金岛》，由广西尊宝影视传媒出品、欧米叶影视传媒摄制的一部网络大电影。导演欧米叶，编剧吴治国，主演程东等。影片讲述一个叫林峰的渔民，因在出海时遭遇大风暴雨，来到一个岛上，偶得一块会流血的玉石，却不料引来无妄之灾，妻子蹊跷身亡，因此走上漫长而曲折的复仇之路。该片 2017 年在罗锦镇的金钟山旅游度假区取景拍摄。

此外，电视剧《湘西剿匪记》到百寿镇永宁州古城的东门、东门码头、南门取景。珠江电影制片厂的新闻纪录片《合作医疗好》在永福取景拍摄，香港有线电视台的微电影《故乡的重阳树》在罗锦镇、百寿镇等地拍摄。

近年来，中央电视台、广西电视台等媒体的《长寿密码》《国宝档案》《中国古镇》《百科探秘》《百寿探秘》《乡约》等栏目在永福拍摄了相关电视专题片或短片。

故乡的小河

萨家琳

我的故乡，有一条小河，荡漾着轻波，日夜从我心中流过。

你温柔地流向远方，不急不躁，见证着尘世的盈与枯、净与脏、清与浑。当铅华洗尽，人心和堤岸的石坝都早已生满时光的青苔。

你承载着我儿时的记忆，少年的青涩，青年的愁绪。你一如我的母亲，我吸吮着你的乳汁，慢慢长大，一路前行。

那时，每当放学和吃过晚饭，我就会一头扎进你的怀抱，尽情地享受着你温柔的爱抚，在你的浪花中，绽放我童年的芬芳。

那时，我经常和儿时的玩伴，划着小小的竹排，一床渔网，在河里一泡就是一天，到晚饭时吃着新鲜美味的河鱼，总要多吃两碗米饭。

那时，在你温柔的怀抱，或是流泪，或是开心，你把我童年的快乐，少年的懵懂，青年的忧郁，全都刻在河中那块礁石上了。

那时，当清晨的第一缕霞光映红小河，小河两岸便渐渐地热闹起来，老妇人、小媳妇和大姑娘们都提着篮子或提桶，拎着全家大小昨晚换下的衣物，一天要吃的菜蔬，在这里洗洗刷刷。笑声荡漾在河面，你看，你听，洗衣洗菜的一双双手搅动着水的哗哗声，小媳妇大姑娘捶衣的棒槌声，还有家长里短和花边新闻的嘘嘘声……

生活的欢歌在小河里飞扬。

那时，我常常在黄昏之后，坐在河边的小山上，欣赏水中那一轮慢慢升起的明月。凉风习习，清香浮动，波光粼粼的水面，与天上的月亮交融成一片透明的世界。

百寿东门江　张桂发 / 摄

我时常在你的身边流连，读取你记忆里的沧海桑田，历史变迁。在这里，我目睹一个叫徐秋兰的老师为救溺水学生英勇牺牲的场面；在这里，我也见证了在那个特殊的年代，一个蒙冤之人绑石投河的凄惨情景。

站在岸边，远远望去，缓缓的河水像一帘素绢，沿着高低起伏的河床，轻盈欢快地流向远方，就像母亲那双温柔的手，轻轻地抚摸着婴儿，含情脉脉，凝眸不语。

你记录着故乡一草一木的枯荣，一朝一夕的生活。你滋润着这方土地，曾经养育了我们的祖辈，还要养育我们的子孙。你用柔软宽阔的臂膀温暖了我们一代又一代，无怨无悔地守候在故乡的土地上，在接受爱心庇护的同时，又将自己的一切默默奉献给这些淳朴善良的人们！

故乡的小河，你在哪里？你叫什么名字？

你诞生在中国长寿之乡永福县的百寿镇。你的名字平淡无奇，从小我们就叫你东门江。

百寿曾为县制、州制，1952 年与永福县合并。百寿历史悠久，人杰地灵，自然资源丰盛，文化底蕴深厚。

在你的西岸，一座石建古城耸然而立，它就是永宁州古城。古城始建于明成化十三年（1477 年），至今已经历 544 年的风风雨雨。在 500 多年的历史长河中，在军事上曾起过极重要的作用，是兵家必争之地。历经 500 多年风雨战乱而未损毁，堪称奇迹。

在你的东岸，与古城东门遥遥相对约 300 米的地方，生长着一株巨大的古树，它树干粗壮，枝叶繁茂，是世界上最大的重阳树，树龄近千年。最令人叫绝的是：其上寄生一棵大榕树，阴阳合抱，甚为罕见。

然后往东百米，就是闻名于世的百寿岩了，百寿岩原称夫子岩，岩上刻有几尺见方的楷书大“寿”字，“寿”字笔画间，又刻着 100 个字体不同的小“寿”字。当年，国家以百寿图拓件作为贺礼，曾赠送多国友人。

逆流而上，在一段河道里，一朵朵洁白的海菜花如满天星辰，开放在清澈见底的河水中。一片一片地铺开，如梦如幻，与水中倒映的一座座青山融为一体。一张竹排悠悠驶过，排上站着一个身穿汉服的女子，飘然而来，恍如仙境。

时光流逝，长大的我终于离开了你温暖的怀抱，我从乡镇到县城，但你仍然伴随在我身旁，从未离开过对我的养育。这是因为，我从源头地到了江尾地，在这里，小河变成了西江，三江汇合后又义无反顾地一路向大海奔腾而去。

时光不再，小河依旧，在河中尽情畅快的嬉戏、游泳捞鱼的趣事，变得比梦还遥远。回望过往时光，独对一弯明月，隔一程山水，隔不了丝丝缕缕的念想。一壶清茶，染绿了岁月。

小河中流淌着乡愁，流淌着思念和记忆。故乡的河，你是我心中的永恒，是我的依恋，是我刻骨铭心的爱……

三江水远话中洲

杨立新

东江、茅江和西江从遥远的大山峡谷里逶迤而来，于永福县城汇合成洛清江南流而去。凤山东麓，水光潋滟，山色空蒙，东江和茅江之间簇拥起了一座狭长的小岛——中洲。

中洲岛土地肥沃，自古就是永福县城居民的“菜篮子”，民国时期建成的湘桂铁路自北向南贯穿小岛，将中洲切割成了东西两段：东段面积大，为生态农业观光园；西段面积小，是美丽如画的中洲公园，与之隔河相望的是凤山公园。氤氲的烟岚中，古色古香的福寿桥犹如一道美丽的彩虹横跨在波光粼粼的东河上，把中洲公园和凤山公园连接了起来。

福寿桥下的东河潺潺，静静地流淌，它碧绿、清澈、恬静、柔美。这里古时没有桥，东江与茅江在此聚合形成三岔河口，西岸是县城，东岸是南雄村，北岸是中洲，洲上有三百余亩肥沃的耕地，小城里的农户们很早以前就在西岸和北岸筑起了码头，打造木船，摆渡上洲劳作。东岸东进可达堡里镇和荔浦县、阳朔县，南下可通广福乡及鹿寨县，直至柳州。要过往的行客渐渐多了起来，摆渡的艄公又于东岸用鹅卵石垒起了一个码头开渡，很快就形成了一处独特的两河渡口，一叶小舟当中，有到洲上劳作的农夫，有走亲赶集的乡民，也有南上北下贸易的商贾。那时节，木棹数声腾细浪，两江飞舟迎送忙。

明代才子解缙，1407 年遭贬谪广西，泛舟相思江南下，途经永福，在这两河渡口处泊舟四望，旖旎的山光水色，繁忙的摆渡情景，激起了他的兴致，也冲淡了他的悲情愁绪，他脱口咏出了“一渡两江三拢岸”的绝妙上联，从联中可窥见，六百多年前的两河渡口是惠风和畅、人烟繁闹的好去处。可惜的是，解缙的上联至今尚无佳对，有兴者不妨试之。

有河、有沟壑的地方就常有桥，桥是路的延伸，是对河流及沟壑的跨越。当人们不耐于长久的舟楫时，便架起了桥，一座让人们行走，连起两岸，缩短距离的桥。

20 世纪 80 年代初，一座铁索悬空桥（俗称“吊桥”）连接了县城与中洲岛，摆渡了不知多少年的那叶中洲古渡小舟，带着无尽的沧桑永远地沉寂在了历史的长河里。

八年之后，中洲被辟为“文化乐园”，一座水泥钢架桥换下了晃晃悠悠的吊桥。

如今，漂亮宽敞且极富古典韵味的福寿桥又替换了原有的水泥钢架桥。

福寿桥，犹如横陈在东河上的一架琴、一幅画、一首诗，桥的构筑承载着人们的想象，也寄托着人们的希冀。它虽为砼浇筑结构，但古廊桥榫卯结合的构造，大小横梁斜穿直套，纵横交错，层层叠叠，完美地展现在世人面前。廊檐绘有精美图案，龙腾凤舞，飞禽走兽，花鸟鱼虫，美观逼真。两对用厚重榉木雕刻的楹联“一曲鸣榔穿绿苇，三更收钓傍青隄（堤）”“槛送三江水远，檐挑五岭云高”分别悬挂于桥的东西两端，楹联意韵深远。

水是流动的血脉，桥是经络。福寿桥虽然没有赵州桥的古朴苍老，也没有长江大桥的矫健雄伟，但它把永福悠久的福寿文化细细地雕琢在了花岗岩石的桥栏上。

2017 年重建后的中洲公园，以全新的面貌展现在世人面前，环岛干道、码头、桥头广场、古金山桥、工人文化宫、戏台及观戏广场、亲水步道、望江亭、球场等为市民和游客提供了极其便利的休闲娱乐活动场所；园林景观树、铁路风景树，绿荫葱郁又极富观赏性，引人入胜；花色丰富、花期较长的紫薇、紫荆花、三角梅等艳丽多姿，散发出阵阵清香，沁人心脾。最引人注目的是仿古建筑风格的县工人文化宫，充分融合了凤山公园一带建筑群的整体和谐要求，仿佛让人们一下穿越到了盛唐。

中洲公园这幅泼墨在古城的美丽画卷，浓缩了永福的人文历史，又充分体现了当代文化景观，是一处晨昏散步、跳舞唱戏、谈情说爱、游憩垂钓的惬意天地。环岛而筑的亲水步道处处是“穿花蛱蝶深深见，点水蜻蜓款款飞”；望江亭内“远看山有色，近听水无声”，三江六岸美不胜收；戏台上演绎的滑稽幽默彩调剧，令看客们捧腹大笑，心旷神怡。

伫立福寿桥上，眺望西岸林业局门前的滨江河堤，这里，曾有一口滋养了半个永福县城居民数千年的“东岭甘泉”——旧时的永福八景之一。这里民国前是县城的东门，城门外，东岭绵延，万木蓊郁，与中洲岛隔河相望，山脚下的土坎内，一泓清流，浸凉如冰，甘甜似蜜，享誉方圆百里。

长长的青石条将甘泉镶砌成三口井池，分别为吃水池、洗菜池、洗涤池。四周是茂密的竹木和葱郁的芭蕉，一棵苍劲古老的朴树，枝繁叶茂，遮阴了整口井泉。20 世纪 70 年代前，县政府之上的街道两边居民都饮用这口井水，每天来挑水、洗菜、洗衣的群众川流不息。

中洲公园　吕杰 / 摄

酷暑盛夏，在没有冰箱的年代，老百姓把西瓜放到水井中浸泡过后再食用，以此来消除热恼。一些群众取井水浸泡凉粉籽而后榨汁成冻，用以解暑。凡路过此处的乡民都以能喝上一口甘泉而深感惬意和爽快，而那些来永福县城贩卖冰棒的桂林小贩，回去时，都要将空冰壶盛满这甘泉带回桂林，与家人和朋友一起分享。清朝举人李树桥那“森林万笏尽参天，中有清流醴作泉”的佳句，就是对这东岭甘泉的最好诠释。遗憾的是，20世纪80年代由于受到市政建设施工影响，甘泉渐渐干涸了，昔日那浸润心田的泉水只能留在人们的记忆里了。

悠悠三江水，滋润了古城的风脉，点“靓”了古城的眉眼，丰盈了古城的身姿。中洲岛虽然没有气吞山河的霸气，也没有仙境般之缥缈，却让你有一份恬静和安定的心。市民们闲暇时常常聚在这里，对日新月异的生活赞不绝口，感慨万千！

文明塔

刘家毅

在永福县城三江汇流的鹧鸪洲下洛清江边，有一座小山包与凤山遥相对应，这座小山包顶，明代曾建有一座宝塔，叫文明塔，山包下有一个因塔得名的小村庄，叫塔脚。原来小山顶上的古塔已无存，仅剩砖石塔基。2018年，一座高耸入云、熠熠生辉的七层宝塔重新矗立在山顶，复建的文明塔以其秀美之形展现在汩汩南流的洛清江东岸，为福寿之乡增添了一大胜景。

古人为什么要在洛清江岸建塔？查阅清时《永福县志》后得知，文明塔是在明代由本县进士张守约募资而建的。张守约生卒年月不详，县志载："张守约，字希曾，在城里（永福县城）人，嘉靖戊午（1558年）乡荐授新都教谕（中举后授官四川新都县教谕），登乙丑（1565年）科进士，官陕西监察御史……邑有瑶山，募建文明塔，以镇三江之口，是皆裨益于地方者。"张守约认为："吾永邑坐凤巢山麓，坤钟两水夹龙，形势最尊。然龙云独于水，亦顺流西南隅直泻，虽坤方有金山，距镇颇远，风水气属犹少，凝聚幸丁方，特起瑶山，南来北拱，山之下涯，蓄有深潭，正堪舆所谓逆水砂也。"说的是在三江口建塔有助于永福聚气凝风。

塔起源于印度，是一种高耸型的点式建筑。原为佛教的主要建筑之一，东汉时佛教传入中国，塔这种建筑形式也随之在中国出现，并与中国原有的建筑技术与文化传统相结合起来，发展成中国式的塔。塔的结构一般由地宫、基座、塔身、塔刹（宝顶）四部分组成，其身高体量与它所承载的文化内涵相关。多层塔的层数多为奇数，以七、九、十三层为常见。明清时期，塔这种佛教建筑开始进入世俗天地，成为纯粹的补山川之不足，助文风之兴盛的建筑，出现了文峰塔。文峰塔，又称文风塔、文笔塔、文星塔、文昌塔、风水塔，是我国古塔建筑结构艺术形式的一种。

文峰塔多建于府县城镇的文庙附近或山尖、路旁等重要位置，作为本地科举成功、人才蔚起的象征，此类塔形制较高瘦，多为砖筑而成。还有一说是源于道教风水。另外，文峰塔还起到装点河山、弥补山川形胜不足的作用，成为名胜区不可缺少的内容。永福文明塔就是文峰塔。

建塔可振文风这一说法尚未可考。猜想张守约有心建塔，以壮风水。张守约于万历丁未年（1607 年）撰写的《新建文明塔记》中写道：“永故无塔，一旦宝塔南离迎砂，北拱凤城，古匾曰文明。三江合流，悉会塔前停蓄。自兹而后，通邑之风气聚，灵秀钟，则万年之户口昌，文运泰，科第日盛，富庶绵绵，皆斯塔兆之也。”此句向世人昭示了他建塔的理念和意义。他对塔的形制及其他功能也有描述：“塔为石基，砌砖成七层宝塔，塔可入登其顶临眺。”“余与客登游，步步层层，盘旋空洞，凭径级直陟其巅，若登云霄焉。”一座“一方之大观胜筑”跃然眼前。张守约还照顾了

晨曦中的文明塔　吕杰／摄

社会舆情，也考虑了文明塔的管理、养护问题："自三层以上，崇祀上帝、观音、寿佛，塔之右别建文昌殿。"文明塔在清雍正末年重修过，后坍塌再未重修。

塔，这种建筑既深含传统文化寓意，又可丰富人文景观，不失为地方文化的重要载体。永福是一方风水宝地，是宜人宜居的长寿之乡。为了建设福寿养生家园，丰满福寿之乡的内涵和形象，丰富福寿文化的载体，应时代的要求和永福人民的愿景，永福县于 2017 年启动了复建文明塔工程，2018 年底，文明塔景区竣工建成。

复建的文明塔建设工程包括：文明塔，整体钢筋混凝结构，八面七层，塔身外贴青砖片，底层分四门通达四方，挑檐青瓦，檐下做斗拱造型，塔内各层作永福文化展示功能厅，各层均开四门，设檐廊可供出入临眺。文明塔高度约为 41.5 米，塔底直径约为 9.9 米，台明直径约 50 米。建筑面积总约 1250 平方米。文昌殿，面宽 10.2 米，进深 9.6 米，高 8.6 米，钢筋混凝土结构，重檐歇山顶，三开间前廊，仿青砖饰面，具展陈观览功能。还有长廊、城台、台阶、文昌殿前广场、停车场等设施。以上几项构成占地面积 26265.34 平方米的文明塔景区。

记得央视《中国地名大会》这样说："从地名看文化，从文化看中国。"塔脚，塔脚屯，屯后山上曾经有塔。而塔所在的山叫瑶山，瑶山上曾满布宋代窑址，瑶山应是窑山。一位本县名师为文明塔景区醉江亭所撰一联："北宋窑田瓷碗酒，南流醉意洛清江。"可谓深蕴其意。如今，在中国大地上仍存在许多古塔，也有为补山水景观不足而建的新塔。风水并不神秘莫测，其实"风"就是气氛和场能，"水"就是流动和变化。情景交融，天人合一就是好风水。永福这一方风水宝地，是宜人宜居的福寿养生家园，如今文明塔重新耸立于三江之口，与凤山遥相凝望，其情其景足以让福寿之乡形象更丰满。

辑二

走在水库大坝，放眼望去，随处都是迷人的景色：波光粼粼的水面，清澈碧绿，欢快游动的鱼儿，给水库增添一份生机。

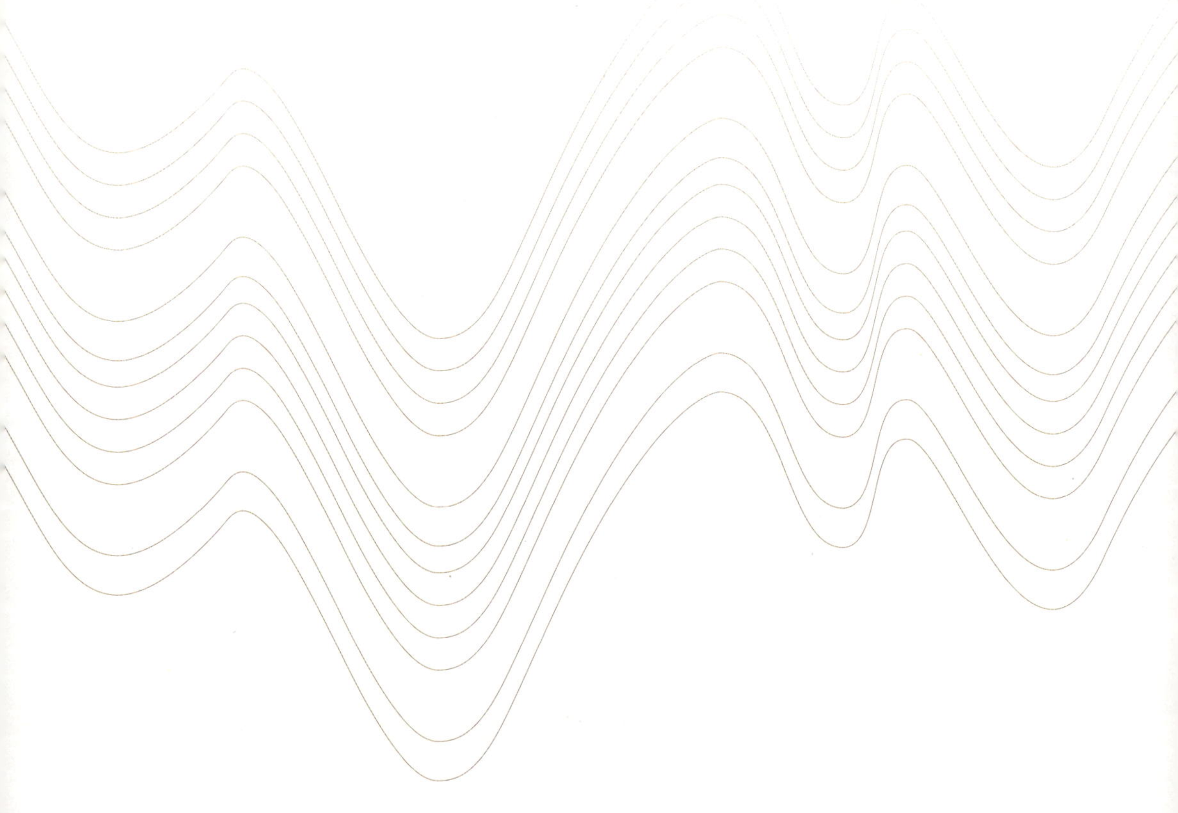

永福古井拾珍

邓贵银

古往今来，永福古井泉水滋养了一代又一代永福各族人民。它与永福的古民居、古村落、古巷道，同属于永福文物古迹的组成部分。虽然，现在家家户户已安装了自来水，但自来水要烧开才能饮用，而保存有古井的村落乡间，村民依然喜欢直接饮用古井的水，那种酣畅淋漓的感觉是难以形容的。根据永福文物工作者多年的调查发现，永福的古井竟然有50多处，散布于永福的村落民居巷道之中。

龙井，在百寿镇三河村龙井屯边，长4米，宽1.5米，深0.5米。用长1米至1.5米的青条石围砌。龙井泉水量大，一年四季不涨也不消，村民用青石在涌泉处砌成两个相连的水池。内池涌泉处为饮用水，外池为洗用水。龙井屯南面1里为旧县村，唐代至明成化年间为县治所在地。龙井正处于北面的官道旁。在唐宋时期，就有“古县第一井”的美誉，是我县历史最为悠久的古井。

福禄井，位于永福镇渔洞村上高街屯，建于元代至正年间。因其形像葫芦而得名葫芦井，村民取谐音称福禄井。该井沿周围用方整青石砌成，分为三级：葫芦肚，呈圆形，内径约5米，是该井泉水涌出之处；葫芦胸，呈椭圆形，横径3.35米，纵径5.45米，与圆形涌水井相通；葫芦颈，井泉水出道口，长7米，宽1.1米。葫芦肚为村民饮水处，葫芦胸为洗米洗菜用水处，葫芦颈为洗衣等用水处。福禄井泉水，清冽甘甜，可直接饮用，是上高街屯村民世代饮用水源，因造型独特为永福第一美古井。

福塘井，位于罗锦镇林村村福塘屯，由两个圆形双井组成，每个圆井

林村二甲古井　邓贵银／摄

下面均有一条长10米至12米不等的出水渠相连。圆井均用方形青石砌筑，出水渠也是方形青石砌成。两井相距2米左右，一个在右上方，另一个在左下方，互成掎角之势。此井水量充足，古树环绕，绿荫覆盖，据记载已有500多年历史，养育了一代又一代的林村村民，是永福沿用至今的著名古井之一。

大泉头井坐落在罗锦镇上笑村大泉头屯，泉水四季不断，泉水大，故名大泉头。该泉多处喷涌泉水，形成宽约20米、长约40米、深约1米的大水井，近似“湖泊”。该屯村民一直饮用大泉水，长寿老人多，80岁以上的老人有20多位，有关大泉头井的石刻，现仅存2块，但碑文已漶漫不清。部分石碑被村民用于铺路。该井泉所建年代无考，约为清代，为我县面积最大的“湖泊”古井。

江西井，位于百寿镇江岩村江西屯。井水冬暖夏凉，流量较大，四季如一，排放出的水可灌溉农田数百亩。江西井自江西村山边一岩洞流出，宽约10米，长约100米。江西井因江西村而得名。至今，这座清代同治年间建成的井泉仍为村民饮用和灌溉农田之用，该井为我县唯一因村而得名的古井。

林村古井位于罗锦镇林村东南背后山下村民住房边，共有两口，并排相距30米，均为吊水井，井沿用青石制成。每口吊井内沿都有很深的绳索痕迹，可放下一个大拇指，分别为八甲和二甲村民使用。八甲古井沿高63厘米，直径85厘米，井深15米。二甲古井井沿高80厘米，直径85厘米，井深15米。两井仍为林村八甲和二甲村民饮用水源，被称为永福第一深古井。

此外，位于罗锦镇半边街的半边街古井、罗锦镇下村龙村屯的龙村古井、罗锦镇上笑村星洞老村中部的星洞古井、罗锦镇镇上渔行的渔行古井、罗锦镇镇上二队朱家古井，因井水清澈甘甜，水质良好，自清代以来，一直为当地村民的饮用水源。这些古井都有一个共同特点，就是井沿用青石制成，建有由一整块大青石制成的井圈，井圈上有很深的井绳痕迹，井圈高1米左右，直径约1米，井深3米至10米不等，都属吊水井。加上林村古井、福塘井、大泉头井，罗锦镇的古井有30多处，是名副其实的永福古井之乡。

大邦河野炊

赖红艺

记得小时候，经常放学后书包一丢，就爱跑去街头巷尾听街上老人讲古。看韦伯爹摇头晃脑地讲着永福的几条江河（诸如洛清江、茅江、西江、相思江等等）以及发生在那里的故事。他在大邦河搞鱼仔的历险故事让我记忆最深刻。那时候的大邦河两岸森林茂密，时常有野生动物出没，河中鱼类繁多，随便甩一竿下去都能钓上鱼来。有一次，韦伯爹和两个伙伴正在大邦河垂钓，忽然听到山谷边一阵沉闷的雷声，抬头望，刚才还晴朗朗的大邦河谷，瞬间变得雾蒙蒙的了，雨幕正向这边飘来。“不好，”同伴说，“水有点变浑了，是不是上游发大水了？”同伴赶紧收拾东西，准备撤退。见韦伯爹稳坐钓鱼台，同伴催他快速离开。“轰隆，轰隆隆——”声音越来越近，河水越来越浑浊，韦伯爹收拾家什刚跑到河岸边，汹涌而至的河水像脱缰的野马奔腾而来，刹那间，他们垂钓的地方被吞没了。韦伯爹吓得腿都发软了，再晚走一步，自己就会被洪水席卷而去。这惊魂的一幕，让幼小的我对大邦河的野性有了深刻的认识。

参加工作后，我从县志中了解到，大邦河是洛清江的一条支流，发源于大崇山脉牛颈界的西侧，由西北流向东南，经永安乡的独州、永新、军屯、永安四个行政村和广福乡的大石行政村，在兰麻林场汇入洛清江。大邦河在广福乡板栗槽至兰麻口段，流差为 180 米，两岸几乎都是崇山峻岭，山峦迤逦，河谷多为深峡，我一直都很想去见识一下这样一条独具性格的河流。一次偶然的机会，我报名参加了“江山如此多娇”徒步群发起的大邦河徒步野炊活动，终于成全了我多年的心愿。

大邦河野炊　吕杰 / 摄

2015年8月的一个周末，一大早，群里的管理员们就去农贸市场采购回野炊的食材，8点整，30名驴友乘坐大巴车，浩浩荡荡往广福乡方向开去，一会儿就过了大石村。眼见一条蜿蜒曲折的江河就在前方，依稀传来潺潺的流水声。群友们蜂拥下车，急急忙忙地抬大扒锅、背菜篮子、提碗筷，不一会儿工夫，车上的物品就被驴友们搬卸一空。

我们拐过两个山弯，忽然一处开阔的沙滩呈现在眼前。沙滩边是一片茂密翠竹，看着河湾处一汪清澈碧蓝的河水，大家的心情再也无法平静，都跃跃欲试。

好一处野炊的地方，好一个天然的浴场啊。驴友们放下东西，垒灶的、刷锅的、洗菜的、拾柴的，各自在竹林边一字排开忙碌起来。“今天有什么好吃的？”简单哥背着单反相机，叼着一根烟，慢慢地巡视过来。老肥今天掌大厨，抡着把大刀麻利地砍鸡，她抬头回答道：“有鸡，没得鸭，但是还有‘水上漂’哦。”“有‘水上漂’呀？”简单哥乐了，因为这是他的最爱，“‘水上漂’送酒，没得谈！”他继续巡视到我们这边，看见我们在包饺子，他摇摇头走过，回头时看见璇璇包饺子，又忍不住停下来，咔嚓咔嚓地按动手中的快门。艳姐和钱柜在旁边用石头架了一个简易灶，用锑锅装满大邦河的清水，准备煮一锅面条，但是怎么也点不燃火来。两人低下头使劲地吹，吹得满头大汗，吹得灰头土脸的，那火就是燃不上来。在她俩急得满脸通红的时候，“我来，还是我来。”伍哥走过去，也不知他怎么弄的，就那么一下子，火苗就蹿上来了。

“璇璇，快点换好泳衣，跟婆婆下河游泳了。”随着大姐大招呼外孙女的声音，群里的帅哥美女们瞬间换好了泳衣泳裤，扑腾扑腾，像下饺子似的往大邦河里跳。快哥连忙用三脚架架起相机，对准河面捕捉精彩时刻。在小见和星月的带领下，男队和女队开始在大邦河进行泼水大战了，刹那间，水花飞舞，如飞珠溅玉，又如山涧清泉飞流直下；有往后颈窝灌水的，有从头顶直淋而下的。还是小璇璇机灵，躲在一旁，用她那支红黄相间的水枪对抗着男队的猛烈进攻。一时间，山谷里、河湾处、竹林旁，到处是欢声笑语。岸上的人也忍不住停下手里的活，拿出碗筷敲打着呐喊助威，平静的河面被我们搅动得泛起了层层涟漪。

“开饭啰，开饭啰！”随着老肥的吆喝声，一阵阵香味扑鼻而来，香气慢慢在河面上弥漫开来，此刻，大家才觉得精疲力尽、肚饿眼花了。上到岸边来换好衣服，我直奔面条和鸡汤而去，对简单哥喜爱的“水上漂”却始终不敢正视。这“水上漂”其实是血口肉上的五花肉，据说又脆又甜，煮在锅里漂浮在汤水面上，因而得名“水上漂”，这个可是下酒的好料子呀！我见龙哥和简单哥正蘸着辣椒酱津津有味地吃着，一边还满足地抿一口小酒呢，看他们享受的样子，我悄悄地离去，不忍心惊扰他们的雅兴。

酒足饭饱之后，勤快的雅雪和云朵带领大家收拾锅头灶尾，我们把垃圾全部收集起来带走，不让大邦河因为我们的到来而变得污秽不堪。

小璇璇还是经不住大邦河水的诱惑，央求外婆再带她到河里去玩水枪。也许生活在大城市里的孩子难得见到这么绿的树，这么纯净的水，这么洁净的沙洲。我也忍不住走到河边去，站在浅河里任由小鱼在我的脚边游来游去，眼望着远处的山谷，又想起了小时候韦伯爹讲的那些故事，心里默默地想，山的那一边是否还有野兽出没？远处的深潭里是否还有各种野生的鱼类自由生长？或许拐了这个弯，该是险峻的河道了吧，那轰隆隆的声音是不是大邦河的咆哮声呢？

从前的故事让我体会到了大邦河野性美的一面，今天峰回路转的平潭之处，又让我见识了大邦河宁静优美的另一面，望着波光粼粼的河水，我脑海里突然想到了一句话——动如脱兔，静如处子。动静相宜。

大邦河，我终于见识了你，也会慢慢地读懂你！

三江碧水绕凤巢

王　松

多年前，我和一个外地人聊起永福，他说20世纪70年代来过这座小城，在他的印象中，永福县城就像一围河堤，两条江水绕着一条街，一条长街绕着一座山。我很佩服他的概括力，寥寥数语，就把这座小城当年的特点描述得十分准确。尽管几十年过去，现在的永福县城已经变化很大，但老城区的格局，还大体如此。

但有一点他并没有讲对：永福县城是三江相汇，只是城东的茅江，刚刚到达县城，就汇入了东江，所以城东看上去就只有一条江了。但永福人一直没有忘记那条潜在的茅江之水，依然把两江河口下面的一座大桥叫作茅江大桥。

县城中央有一座山叫凤巢山。相传在隋朝和北宋两代，曾有凤凰两次在山上筑巢，因此得名。这个传说近乎神话，但十分美丽，能让人们生发出许多畅想。千百年来，凤巢山蓊郁于城中，由于常年禁伐，山上多古木。人在山上走，有各种叽叽喳喳的山鸟合唱，只闻其声，不见其形。山上有状元王世则经常光顾的读书岩，有源于武状元李珙掌书故事的“福”字摩崖石刻。山上有水，山顶上有名为“凤巢玉液”的古井，是永福古八景之一，应了那句“山有多高，水就有多高”的古语。我曾经读过汪曾祺先生一篇写翠湖的散文，他说昆明和翠湖分不开，如果没有翠湖，昆明就不成为昆明了。我想，如果把这些话拿过来描述永福县城的凤巢山，也是十分贴切的，凤巢山就像永福的根，山上的一树一石、一枝一叶，都珍藏着永福这座小城的悠悠岁月。要是没有凤巢山，永福也一样不能称为永福。

有一段时间，我喜欢爬到凤巢山顶上去看永福的三江环绕。从那里看东江和西江在凤山脚下相拥南流，远入莽苍，心胸会比较开阔。阳光照耀下，感觉那几条绕着凤巢山的江水，就是凤巢山项下的一条白金项链。极目望去，远处洛清江上，有一座曾以“金山耸翠”之名列为永福古八景之一的金山，恰好做了这条项链的坠子。

碧水绕凤巢　吕杰 / 摄

现在的永福县城，与过去相比，变化还是很大的。县城的规模扩大了好几倍，原先以凤巢山为中心的老城区，现在只是这座城市的一角。本文开头那位 70 年代到过永福的客人，如果现在重游，是一定要发出沧海桑田的感慨了。在西江流进县城的地方，过去是一片坟场荒坡，几间老旧厂房。临江的两岸，一边是荒凉的沙滩，另一边是一排简陋破旧的居民木屋，从附近高速公路过往的旅人，都不会相信这里竟然是一座县城。2003 年，这里变成了可容纳近万人的福寿广场。广场紧临西江东岸，江边筑有宽阔的河堤，堤上绿荫匝地，丹桂飘香。从朝至夕，人们在广场上锻炼、娱乐，在河堤上漫步。西江河湾水面宽阔，缓缓南流，江水绿得诱人。这个曾经最为荒凉破旧的地方，一时成了县城最美丽的休闲场所。

东江的变化，最先是从城东的中洲一带开始的。这里是东江和茅江汇

合的地方，江心有一块四面环水的洲渚，叫作中洲，洲上土地肥沃，古木阴浓。不知从什么时候起，城里的居民在洲上开垦出大片的菜地，是县城百姓一块传统的菜园。湘桂铁路修建时，一座铁路桥穿洲而过，把中洲分成两块，桥东面的大片土地仍是居民的菜地，桥西侧的一小块，20 世纪 80 年代，则开辟成江心公园。公园中树木极多，凉爽宜人。每天，有老人聊天打牌，有钓者垂竿静候，有情侣携手漫步。这个中洲公园很有意思，从这里跨江到达西岸城东，几十年来变换了好几种交通方式。20 世纪 70 年代以前，一艘渡船，来往于城东、中洲和江的东岸之间，每天接送那些到中洲岛上施肥锄草的农人，主要还是接送来往于东江两岸的行人和客商。这样的交通方式虽然古老，却颇有诗意，从清晨直到夜晚，渡口近处的居民们，都能在那“欸乃”的桨声中醒来或入眠。明代名臣解缙被贬广西，在途经永福时，还为这个渡口留下了上联“一渡两江三拢岸”，却没有对出下联，直到今天，该联仍无佳对。70 年代末，茅江大桥建成后，东江两岸变成通途，这个舟渡存在的意义就不大了，但中洲岛上与东岸县城的交通，依然是不能中断的，于是在筹建中洲公园时，县里专为连接县城和中洲架了一座铁索桥，十多年后又换成了一座钢架桥，2016 年，又将钢架桥拆除，建起了今天这座飞檐画栋的风雨廊桥。

廊桥的西对面，仅隔一条马路，就是凤山公园的正门小广场，广场周围全是仿古建筑。其中有一座四层的楼阁，是县博物馆。博物馆中展出的，有出自洛清江边的宋窑古瓷，有出自民间的曲艺道具，也有永福先贤的文章画卷。永福现有很多丹青妙手，每到年节，有关部门都会组织他们拿出自己的作品来博物馆中展出几天。观展的人也不少，人们对着那些展出的书画评头品足，指指点点。反正作者和观者都是熟人，就算说得不对，无非打个哈哈，一笑而过。

博物馆后面的山坡，古称状元坪，是为纪念永福历史上的状元而命名的，现在建了状元祠，内有状元塑像及其生平简介。在现在的永福县境内，古代出过四个状元：宋状元王世则，永福县城人，家住东江畔；宋武状元李珙，永福县堡里镇人，曾募三千勇士北上抗金勤王，捐躯沙场；清状元龙启瑞，永福县罗锦镇黄洞屯（旧属临桂县）人，官至江西布政使；清状元张建勋，永福县苏桥镇（旧属临桂县）人，以策论《民以食为天》殿试夺魁，一生致力于办学。难得的是，永福这四个状元都为官清廉，爱国为民，为政均有显绩。

永福县城的江景，变化最大的，要数城南的水门滩。水门滩是东江和西江汇流之地，永福的三江之水就在这里汇成了洛清江。过去的水门滩，江浅水窄，东江和西江之间还裸露着一块沙洲，叫作鹧鸪洲。洲上不长树木，却丛生着各色杂草，春夏季节，绿草如茵。小时候，我曾在洲头的浅水中戏水捉鱼，在洲上的草丛中抓过蛐蛐。洲上有没有鹧鸪，我不知道，但是觅食的水鸟不少。这里本可以成为县城一块理想的休闲地，但因疏于管理，秋冬时节，草色枯黄，只剩下一堆大大小小的鹅卵石了。十四年前，因为下游洛清江上的龙溪水电站拦河筑坝，两条江的水位被提升了数米，东江和西江汇流处的水门滩，蓄水最多，水面最宽，俨然成了一座小水库，鹧鸪洲被长年淹没在了水下。与县城隔河相望的东江南岸，原先是一片沼泽荒地，现在新建了两个居民小区，有三十几层的高楼。黄昏之后，华灯照影，平湖如镜的江面上像盛开了缤纷的花朵，更有灯光辉映下的人影幢幢，时时演绎着生活的安逸。我曾经看到本县摄影人在水门滩取景拍摄的一张照片，江水绿如蓝，倒映着蓝天白云下的高楼气宇轩昂，感觉竟是一座大都市的景象。

几十年来住在永福，觉得这座小城总能不断给人带来可喜的变化，只有一样是至今未变的：山，依然是那样的浓绿；水，依然是那样的清澈。外出务工的永福人，回家之后，依然会重复着同一句话：别处的水，没有永福的水甜。

家乡的水

林荣连

水，是一个优美的字，它能滋养万物，能创造和孕育出许多优美的东西。有水的地方都会有好的风景，有水的地方都会有许多的灵性与韵味。

我很幸运，生长在一个有山有水的地方，这个美丽的地方就是罗锦镇江月村枧洞屯。

从大山深处千回百转蜿蜒而来的江月河，在枧洞村口来了个半月形的转弯，悠悠注入金鸡河水库。如果把金鸡河水库看成一个葫芦，那么枧洞屯就是这个葫芦的口子。

因为有山有水，这个地方就显得特别美丽。雨后的清晨，站在村口的大桥上极目四望，只见群峰如黛，一缕云烟缠绕其间。远山近水，一片烟岚，氤氲如气，薄雾缥缈，宛若仙境。吸一口清新的空气，顿觉心旷神怡，美好的一天从此开始。

有水的地方，自然就会有水的情趣。垂钓是许多人的爱好，随着人们生活水平的提高，这种休闲的生活方式越来越受到人们的青睐。初夏时节，一拨拨垂钓者接踵而至，村边的江堤瞬时撑开了五颜六色的花伞，一字排开数百米，江堤成了一条彩色的花堤，青山绿水之间又显现一道亮丽的风景。

我也是一个垂钓爱好者，家乡的水为我提供了许多有利的条件。选一处水草丰盛的河湾，撒下窝料，挂饵，扬竿，静等鱼儿上钩。这时你可放松心情，尽情欣赏一下大自然的美景。习习的清风，波光闪闪的水面，一切都洁静而单纯。抛却尘世的喧嚣，你会突然发现，除了工作，生活中还

家乡的水　吕杰 / 摄

会有许多美好。

村前那一湾碧绿的河水，那一片洁净的沙滩，就是一个天然的游泳场。每到夏天，游泳的人来了，三五成群，为了看看这里的山光水色，他们不惜驱车几十公里来这里泡个清凉澡。花花绿绿的游泳圈套在身上，在水面上随波漂荡，悠然自得地眯着双眼，让清凉的河水浸润着肌肤，这也是一种美的享受，难怪这里每天都游人如织。有一次，我碰到一位教孩子游泳的家长，我问他为什么天天来。他说在这个假期一定要教会孩子游泳，他讲游泳也是一种生存技能，万一以后遇上洪涝灾害等事故，不至于束手无策。我感觉这位家长很有远见。

游人们玩累了，就在河边的大树下歇息。有的在拍照，有的在听音乐，青山绿水给他们带来了许多甜蜜的回忆，那棵大柳树不知和多少美女帅哥合过影了。

随着改革开放的深入，人们的生活有了很大的改善，精神面貌也发生了很大的变化。我们村几乎家家都建了新楼房，装修得十分漂亮，村口也已扩建为一个花园。花园依河而建，河边种有柳树、榕树、朴树，树下安放青石条凳，供行人乘凉观光，花园的中央有网球场、儿童游乐场、灯光球场。夜幕降临，彩色灯光和一抹红霞都倒映在一湾碧水之中，湖光山色，美不胜收。

入夜，枧洞屯呈现出它的另一种美。爱好野炊的人们早已在河滩上支起炉子，烧烤架上的肉香味弥漫开来，吸一口空气都浑身带劲，啤酒瓶的碰撞声，人们惬意的欢笑声，在河湾里荡漾的串串欢歌。

网球场那边有人在跳广场舞，欢快激昂的节奏，衬托出人们兴高采烈的心情，生活水平提高了，人们有理由享受着精神上的乐趣。

灯光球场上正在排演彩调剧，传统文化与现代音乐交相辉映，精彩纷呈。锣鼓声、二胡声，优美的彩调唱腔回荡在村子上空，河边大树下纳凉的大爷大妈们听得摇头晃脑。

小妹妹住在大江边，
一卖水酒二卖烟，
大相公来要酒，
二相公来要烟，
小小生意要现钱，
小小生意要现钱，哪嗬了嗨。

这天籁般的声音与河水的淙淙声、人们的欢笑声交织在一起，汇成一曲乡村特有的交响乐，多么迷人的夜晚！

水库情结

张日斌

我是在水库边长大的，对水库有着自然的亲近。

20世纪70年代末，由于父亲在罗锦镇金鸡河水库发电站工作了几年，我的童年便跟他在水库边度过。电站里有不少小孩也是跟着大人在水库边生活，所以我并不孤单。

童年的生活是无忧无虑的，自由自在，简单而快乐。

游泳是水库边孩子的基本技能，没人教，但人人都会。每到暑假，水库便成了我们的天堂，每天到水库游上一两次那是家常便饭，而游得最快、游得最久的，俨然成了我们心中的英雄，大家都会围着他转。游累了，我们就在水库坝上躺一阵，吃点在水库边生长的野果和家里带来的自制食物，聊着各自的一些糗事和学校里的各种趣事，不亦乐乎。经历了一个夏季的快乐，大家都变得黑不溜秋的，仿佛来自遥远的非洲。

有水便有鱼。水库里有鲤鱼、草鱼、鲫鱼、鲢鱼、青鱼、黑鱼、鲶鱼、白条鱼、黄颡鱼等。一年四季，常常有人在水库钓鱼，大多数人都钓鲫鱼、鲤鱼和草鱼等。钓大鱼要精选饵料，要打窝，要补窝，要有耐心，小孩心性急躁，这样钓鱼简直是要我们的命。不过，水库里盛产一种“石头鱼”，它喜欢生活在石头缝里，白天就在石头边晒太阳，个头约小拇指大小，少刺，肉质鲜美，而且都不用鱼钩，只要用细一点的线，绑上蚯蚓，直接开钓，有时一次能钓上好几条，往往不一会儿就能钓够一餐，于是它便成为我们钓鱼的最爱。但有件怪事，最漂亮的女孩可玲明明每次钓鱼动作又慢，上鱼也慢，可是等到回家的时候，她小水桶里的鱼却总是最多。此事至今成谜。

金鸡河水库　吕杰/摄

白天有白天的幸福，夜晚有夜晚的快乐。

晚饭时分，大人们在家喝着酒，吹着牛皮，小孩则都端着碗，在院子里一字排开，一边互相尝着对方碗里的菜，一边羡慕着谁家的菜好吃。

晚饭后 8 点到 10 点是大家最期待的时刻。飞快地写完作业，我们早早地聚集在电站会议室，因为这里有台黑白电视机！在农村家中几乎没有电视的年代，这台黑白电视承载了我们晚上的欢乐。在这里，我们结识了爱国的霍元甲、不羁的美猴王孙悟空、痴情的贾宝玉等。我们时而被林黛玉感动得泪如雨下；时而被聊斋故事吓得睡不着觉；时而被唐僧师徒的坚持所激励；时而被江湖大侠激起雄心壮志，总想学好本领，仗剑走天涯……

水库的水位降了又升，电站的人来了又走。12 岁时，我随父亲离开了电站，离开了水库。

离开了水库，却没有离开水库里的水。上初中时，我的家距离学校只有 300 多米，之间被一条水渠相隔，水渠的源头便是金鸡河水库。上下学时，我总是要到水渠里洗洗手，掬一捧水抹在头和脸上，回味着它的温柔和快乐。

久而久之，形成习惯。

现在，由于工作，我经常下乡，只要附近有水库，我都会去走走看看。

近年来，县里加强水库的建设和治理，大多水库都焕然一新。行走在水库大坝，放眼望去，随处都是迷人的景色：波光粼粼的水面，清澈碧绿；欢快游动的鱼儿，给水库增添一份生机；库区周边的亚热带树木郁郁葱葱，远处传来的鸟鸣让水库显得更加幽静；库区旁自然的农田风光，景色迷人，如同世外桃源。

看着迷人的风光，呼吸着清新的空气，静静地坐在水库码头上，脱去鞋袜的束缚，感受碧波的柔情，倾听水库的故事，紧绷的心情倏然放松。我仿佛置身于儿时的水库，伙伴们在堤岸上飞跑着，欢笑着，自由自在，无拘无束。

探访小江河谷

秦　晔

小江河谷位于永福县广福乡龙溪村小江屯，距离县城约 7 公里。由于交通不便，像一位深藏闺中的姑娘，不为外人所知，因此保持了原始、质朴而又秀丽的风貌。此段峡谷落差不大，河谷中既有奇石列阵、浪花飞瀑的奇妙景观，又有枯藤古树、苔草纵横的野趣与诗意。

两岸群山环抱、岩壁高耸、灌木成林，溪水清澈见底，河石粒粒可数。穿行在河谷，看那山花烂漫，听树上的小鸟欢唱和知了的鸣叫，还有那此起彼伏的蛙声，仿佛是大自然奏响的一曲交响乐。

一个夏日的早晨，我们一行 25 人，慕名前往探访。

我们从永福县城租车到永福镇坪岭村的坳底屯，翻越板凳坳，山顶有一岔路，左走一条约 50 厘米宽的弯曲小路，下山即见一条清澈的小溪横卧在面前，前面的村庄就是小江屯。因刚刚下过一场雨，夏日的早晨显得潮湿而温暖，天是蓝的、树是绿的、水是清的，雨后的清新使得大家有些微醉。刚到江边，大家就兴奋地拍照，群里的活宝“巴黎岛”在小河边耍起蛤蟆功，逗得大家哈哈大笑。

走过一座简易的小桥，沿着靠山的小路前行百米，来到上小江屯。这是一个美丽的瑶寨，瑶族同胞生活在这世外桃源般的秀水青山里，安逸而平静。这里青山环抱，民风淳朴，不时有瑶家大叔招呼我们：“进屋吃晌午哦！”那边竹楼上瑶家奶奶招手喊：“来吃茶先，过来吃茶歇耐（休息）！”我们在一家白墙青瓦的瑶家歇息，一涧泉水从后山引到屋前，掬一捧顺喉而下，清凉的山泉水沁人心脾，一扫暑气带来的疲惫。小叶菊、

探访小江河谷　张荣翔/摄

雅雪、云朵她们忙着与瑶家嫂子合影，我却与简单哥、牛哥几个到村屯里四处走走采风。村屯虽不大，但屋前小河自由奔流，邻里鸡犬相闻，竹篱小院瓜果蔬菜长势很好，屋角还发现几株开得正艳的大丽菊，还有几棵粉嫩娇人的月季。空气里忽然传来一阵阵清凉的香味，循着香气，我们发现一大片薄荷，早晨的露水还没散去，叶片上还残留着水珠，紫色的小花正茁壮生长。我摘下一片叶子嗅了一下，顿觉神清气爽。

我们走过村庄，溯溪而上，溪水清澈见底，遇一深潭，潭水绿幽幽的，在阳光的照射下幻化出不同的颜色，犹如果冻一般。阿光哥他们几个男子汉忍不住下水游泳，他们在河边的岩石上做着各种花样的跳水动作，青蛙跳、鱼跃式、帆板样，甚至有下饺子式，五花八门。红梅、夏之雪等几个女将也按捺不住，急忙换好泳装，扑腾一下扎入水中，欢快地游来游去。此刻，宁静的山谷被喧闹声打破了，惊飞了对面山腰上的两只鸟儿。

众驴友在河水里欢闹嬉戏间，群主阿光招呼大家上岸休息吃午餐。吃饱喝足之后，众人余兴未尽，大多数人跟着阿光走岸边的小路，我和剩下的人跟着明月一起继续溯溪而上。沿途经过了小水坝、深潭、浅滩，见河中还有无数散落的巨石。河道越来越窄，河水也越来越湍急，大家必须拄着拐杖，手拉着手才能在河谷中行走。此时，两岸还发现许多奇花异草，越往上走风景越美。也许是被两岸的风景所吸引，雅雪和小叶菊情不自禁对着群山亮起了歌喉，山谷里飘荡着响亮的歌唱声和欢笑声。

闹腾够了，该返程了。我们返回上小江屯，顺江而下，走过下小江屯500米外河谷的一个急转弯处，突现一座笔直高耸峻秀的山峰，那山角边现出一张有嘴、有鼻、有眼的脸谱，真是妙不可言，牛哥和丫丫端起手中的相机不停地按动快门，将这奇异的山水景色定格为永恒。

我们仍依依不舍地回望着、欣赏着。远远望去，小江河谷峰峦高低起伏，如刀削斧劈，景色奇丽，蔚为壮观。大山里的小江河谷，就像一个妙龄少女，含情脉脉地依偎在大山的怀中，娴静地躺了不知多少年，却依然碧波荡漾，水声潺潺。

感念于小江河谷留给我们的原始风光，更感动于小江屯瑶族同胞的淳朴和善良好客，我一定还会再来。

露宿洛清江畔

陈毓林

到洛清江露营是一次说走就走的旅行。

十月的永福，最惬意的休假方式莫过于泛舟河上，露宿江畔。

一个周五晚上，我们一帮影友、茶友相聚“老中医”茶室，喝茶聊天。聊着聊着就聊到了摄影，聊到了朝霞晚霞，聊到了洛清江，聊到了江中鱼，聊到了露营，便定下时间：明天，周六；目标：兰麻林场，洛清江畔。

洛清江是柳江的支流，发源于临桂区。在永福县境内，由东北向西南流经苏桥镇、永福镇、广福乡，再出县境。

我们的露营地兰麻林场位于洛清江畔，地处永福、鹿寨两县交界处，距永福县城约 30 公里。

第二天中午，在中心市场采购肉菜酒水后，便直奔兰麻林场。

从县城出发上苏（桥）鹿（寨）路到广福乡，上广（福）三（皇）路，继续开车前行约 4.5 公里之后拐下公路，开车几分钟就到了兰麻林场场部。

穿过场外的柚子林和一片野芭蕉林，就来到洛清江的渡口——我们的露营地。只见两岸绿树成荫，河水清澈见底，山风徐徐，流水潺潺，远有鸡鸣鸟啼，近有野鸭戏水，水清岸绿，鱼翔浅底，举目远望，群山间似有炊烟袅袅升起，置身此景，恍如世外桃源。

兰麻渡是一个古渡，曾是兰麻古道的必经之地，现在由于交通发达，古渡早已废弃。我们来时，看到一艘渔船横泊江岸。小小哥就住在这里，渔船便是他的家，蚊帐被褥，锅碗瓢盆，一应俱全。船顶装有太阳能电池，船内有电视机、电灯。岸上用油毡搭了烤鱼干的场地，一处平时晾晒衣物

露宿洛清江畔　吕杰 / 摄

和渔网的晒台成了我们搭帐篷的地方。河对面的半山上就是桂柳高速公路。

来客人了，小小哥小小的领地里一下子热闹起来。附近 4 位渔人也过来跟我们打招呼，呵呵，这下晚餐够一桌人了。天公不作美，下午，天气突然由晴转阴，没有了晚霞，不便摄影创作，我们便自己动手准备晚餐。

小小哥 50 多岁，小小的个子，常年捕鱼晒得皮肤黑黑的。可能是长期一个人生活吧，他寡言少语，我们问一句他答一句，就这样默默地剖鱼，在船上生火，煎鱼。渔船，柴火，饱经沧桑的渔人，这不是比晚霞更好的景吗？大家打开相机忍不住拍下此情此景。吹下火，翻下鱼，披上蓑衣，手提油灯……在大家的指挥下，小小哥成了一个称职的模特儿。

在洛清江上荡舟，快门声、欢笑声夹杂着饭菜的香味，渔船上炊烟袅袅，感受到水上人家过年才有的景象。

在晒台搭起简易的餐桌，上菜了，黄焖土鸡，新鲜的洛清江鱼，炒黄豆焖猪拱嘴，青菜汤外加花生米。酒来了，罗汉果酒，自酿野生葡萄酒外加啤酒。挂在竹竿上的徒步灯刺破了夜色，举杯推盏的吆喝声打破了河畔的宁静，也驱散了习习凉风。

深山里，旷野间，水之畔，远离市井的喧嚣，内心唤起原始的感知。5 位自驾的驴友，5 位当地的渔人，大块吃肉，大口喝酒，谈人生谈生活，谈理想谈现实，谈国家大事，谈平民生活，谈过去谈未来，就这样胡吃海喝吹遍天南地北。

到了午夜时分，才又想起摄影创作。小小哥头戴竹笠，手持马灯，站在竹筏上又当起模特儿。

打扫好晒台，搭好帐篷，泵好气垫，铺好睡袋。抬头一望，满天星斗随着一轮弯月闪亮登场，平静的河面漂浮着点点渔火，高速公路上车来车往，车灯仿佛一条银色的玉带照亮半山，群山显现出朦朦胧胧的美，就这样在星星和月亮的陪伴下度过了一个难忘之夜。

金鸡报晓，太阳映红了云朵，河面也被染成蓝底红花的绸缎。新的一天到了，渔夫开始工作。小小哥他们乘竹筏在取钓，一条条肥硕的鱼被装进鱼笼。我们也被清晨第一缕阳光叫醒，匆匆收拾行囊，迎着朝阳，告别小小哥，告别洛清江，踏上归程。

虽然只待了短短的 10 多个小时，但我们内心都被这里的美景和良好的人文环境所打动，我们喜欢上这美丽的洛清江。这是一处亲近山水和自然，可以让人静静享受的天然氧吧；这是一处让人追寻内心宁静的营地；这是一处可以提升人们幸福指数的人间仙境。回望河面缓缓而行的竹筏，我们高呼，洛清江，下个假期再见！

永福的雨（外二篇）

黄世斌

永福县多雨。

它是广西降雨量最大的区域之一，多年年均降雨量2000毫米左右，气象记录，永福降雨量曾达2750.6毫米。这是由于这里是中亚热带季风气候，光热资源丰富，再加上这里还有特殊的地理环境。虽然降雨量大，但降雨的时空分布不均匀，大体来看，3—6月是一年中的降雨高峰期，9月份后明显减少；在空间上，由北向南、由山区向平地的降雨量也呈递减状态。年均2000毫米降雨量是什么概念？可以简单地理解为，每1平方米，老天每年给了2立方米的雨水，永福县土地面积2800多平方千米，你看老天每年给了这里多少雨水！

永福的雨，绚丽多姿，变幻莫测。或“狂风暴雨”“倾盆大雨”，有涤荡一切、毁灭所有的粗野狂躁；或“和风细雨”“春风化雨”，有飘飘洒洒、漫天遍野的舒缓绵柔；或“久旱逢甘雨”，有雪中送炭、救人于水火的恩情；或“雷声大雨点小”，浅尝辄止，不了了之；或“干打雷不下雨”，纯粹是言而无信，逗你玩儿；至于“好雨知时节，当春乃发生”“霪雨霏霏，连月不开”“东边日出西边雨，道是无晴却有晴”“清明时节雨纷纷，路上行人欲断魂”等古今文人墨客描写雨的诗句美文以及很多关于雨的成语、俗语之中的意境、意象、情感和审美，在永福的雨中，你几乎都可以看到、听到、想象到或体悟到。

永福的雨，以经天纬地之神秘而伟大的力量，塑造了这里的一切。永福的雨，赐予这里丰富的生命之源、生产之要、生态之基——水资源，包括地表水与地下水。这里地表水网星罗棋布，有集雨面积大于10平方千米的大小河流63条，还有数不胜数的小溪流，较大的河流有洛清江首段、西江、东河等，多年平均径流量57.6亿立方米。为解决因降雨量不均引起的工农业生产和人畜饮用水工程性缺水问题，还建起了许多蓄、引、提水工程和人饮工程，其中能称为“水库”的蓄水工程就有41宗。地下水也很丰富，主要为潜水。估算地下水天然资源约为10亿立方米/年，可开采资源约为4亿立方米/年。同时，水质优良，多年检测表明，主要河流断面丰水期的水质总体上符合国家Ⅱ类水标准。总之，这里不仅是广西多雨中心之一，而且是全国水资源较丰富的区域之一，人均水资源量约2万立方米，是全国人均水资源量的10倍左右。水资源作为战略资源，人类极可能因为争夺其而发生战争，这里却因为有丰富优质的水资源而成为人类最宜居住地之一，令人羡慕！

永福的雨，雕刻了这里多种多样的地形地貌。有史以来，永福县境内没有经受大的地质运动的影响，没有明显的构造地貌，也很少有诸如风蚀等其他外营力形成的地形地貌，水的侵蚀、溶解力是形成这里地形地貌的主要外营力。巍峨挺拔的中山、低山，神秘的峰丛洼地、峰林谷地、溶蚀平原、溶洞、岩溶地下河等岩溶地貌，线条柔和的丘陵，土地肥沃、阡陌连绵的洪积冲积山前平原和河谷平原，峻险的“V”形河谷等等，都是雨（水）鬼斧神工的杰作，还形成了以红壤为主的90个土种的优良土壤，为这里的生物多样性提供了不可或缺的基础，也形成了许多可供开发的旅游资源。

永福的雨，滋养了这里的丰富生物，形成了堪可媲美热带雨林的生物多样性。稻、烟、药、菜等农作物；杉、松、桉、樟等用材林；油茶、油桐、毛竹、板栗等经济林；柑橘、桃子、李子、杨梅、荸荠等水果；还有牧草、禽畜品种、珍贵野生动物，水环境中丰富的游泳生物、浮游生物、底栖生物等等，琳琅满目，不胜枚举！最著名的是滋生出了享誉世界的东方神果——罗汉果。毫不夸张地说，这里就是生物多样性的宝库。

永福的雨，造就了这里丰富的水资源和优良的水环境、多种多样的地形地貌、多彩多姿的生物多样性，连同这里丰沛的光热资源、土壤资源等

雨后洛清江　张荣翔 / 摄

自然资源，最后作用到幸运地生活在这片神奇土地上的人身上，世世代代，日积月累，这里便沉淀了深厚的福寿文化，成为中国的首批长寿之乡。让生活在这里的我们，从内心深处，拜谢雨对我们的馈赠、赐予、滋养和庇护吧！我们还要趁当前生态环境保护成为国策的机遇，竭尽全力呵护好这片土地的生态环境，让子孙后代永远享受到雨的伟大恩泽！

我爱你，永福的雨！

溪涧蛙声

我不知道用什么词来形容山蛙的叫声。

我的家乡在西江“V”形深切河谷龙江乡区域内的大山里，这里有众多的山间小溪涧，溪涧中生活着许许多多蛙，溪涧水声和山蛙的鸣叫声就是我的乡愁。

其中有一种蛙，当地俗称“山蚂拐”“石蟆”，它在生物学分类上是什么蛙，以前我不知道，近来我百度了一下，它的形态特征与生物学分类中的棘胸蛙相同，其他地方也有叫野生石蛙的，大体是一类。其雄性在求偶时的鸣叫声，低沉、浑厚如同远古之音，穿透力极强，声闻数十米或数百米。闻之，使人从心底生出一种震撼，留下深入骨髓的记忆。遗憾的是，较长时间，在我的家乡，很难再听到这种石蟆的叫声。今年清明节，回山里老家，幸而又听到了它的鸣叫声。这让我的思绪回到 20 世纪 70 年代……

西江“V”形深切河谷两旁的大山区，在 20 世纪 70 年代之前，生态环境还很好。得益于我县范围内降雨量充沛，这里溪涧特别发育，在集水面积约 2 平方千米的范围内，就有三条长度在 1 至 1.5 千米、常年有水的小溪注入西江，小溪干流之上还有诸多数百米不等的支流，形成密集的地表径流体系。这些溪涧都是雨源性溪涧，下雨时由雨水补给，无雨时由潜水（地下水）补给，这里所有地下水都由降水补给。正如李白说的“黄河之水天上来”，我们这里所有的水，也都是天上来的！因这里相对落差大，约 1 至 1.5 千米长的溪流，垂直落差竟达四五百米。因而这些溪涧，从高山上跌宕回环而下，怪崖嶙峋，乱石参差，激流悬瀑，飞珠溅玉，间或串起几个小水塘，很少有平缓之处，颇具“飞流直下三千尺”之意境。溪水清澈如镜，碧绿如翡，不亚于九寨沟的风光！水声随水量和地势不同或高或低，或急或缓，或清或浊，或浮或沉，酷似《高山流水》之琴韵。水中生物繁多，小鱼、小虾、螃蟹、山龟、小蛇……在近西江的短短一段稍微平缓的溪涧中，甚至有如鲑鱼一样、当地俗称“油鱼”的鱼类从西江向溪涧的洄游现象，只是由于后来人们灭绝性的捕捞而消失了。

涵养这些溪涧的山，虽然地形陡峭，但因光热水资源充足、土壤发育良好，依然林木繁茂，物种多样。除了人工种植的杉木、毛竹、油茶、油桐、板栗、柚、柿等之外，各种乔木（如椎木、荷木、樟木、枫木等等）、灌木（如杜鹃花、野山茶花等等）、草本植物（如建兰、芒类等等）铺满整个地面，看不到任何裸露的土地，覆盖率几乎 100%。飞禽走兽，散布其间，如麂、野猪、果子狸、穿山甲、蛇类、鼠类等，听老辈人讲，以前这里还有豺、豹、虎、熊等大型动物，鹰类、乌鸦、白鹇、竹鸡、白鹭等等更是常见鸟类。笔者儿时在山村中常见到“老鹰抓小鸡”的情景。这里四季分明。春天花红：杜鹃花、野山茶花、桃李花，还有一种俗名叫“亮皮树”的高大乔木，开着像桃花一样的花，把整片山都映得通红。夏秋果熟：山区梯田金黄的稻谷，山地上种植的苞谷、红薯、芋头、黄豆等粮食，各种人工种植的水果，还有漫山遍野的米椎、野生杨梅、诸多叫不出名的野果以及缤纷的红叶、黄叶点缀山间。冬季银妆：隆冬时节，霜冻让山谷低处水汽重的地方——草木上、房屋上以及各种裸露的物体上——铺上一层薄薄的白霜；几乎每年都有一段时间下雪，大雪纷纷扬扬，铺天盖地，山头白雪皑皑，整片整片的竹木被压弯了腰。家乡山区让我领略什么叫作四季自然美景。

优良的生态，适宜的气候，使这里的溪涧成为石蟆生长生活的最佳场所，得到了天时地利，它便成为溪涧中的王者，位于整条溪涧中水生生物及昆虫类食物链的顶端，统治了整条溪涧。石蟆繁殖的季节，溪涧中，无论白天黑夜，蛙声不绝于耳，与溪水声间或配以风声、雨声、百鸟鸣叫声，共同奏响一曲大自然的交响乐，真乃天籁之音！溪水里到处都是它们诞下的卵，继而是蝌蚪，简直就是一幅“蛙声十里出山泉”的画面！

遗憾的是，一段时间以来，人们滥捕乱捞，各种手段层出不穷，尤其是电击石蟆，大小通杀。此外，天然林木遭无序砍伐以种植经济作物，并使用除草剂等农药。石蟆急剧减少，其他蛙类也难见踪影。偶尔回乡，蛙声难闻，美景不再。

好在当今进入新时代，“绿水青山就是金山银山”深入人心，恢复山乡自然美景是当地百姓的向往、追求和自觉行为。我相信，随着生态保护力度的加强，不久的将来，当我回到老家，溪涧蛙声、水声，将再为我奏响一曲曲交响乐，能让我再一次聆听到那久违的天籁之音，欣赏到家乡优良生态之美，慰藉和留住我深深的乡愁。

永福有条这样的江

你从天平山的千沟万壑中走来，携带着雨、雪、山、石的气息和精神，承载着天、地、国、家的变迁和兴衰，体现着父、母、妻、子的宽严与悲悯，影响着人、文、政、经的过去和现在。

你，就是永福西江。

境内丰裕的物产，供给万物休养生息；流域厚重的文化，塑造人们的魂灵情怀。永宁古城，雄踞在江的源头，百寿图高悬岩壁，穿岩古道穿越古今，拉孝江海菜花花中仙子，龙江乡罗汉果东方神果，闻名遐迩。澄心佛寺，坐落于江的终点，大福石矗立凤山，文武状元文韬武略，窑田岭宋青瓷瓷界精华，永福圩八景观广西奇观，享誉中外。碧绿竹木掩映的村庄，鸡犬之声相闻，人间仙境；金黄稻菽铺满的农田，天人之气互通，世上风采。两旁群山，林木青翠，溪涧碧蓝；四季江水，春夏湍急，秋冬舒缓。沿岸盛开的杜鹃花映红浣衣姑娘美丽的笑脸；顺江翔集的白鹭鸟伴随放排小伙的呐喊。片片白帆，萦绕着船工拉纤的号子；点点渔火，闪烁在渔民撒网的河滩。狂野的洪流把一切污泥浊水涤荡；轻柔的溪水将所有良田沃土浇灌……

永福西江，清澈而丰满、富饶又健康、文明且和谐，你是一条生态的江，一条文化的江，一条幸福的江！诗情画意，如梦似幻！

文运之河

林庚运

桂林市西南，有一条开凿于唐代长寿元年（692 年）的运河，叫相思埭，又称南陡河、古桂柳运河，是我国历史上少有的保存至今的古运河之一。

相思埭之称始见于《新唐书 · 地理志》。它发源于临桂县[1]会仙狮子岩，汇入分水塘后，东段流入良丰江，后注入漓江；西段经永福县罗锦镇、苏桥镇，进大溪河汇入洛清江，后南流注入柳江，使桂林至柳州的水路运输由原来的 1000 多里缩短为 300 多里。同时，它与兴安县的灵渠（又称陡河）构成了沟通长江、珠江两大水系的重要水利枢纽，成为古代中原通往岭南、西南的重要航道。经过多次修浚，相思埭的规模不断扩大，功能不断完善，"能航、能排、能灌，农商具赖"。相思埭对古代南方政治、军事、经济的发展起到了巨大的推动作用。

古往今来，众多的文献资料和专家著作，对相思埭的三大功能作用都有充分而肯定的述说。然而，照我看来，相思埭似乎还有一个重要的作用被历史忽略了，那就是中原文化的传播与民族文化的交融。

有一位当代文化名人说过：相思埭开通了广西的文脉！这话我信。

广西地处西南边陲，交通闭塞，经济落后，实难与中原、两湖、江浙、齐鲁相比。唯有文化，能够占有一席之地。

秦始皇统一中国，辟岭南，设三郡，开灵渠，中原文化便开始了向岭

1　今临桂区。——编者注

南的传播。西汉初年，桂林建治，成了中原文化向岭南传播的桥头堡。到了唐代，桂林置“桂州总管府”，成为中原文化在岭南的大本营。

随着桂林至昆明古驿道、相思埭运河以及桂林至柳州古驿道的建成，一批批文坛巨匠和历史名人经过临桂、永福来往于广西腹地，甚至来往于云南、贵州、四川，传播中原文化，亦将这些地方文化推介到中原。

唐天宝九年（750 年），鉴真和尚第五次东渡受挫，率弟子渡过琼州海峡北归，从内河乘船，到象州逆柳江而上，入洛清江至永福经苏桥而达桂林，驻锡开元寺一年有余。天宝十二年（753 年），鉴真和尚第六次东渡终于成功，他致力日本弘法布道，成为日本佛教律宗的开山祖。1979 年，日本纪录片《友谊之门》和故事片《天平之甍》摄制组，曾先后沿着鉴真和尚第五次东渡失败的足迹，一路追寻来到桂林，探访中日友好的历史文化轨迹，缅怀鉴真和尚开创中日友谊之门的历史功绩。

唐宪宗元和十年（815 年），著名的古文大家柳宗元，被贬为柳州刺史。他乘船南下，经相思埭运河，出永福洛清江，过兰麻险隘，直下柳州。他在《寄韦珩》中写道：“桂州西南又千里，漓水斗石麻兰高。”诗中的“斗石”，就是相思埭的斗（陡）门石闸，“麻兰”就是长寿三年（694 年）修筑的桂州（桂林）至马平（柳州）的兰麻驿道。宋代世采堂刻本《河东先生集》的编撰者孙良臣在注释柳宗元这一句诗时说：“兰麻，山名，在今桂州理定县（1440 年并入永福县）。今本麻兰恐误。”《新唐书》记载：柳宗元在柳州时，劝农桑、释奴婢、兴文教、倡教化，大得民心。实际上，柳宗元就是在广西腹地传播中原文化的拓荒者。当时包括湖南、广东、云南等地方在内的诸多求学者，“走数千里从宗元游，经指授者，为文辞皆有法”。

晚唐大诗人李商隐受党争之累，客居桂林，于宣宗大中元年（847 年）乘船过相思埭来到永福。他浪迹山水，寄情自然，体察民风。其间，为永福写了《赛永福县城隍神文》《祭兰麻神文》《赛古榄神文》三篇散文。

北宋大诗人黄庭坚被谪宜州，崇宁三年（1104 年）五月路经桂林，系舟榕湖边，写有《到桂州》：“桂岭环城如雁荡，平地苍玉忽嶒峨。李成不在郭熙死，奈此百嶂千峰何！”融进个人的不幸遭遇，也表达了对桂林

相思埭古运河　吕杰 / 摄

山水的深厚情意。稍事休息后，再坐船远去。

南宋中兴四大诗人之一的范成大，乾道九年（1173 年）春，到桂林任静江知府兼广南西路经略安抚使。在桂期间，他写有《鹿鸣宴诗并序》，其中有“竹实秋风辞穴凤，桃花春浪脱渊鱼”，讲的是凤巢山下“辞穴凤”的永福籍状元王世则和桃花江畔“脱渊鱼”的桂林籍状元赵观文。这首诗借赵观文、王世则等桂林历代才子夺魁及当地朝宗渠修浚之事，来激励桂林读书人发奋进取。两年后，范成大受任为敷文阁待制、四川制置使兼成都知府。在由桂入蜀途中，他追忆而作《桂海虞衡志》，详尽记载了宋代广南西路地区的风土人情、物产资源以及少数民族的社会经济、生活习俗等情况。其中也记有永福花腔腰鼓，“……其土特宜制鼓腔，村人专作窑烧之，油画红花文以为饰”。

宋淳熙元年（1174 年）任桂州（今桂林）通判的周去非，作《岭外代答》，可谓一部关于广西历史的百科全书。书中记有永福特产的一种乐器“静江腰鼓，最有声腔……声响特远，一二面鼓，已若十面矣”，并且还记录了这种腰鼓的制作情况。

明永乐五年（1407年）春夏之交的一天，相思埭上漂着一叶小舟，上面一个年近四十的汉子，凝神静思，良久又释怀开颜。他就是因主持编撰《永乐大典》而名冠天下的解缙，这年他谪官广西，任布政司参议。到了苏桥，他观风景，品佳肴，小憩苏桥驿，作《赠桂林苏桥驿夏驿丞》：“微官自古重英贤，孔子当初为乘田。况是太平边报少，苏桥驿里枕书眠。”渴望安定生活的心愿跃然纸上。随后，他一路观景怡情，不觉到了永福县城，见城外江中有一小岛（中洲岛），风光绮丽，江水、渡船、小岛与凤巢山相映成趣，不由兴起，当即口占道“一渡两江三拢岸”，不知是忘情山水，还是一时语竭，竟做不出下联来，仅留下了这半边联和半边联的故事。

明代著名诗人邝露早年流落广西，秘闻殊俗，遣于笔端，完成了被誉为“明代《山海经》”、可与《西京杂记》媲美的《赤雅》一书。该书是古代壮、瑶等南方各民族民间文学的集大成之作，是一部少数民族文学与汉民族文学互相影响、互相融合的奇书，在中原产生了不小影响。书中不少地方写了永福，其中：“由漓通铜鼓，水自东徂西，入永福六陡，冬月涸绝不行。予过陡时，水长月明，如层台叠壁，从天而下。”寥寥数语，写出了相思埭的规模、形式与作者经过时的感受。“桂州永福县，隋时双凤来巢。宋初复至，守臣以闻，遣使祠之。凿巢下石，得双美玉，今名凤巢山”，记录了永福县城凤巢山的故事和来历。“兰麻道，自理定西行兰麻乌纱峰，峰刺天，仅容足。又极险隘，无间道。每过岭擘天直上，至绝顶又悬空而下，连绵不穷。闻之飞云九折，尚能服牛乘马，方之筱如矣”，说出了兰麻驿道的险峻，也道出了永福的一些独特景致。

明万历三十九年（1611年）三月，岳和声到庆远（今宜州）任知府，著有《后骖鸾录》。书里详细记录了他途经桂林、柳州了解到的民俗风情、传说故事，其中也写了他经过洛清江和兰麻驿道的所见所闻：“十四日发永福，从襟带三江亭登舟……疾如纵矢……其林水佳畏处，青如螺结其石……”该书对研究广西民俗颇有参考价值。

明崇祯十年（1637年）农历闰四月初，伟大的地理学家、旅行家、文学家徐霞客由湖南入广西。整整一年时间，他走遍了广西大部分地区，以其生花妙笔，记述了广西秀丽雄奇的山水，以及名胜古迹、民情风俗、地方物产，完成了《粤西游日记》。《粤西游日记》占了《徐霞客游记》的三分之一篇幅，可见广西在这一书中的重要位置。随着《徐霞客游记》的广泛流传，广西也就如书卷般一页一页地展现在世人面前。《粤西游日记》对永福的记载有多处，其中“……二里转而西南，又十里为苏桥，为洛青（清）江上游，水始舍桂入柳去，予遂与桂山别”，字里行间隐隐流露出徐霞客对桂林的依依不舍，对前方旅程的向往和期盼之情。“……过永福县，县城在北岸，舟人小泊而市蔬（疏）。”写出了永福县城的概况。兰麻滩“其滩悬涌殊甚，上有兰麻岭，行者亦甚逼仄焉”，讲兰麻滩悬浪腾涌，人在船上惊险无比，岸上有兰麻岭，高耸陡峭，走路的人也感到非常狭窄难行。

清康熙三十四年（1695年），汪森到桂林府任通判，他广泛搜求文集，辑录广西历代天象、气候、物产、金石、风土人情及遗闻杂事，辑成《粤西通载》（包括《粤西诗载》《粤西文载》《粤西丛载》三部），是研究广西民族历史的重要资料。

如此，不胜枚举。

居桂官员写有大量的诗文、书信，与中原名士交流密切。这种“名人效应”，加上中唐以后桂林的文化日渐兴旺，教育得到了较好发展，为桂林乃至广西文化得到中原文化的渲染和肯定，为桂林之美、广西之美被全国公认提供了大的环境。

于是，很多没有到过桂林、没有到过广西的文化大家，也纷纷写来赞美的诗文。比如桂林，有杜甫的“五岭皆炎热，宜人独桂林”，韩愈的“江作青罗带，山如碧玉簪”，白居易的“桂林无瘴气，柏署有清风”，以及王安石的《桂州新城记》等等。

开凿了相思埭，广西这一蛮荒之地、化外之隅，终于文教大兴，文运益昌。

从唐朝开始，广西不仅出了进士，在唐昭宗乾宁二年（895年），还出了状元赵观文。十年之后，又出了状元裴说。在中国科举考试的历史上，广西一共出了十二位状元。而其中的八位状元，就出自相思埭所在地临桂、永福两县。从隋朝开科取士，到清光绪三十年（1904 年）最后一次科举应试，全国一共只有十多位“三元及第”的状元，广西就占了两位。这在广西，在全国，都是一个奇迹。

清代，桐城派古文运动在广西崛起以永福吕璜为首的“岭西五大家”。曾国藩在《欧阳生文集序》中最早详述了“岭西五大家”与“桐城派”的关系，并说：“……桐城宗派，流衍于广西矣。”黄蓟说：“天下莫不知有‘岭西五大家’矣？”梅曾亮也大为感慨：“天下之文章，其萃于岭西乎！”当时比较谨严和权威的《续古文辞类纂》，收有三十九家作者，“岭西五大家”的吕璜、朱琦、彭昱尧、龙启瑞、王拯全部入选，数量名列全国第三。清代三大词派之一、清末民初主导文坛的“临桂词派”，其创始人和核心人物就是晚清四大词人中的王鹏远、况周颐，意味着晚清的顶尖词人中，广西占了一半。龙启瑞、彭昱尧、朱琦、汪运、曾克敬、李宗瀛、商书浚、黄祖锡、赵德湘、杨继荣是 19 世纪初至中叶广西诗坛上的主要诗人，他们成就高、影响大，是粤西文学发展及晚清诗学发展的支柱性力量，被誉为“杉湖十子”。钱仲联在《道咸诗坛点将录》中，列举了清道光、咸丰时期一百零八位有代表性的诗人，其中就有朱琦、王拯、郑献甫、龙启瑞、沈濉五位广西人。这些，都说明广西文学在近代的崛起，不仅仅局限于某一种文体，不仅仅局限于某几个人，而是诗、词、文全面开花，群体崛起。

宋代永福出了王世则、李珙一文一武两个状元，成为中国历史上罕见的“文武状元县”。清代，罗锦镇崇山村黄洞屯（旧属临桂县）的龙启瑞、苏桥镇苏桥街（旧属临桂县）的张建勋也高中状元，苏桥镇苏桥街的于建章高中榜眼。王世则是连科状元，于建章乡试、殿试都是第二名。吕璜是进士，是“岭西五大家”之首，是龙启瑞的老师；龙启瑞是状元，是“岭西五大家”的成员，是晚清文坛的栋梁。师徒两人都是永福罗锦人，“岭西五大家”占了二家。有文学家、史学家称，乾隆至光绪年间，在粤西出现了一个文学家族，这就是以龙启瑞和他的继室何慧生、儿子龙继栋以及他高祖、祖父、父亲等人为主要成员的文学家族。同样是崇山村，李氏家族也有“一门三进士，父子五登科”的辉煌，除了多人做官，还出了好几个书画名家。据不完全统计，永福这么一个小县，历代共出过四个状元、一个榜眼、四十九个进士，仅明清两代就出了三百二十位举人。广西两大地方剧种之一的彩调，其发源地就在永福。这些，都不能不令人瞩目。民国以来，永福的文化名人也层出不穷。有被文化泰斗梁启超称为“自晋鲁胜之后，二千年来通解《墨经》第一人”的最后一科进士、陆军上将张其锽；有“中国少数民族教育先驱”之称的民俗学大师刘锡蕃；有被誉为“中国神笔”的儿童文学、民间文学大师肖甘牛；有一级表演艺术家、当代“刘三姐”黄婉秋；有民国史专家、著名作家黄继树；等等。

时光如水，岁月如歌。相思埭流过了一千三百多年，已经成为一位历史老人。1940 年，湘桂铁路桂林至柳州段通车，相思埭便日渐苍凉荒芜，再也见不到旧时千帆竞日的繁忙景象了。相思埭的作用已经不复存在，但它留下了一笔永久性的巨大财富，那就是“相思埭文化”。

山清水秀板峡湖

黄泽恩

板峡湖深藏在永福县堡里镇那横列天际、苍茫重叠的群山中。它由板峡湖、东定湖、寨志湖和腾龙湖四大湖区组成。说真的，我极愿意把5000多亩宽广幽长的板峡湖比作一条青色巨龙。因为它具有这样的气势，从高山峡谷中奔腾穿梭而来，又逶迤而去。

记得那天和朋友去观赏板峡湖，山风忽起，湖水翻滚，高低远近，浪涌波卷，你推我拥，各不相让。被大风掀起的惊涛昂头长吟，从坝顶滚下，又猛然奋起，声如雷响。又过一会，太阳奇迹般出来投射在瀑布上，光斑便如龙鳞耀动，更似穿云破雾的巨龙。此景蔚为大观，这得益于骁勇的永福“雕龙”手，他们顽强拼搏，巧夺天工，打造出这神奇壮美、四季不衰的风景。

时光要回到1973年3月，永福人民为水而来，向水宣战，在板峡峡谷拦河筑坝，修建水库，造福人民。各公社以营为建制的民兵，从东西南北向堡里板峡汇集，摆开了筑坝围水的大会战。飘扬的大旗下，金戈铁马，沙场点兵，旗卷风雨，炮震山峦，一场缚住“苍龙”的战役打响了！

民兵们川流不息，拌浆、推车、挑石、填坝，扁担一路吱呀，同时向工地的十几个工作断面出击。那真是一部宏大的筑坝交响乐：机械喧嚣，汽车往返，推土机轰鸣，搅拌机震撼，不时还加入铁锤叮当的敲打声，似管弦乐中透出清亮的提琴演奏。

工地上，常见到一对光膀子的父子兵，老爸举铁锤，儿子掌钢钎，铁锤抡空砸下，钢钎匀称轻转，时间一长，儿子虎口处被震得血肉模糊。如果说不痛肯定是假的。老爸试探地问："要不要请假？"儿子把手甩了甩，对着裂口吹了一口气："工期那么紧，来吧！"于是，叮叮当当，锤声又起。

那些文质彬彬、戴着眼镜的老师队伍来了。他们是利用假日休息时间赶来的，讲的是贡献。老师又怎么了！老师照样住工棚，打地铺。春节到了，也不回家。老师照样与民工们一样撸起袖子，在坎坷的坡道，推着装满石头的翻斗车，加高坝基，向上奋进。

风雨中，指挥长总是奔赴在第一线。记得那个时候，他风火牙痛，半边腮帮肿了起来，却喊声震天。泥泞里，工程技术员是哪里需要去哪里。风越来越冷，夹着细雨冰霜，工地始终沸腾。那个年代是谈不上物质享受的，渴了，喝一口山泉水；累了，卷一根纸烟，就可以干个通宵。

板峡湖　卢明／摄

这是一次数千人汇集的大战，呼天啸地，声势浩大。据记载，有十余位民工，为修建板峡水库献出了宝贵的生命。在经历了十个春秋的苦干后，一座60多米高的双曲拱坝，终于耸立在板峡峡谷，牢牢围住了桀骜不驯的黄元河。板峡水库的历史被刻在大山的岩壁，成了一部经典。

如今，库区湖水灌溉堡里镇、永福镇、广福乡、罗锦镇、苏桥镇等五个乡镇的数万亩良田，发电造福百姓，还成了自然生态风景区。许多游客参观完景区后发出感叹：完全有“庐山之秀，西湖之幽”嘛！碧悠的湖面宽阔且不失曲径通幽；青山怀抱中，绿树成林。清晨的熹微中飘浮着薄薄的云雾，瑶歌便在雾里林间穿梭，与那寺庙的晨钟碰撞在一处，犹如仙境瑶池，成为独特的人文景观。之后，扩建的壮乡瑶寨民族风情园，又增添了湖区不可多得的避暑、疗养、休闲、度假等综合性旅游元素。

阳光下的板峡湖是温顺多情的，湖面如镜，倒映出蓝天白云及水边的绿叶红花。原生态的水景中，白鸟滑翔，垂钓者悠悠。山间猴群嬉水，水中渔舟荡漾。远看，山坐水中，水绕山流，水因山的呵护而增添秀色，山因水的泽润更具灵气。乐山乐水之中，令人领略了山的曲线、水的韵律。到了夜晚，四周的松木味和湖鲜味变得更加浓重起来，湖水静谧得令人怀疑。是谁跃入湖中，拨开水花，游了几个来回，痛快且清爽。月光升起来了，你尝试过月光浴吗？如此意境下最适合[illegible]疲劳，然后坐在湖水边，讲一个青山绿水中的爱情故事……

三天三夜塘外洲

杨立新

沄沄南流的东江，于永福镇塘堡村北拐了一个“C”字形的大弯，“C”字内的峦山坡地树木蓊郁，灵气秀色，风水先生称它为葫芦地，很久以前，不知谁人为它起了个很好听的名字——塘外洲。

洲上有两个自然村，即上塘外洲和下塘外洲，分落在东西两端，人们简称为上塘、下塘。

伫立村后缭岭俯瞰，沿河两岸肥沃的土地上是望不到边的柑橘，春风吹来，一片绿海；寒冬腊月，橘红连天，一个个圆圆的橘子像小皮球似的挂满了枝头，摇摇晃晃，令人垂涎。

然而，过去这两岸河堤上的数百亩农田都是望天田，风调雨顺时，人们兴高采烈地望着金黄色的田野，尽情地享受着丰收的喜悦；逢遇大旱，龟裂的农田仿佛是历经风霜老人脸上的皱纹，令人无奈和哀伤。

到了明末清初，一种以水流作动力的提水灌溉工具开始传入塘外洲，人们叫它“水筒车”，距今已有近400年的历史，它见证了当时沿河两岸农业发展的变化。

据传，当时村中有一个半农半商的村民，农闲外出商贸时，闻言有一种水筒车能提水灌溉耕地，便千方百计地寻找会做这种水筒车的工匠，功夫不负有心人，终于被他找到了。他仔细了解了水筒车的制造工艺，并实地查看了水筒车转动提水的装置，回村后雇请木匠师傅做起了水筒车，半年后，一架转动自如的水筒车在塘外洲横空出世了。

水筒车做好后，他组织族人选择一处距离自己耕地较近的河岸开沟挖渠，在河道上用木桩、毛竹、河石筑起陂坝，在河岸处留有缺口，把水筒车安放在陂坝缺口上游并用木头做支架把水车固定扎牢。水筒车高约三丈五，直径三丈左右，外圆圈的周边装有几十个叶片和四十余个舀水斗子，利用水流的力量推动水筒车叶片，水筒车就转动了起来。水斗按一定的角度固定在水轮圆周的外侧，水车转动时，下边的水斗自动灌满水升高，到达顶端开始下降时，水斗倾斜，将水自动倒出，这样一个水斗接一个水斗，循环往复把水提上来，倒进水槽，再通过支渠、毛渠流到农田里，耕地用水问题就这样迎刃而解了。

后来其他村民也纷纷效仿，至清末民初时，北起与苏桥镇车头村接壤处，南至下塘村近五公里的东江河道上，共筑起了十一座陂坝。每座陂坝上有一两架水筒车，这十多架水筒车竖立河边，从远处看去，宛若十余架纺纱织布的大纺车，非常壮观。“孤轮运寒水，无乃农自营。随流转自速，居高还复倾。”这是北宋诗人梅尧臣对水车提水的生动描述，也是塘外洲十余架水筒车提水灌溉的最美诠释。

由于每座陂坝只留有一个通道口，且通道较窄，水流湍急，所以当上行的货船经过陂坝时，都需要先将货物卸到河岸上，待把船撑过陂坝后，

塘外洲　吕杰／摄

再把货物装上船，船行到下一个陂坝时，又得重复装卸，每一次装卸货物需四五个小时，甚至更长。相传某日，有一客商行船过境塘外洲，在下游通过第四座陂坝时天已拉下夜幕，便靠岸下船到村中一酒店买些酒菜，以解体乏。翌日，照前日之法过了数道陂坝又是夜幕降临，仍下船买酒菜解乏，只见还是昨日酒店模样，便问店家此村叫什么名？店家答："此村乃塘外洲。"第三日照旧，过完了塘外洲河道上的第十一座陂坝时又已是掌灯时分了，客商仍到店中买酒菜，见又是前两日之店家模样，感叹万分："一条货船，十一座陂坝，过了三天三夜，还在塘外洲。"久之，人们便把"三天三夜塘外洲"这句很富有诗意的客商留言作为美谈传了下来，而每当有上行的货船经过时，就成了塘外洲上一道别有韵味的风景。

20 世纪 70 年代建成电灌站后，这些在河水中浸泡了数百年的水筒车终于"下架归仓"了，"三天三夜塘外洲"那个动听的故事，至今人们仍口口相传，念念不忘。久而久之，"三天三夜"也就成了塘外洲的代名词，方圆数十里人人皆知。

塘外洲东西约有两公里，中间郁郁葱葱的龙岗岭下那深深的沟壑就是上、下塘两村的"楚河汉界"。上塘为杂姓村落，但林姓居多，建村于宋朝元丰年间；下塘为单一的秦姓氏族村落，估摸在宋朝淳化元年（990 年）建村。

很早以前，在塘外洲方圆数十里就流传着这样的打油诗：

清清东河湾湾流，上下塘村卧绣球。
龙岗岭下分两县，衙役抓丁望桥愁。

原来在两村分界的沟壑上有一座闻名遐迩的一桥跨两县的小木桥。旧时，桥东（下塘村）为永福县辖，桥西（上塘村）属临桂县辖。两县的衙役常到所辖的村中抓丁派赋，村民为此与衙役玩起了躲猫猫，只要衙役进村，村民们便跑向另一个县辖地，搞得两县的县官很是头痛却又无可奈何。1951 年下半年，随着苏桥乡划归永福县辖，一桥跨两县的小桥沟壑成为历史的印迹。

东江碧水威力大，开渠引流把电发。1963 年，塘堡水电站在上塘村和下塘村之间的东江边上开工建设，并将龙岗岭下 500 余米长的沟壑拓宽掘深，开挖成电站引水渠。塘堡村的男女青壮年与全县抽调的基干民兵组成了突击队，白天争分夺秒，晚上挑灯夜战，“能挑千斤担，不挑九百九”，仅用一年的时间就建成了装机容量为 225 千瓦的水电站，它是当时我县最早的三座水电站之一。近水楼台先得月的塘堡村，告别了微弱的煤油灯光。因为有了电，沿河两岸的村屯都建起了电灌站，给乡民们带来了金色的收获，幸福的期盼。1973 年，实施三江排涝工程，将塘堡水电站引水渠改成了行洪道，把原来连接两村的木拱桥改建成了钢混水泥桥。如今，各种农用货车、小轿车以及走村访友的乡民穿梭于桥上，熙熙攘攘，好一幅乡村美丽画卷。

上塘村口，那棵历经沧桑的古樟树，见证着塘外洲近千年的历史变迁与新时代的昌盛。一桥飞架东江，天堑变通途，摆渡了不知多少年的渡船也终于收帆上岸，宽畅的水泥路替换了残缺古老的石街路，塘外洲正在变成一个美丽和谐富裕的新农村。

永福名泉

梁熙成

说起永福县境内的井泉，永福人就颇为自豪。永福县境内的地下水资源极为丰富，仅仅是被旧志典籍所记载的古井名泉就有数十个之多。解放后，除了少数几个井泉被修公路、修铁路等项目建设所填没外，绝大多数优良的井泉都很好地保存了下来。据县水利部门的不完全统计，境内的自然井泉就有六百多处。千百年来，这些古井名泉不仅养育了一辈又一辈的永福人，造福千秋万代，有的还蜚声海外，成为海外游子数辈人都不能忘怀的乡恋之物。

我的故乡百寿镇，明、清时期为永宁州的州治所在地，现今还留下好几处国家级、自治区级的历史文化古迹。

永宁州古城南门外二里许，在明朝万历年间就是一个大圩场。先人们依照地下水的水脉流向，从南到北每隔一里就开凿一个水井，每个水井都用青石砌成井围，留下一方约四米宽的井口，用平整的青石条砌成井阶，逐级而下，用木桶挑水。井级上用石板铺成一个大平台，平台两边安有青石槽，供人们洗衣洗被、清洗红薯芋头等之用。石槽下凿有一个小圆洞，可塞可通。古圩场有三条南北向的长街，两旁住人。我在儿时很喜欢和小伙伴们玩打水仗、捉迷藏等游戏。

在百寿镇对河的葛祖山下，有一个丹砂古井，是晋代道祖葛洪炼丹取水的地方。丹砂井的井水，清澈中略带点淡淡的红色，葛祖在此炼丹数年。可惜这个古井在1966年修筑国防公路时被埋在路基下了。然而，在丹砂古井北面的七里桥屯，修筑国防公路时被劈开的岭坡处，竟从岩石的夹缝中涌出一眼拳头大小的泉水来。这仿佛是天地之神以此泉眼来替代丹砂古井的着意安排。这眼泉水因临近一个叫镰刀湾的河湾，所以人们就叫它“镰刀湾泉”。这一眼泉水清澈透明、水味甘甜，而且春夏秋冬总不断流。人们喝了这里的泉水会感到神清气爽，清凉解暑。路过的车辆行人，每到此处总要停一下，取了泉水、喝了泉水才离去。更有人用大塑料瓶和塑料桶到此取了泉水，还贴上“百寿清泉”的标签，拿到桂林、柳州去出售。

在百寿镇南九里的江西村，村右侧的山崖下有一口涌泉。村人用青石围砌成水井。江西井的井水清甜甘润，凉爽怡人。也许因为常年饮用江西井的水，几百年来，这个村的长寿老人一直不断档。20 世纪 70 年代以来，这个村出过两位百岁老人。

百寿有个叫龙塘的小村庄，村后有个龙塘岩，一股清泉从岩中流出，流成一条两三丈宽的小河，河中长满了海菜花。村民用竹枧从岩中把泉水接出来，接到各家各户，如同用上了自来水。笔者在 1990 年到过这个小村庄，这个只有 32 户人家的小村庄，就有两个百岁老人，一位 108 岁，一位 100 岁。

在百寿镇，生长海菜花的水域有拉孝江、东门江、洞源河等。那一年，《柳州日报》刊登了一则短文《百寿有条会开花的河》，说的就是江西井公路旁边的一条小河。这一来，把百寿人都搞忙了，全国各地都有人到百寿镇来看海菜花。尽管镇上两年间增加了四个旅店，住宿仍然紧张。许多人从桂林各县，甚至柳州驾车到百寿来看海菜花，更有直接从广东、浙江、湖北、安徽等地驾车来的游客。村民们用木板、树桩在小河里架起人行走廊，供络绎不绝的游客行走观赏。

永福县三皇镇的矮山屯，有一眼千年古泉。泉水从山岩中流出，积水成潭，如柳宗元笔下的小石潭一般。不知何年，古人在岩石上题名“竹山清泉”。矮山村人用管道将泉水引进村中，形成天然的“自来水”。更有一奇，用此泉水烧开水，锅中从来不留水垢，用此水煮粥，放一个星期也不会变馊。

永福镇渔洞村的上高街屯，建于元朝泰定年间，至今已有近千年的历史。该村有一个福禄井，状如一个大葫芦。“葫芦”与“福禄”谐音，该井因此得名。

福禄井分为三级，第一级呈圆形，直径约三米，井深一米五左右，为

福禄井　张荣翔/摄

葫芦肚。井底有地下泉水冒出，水泡成串上浮，是村民的饮用水。第二级是葫芦胸，成椭圆形，长四米，水深一米左右，供村民洗菜之用。第三级葫芦颈，是泉水流出的道口，宽一米，长七米，为洗衣池。出口处是丈许长的水沟，两旁是竹林，然后水流进田垌，灌溉近二百亩农田。井边还有几株高大的古树，供村人乘凉歇息。

永福县罗锦镇上笑村，有一个自然屯，屯里有一眼从地下冒出的甘泉，水量可灌溉三百多亩农田。明朝时，先辈村民就用青石条将这眼泉水围砌成一个长方形的大水池。这个村屯也以这处泉水为名，叫“大泉头”。有趣的是，与上笑村相邻的临桂县会仙镇，有两个自然村屯就在大泉头的水流下的小河边。一个屯的后山上有个形状如鼓的大石头，这个屯就以此为名，叫“石鼓屯”。另外一个村屯在石鼓屯北小河流下的江尾，叫“下流屯”。清光绪年间，有个举人在上笑村的大岩中题了一副对联，刻在岩壁上。上联是“人在大泉头上笑”，下联是“水往石鼓底下流”。把“大泉头”“上笑”“石鼓”“下流”几个自然村屯的名字嵌成一副天衣无缝的佳联，传颂百年千载。

罗锦镇的大西村，有座金钟山。山体像一口倒扣的大钟，山以此得名。

大钟倒扣处，是岩石层的断裂带。一股清泉从岩石缝隙中流出，形成十来米宽的水帘，分三级落下，每一级的落差六到十来米。水帘一侧大约一米宽的水流直泻而下，落差近 50 米。只是瀑布前有一个大山槽相隔，游人无法近前观赏。有人说，金钟山瀑布好像孙悟空的水帘洞。金钟山倒是有两个岩洞，洞内的景致精妙绝伦，只是离瀑布甚远，而且无路相通。永福彩调中有《隔河看亲》的戏，隔着一条大河，怎么也看不清楚。那么金钟山瀑布与金钟岩美景，便是“背山相靠，各向一方”了。

俗语讲：人往高处走，水往低处流。然而永福却有一眼千年扬名的泉水在山顶上。

永福县苏桥镇的石门村，境内有一座西登山，海拔 628 米。西登山后是一座峰峦叠嶂、延绵十里的大山。这座大山像是一条长龙酣卧，而西登山就是这条长龙的龙头。

俗语讲：山有多高，水有多高。在西登山顶上，就有一眼甘洌的泉水，千万年来，总不干涸。明朝的时候，有个尼姑化缘到此，在西登山顶上建了一座道庵，名叫“西登庵”。西登庵有五间两进，中间是一个大天井，把这眼泉水用青石围砌在天井中，并且命名为“龙口泉”。

龙口泉的泉水甘洌甜润，一年四季，不涨也不消。不论你从泉中提走多少，泉水总是一样。1983 年，笔者在石门村蹲点时，多次到西登山上游览。一次在山上的庵子中，见到一位海外归来的华侨。他用大塑料壶从龙口泉中取了两大壶泉水，盖好封紧后装进大皮箱中。笔者十分好奇，与之交谈。听这位华侨讲，他是从巴西来的，他的曾祖父就是苏桥人，是民国初期陆军上将张其锽的儿子。张其锽死后，他的后人漂泊到海外，后来定居在巴西。他这次回到中国，父亲交代他一定要到苏桥故土看一下，要他到西登山龙口泉取两瓶泉水带回去！

啊，美不美，乡中水啊！

永福县境内，九个乡镇中都有古井名泉。千秋万代，这些古井名泉早就融进了永福人的生活中。

金鸡河水库

韦丽勤

金鸡河水库位于永福县罗锦镇林村，距镇政府驻地 7 公里。江月村至永福县城、桂林市区的公路从它的旁边经过。

1942 年 6 月，珠江水利局投资兴建金鸡河拦河坝引水灌溉工程。1944 年日军犯境，被迫停工。日本投降后，政府成立金鸡河灌溉工程办事处，负责工程续修事宜，经费由善后救火总署以工代赈拨赈款、广西省政府贷款解决，建设拦河坝下游护垣和进水闸，开挖干渠和兴建渠系建筑物。其干渠土石方工程直到新中国成立前夕才完成。

1950 年 10 月，桂林地区专员公署水利处组织人员继续施工，1951 年 12 月竣工，灌田 7182 亩。

1957 年 12 月，金鸡河引水灌溉工程改建为堵河蓄水工程，1958 年 5 月竣工，改名金鸡河水库。

经过 10 余次续建、扩建和除险加固，金鸡河水库成为一座集雨面积 127 平方公里，总库容 2968 万立方米，设计灌溉罗锦镇、永福镇、苏桥镇 10 多个行政村 4.5 万亩农田的中型水库。

金鸡河水库不但对整个永福县的农业生产起着重要作用，还直接影响着湘桂铁路（含高速铁路）和桂柳高速公路永福段以及永福县的防洪安全。同时，它还是一处旅游胜景。

金鸡河从罗锦镇江月村枧洞屯穿过水库，形成一个“中”字，再来几个华丽转弯，到永福镇大苏村大方屯汇入茅江，然后注入洛清江，骄傲地成为了柳江的主要支流。

金鸡湖霞光　卢明 / 摄

金鸡河水库是山与水的完美融合，美得让人惊艳。

水库坐南朝北。它的东面和南面是灵秀峻美的石山，翠绿的山峦或巍峨峥嵘、刀劈斧削，或婀娜峻秀、宛若天仙，一层一层向远处铺开去，巧夺天工，极具韵味。石山之间，金鸡河的上游江月河源源不断地送来清澈甘洌的山泉。它的西面是绵延起伏的土岭，层次分明，错落有致，全都披上了洁净的绿装，展示出温柔和谐之美。它的北面、东北面是人工筑就的堤坝。人说它的西边是贤淑可爱的少女，东边是阳光帅气的猛男；也说它的西边是足智多谋的文臣，东边是智勇双全的武将。这些比喻都形象而生动。

金鸡河水库藏着一个镜像世界。它水域宽阔，温柔多情，水很绿，绿得像一块碧玉，在阳光下闪闪发亮。群峰倒映，清风徐来，微波荡漾，不时有鸟儿掠过、鱼儿跃起，岸边花儿绽放，清香袭人，还有牛儿马儿在悠闲地吃草。青的山、绿的水、蓝的天、白的云，动态的美、静态的美，映入眼帘，令人目不暇接、心旷神怡。它山水相连、水岛相顾、人景相融、动静相宜，俨然一幅幅随性而得的立体泼墨图画依次展开。它大气磅礴，有“吴带当风”的神韵；它美丽温婉，有“曹衣出水”的柔情。

水库周边大大小小的村庄，坐落在青山绿水之间，恬静而繁华。

金鸡河水库的美，如诗、如画、如歌、如舞、如酒、如茶，如出水芙蓉，如纯情少女，早已声名远播。金鸡河水库是独具魅力的永福福寿文化旅游线路“桂林—金钟山—金鸡河水库—板峡湖—凤山—桂林”中的一个亮点，被摄影爱好者誉为广西 100 处最美景观拍摄点之一，也是《中国国家地理》精选的 28 处桂林美景之一。2015 年 7 月，法国著名导演吕克·贝松担任编剧及监制的中法合资电影《勇士之门》，就专程到金鸡河水库取景拍摄。

平日里，观景者、摄影者、垂钓者、徒步者、露营者更是纷至沓来，流连忘返。

赶圩记忆

邹　龙

赶圩是农村小孩一件最快乐的事。赶圩路上的人和事也让我记忆深刻，点点滴滴，每每想起，仿佛就在昨天。

我的老家在井门，这个因井而名的小村，是永福镇湾里村的一个屯，距永福县城2.5公里，已有300多年村史。站在村前的大樟树下，抬眼就能望见县城里高高耸立的凤巢山。凤巢山下的街圩曾是儿时我最向往的地方。

说到赶圩，就必然要讲讲赶圩的路。

当年井门到县城赶圩有水路与陆路两个选择。走水路只一条，出村1里地来到西河边，撑船或划竹排顺流而下，可直抵永福街的大码头，但很少有人这样做，因为船和竹排都是生产队里的，难借。因此多数人是走陆路，我们当地人叫走旱路。

走旱路也有两个选择。从村前大樟树出发算起，沿刺糖沟往湾里方向，走完1公里的田埂路后便到小河口，再走200多米的石山边小道就到湾里渡船头了，这里成了赶圩岔路口。一岔是过湾里渡走西江东岸，经牛栏坡、雨伞厂、凤山背至十字街，这条路一般是去收购站、大仓库、火车站走得多，赶圩的走得少。另一岔不用过河，直接穿过上、中湾村到岭脚至下湾，经板栗山到西江古渡口，过江上岸步行30米就到新圩厂了，这条路是“古驿道”（桂林—苏桥—木村—井门—湾里—县城—南宁）的其中一小段，路上有时还能看见一些用鹅卵石铺成的“石街路”。

村前垌上的赶圩路都是田埂路，它沿着刺糖沟一直向前延伸到小河口。刺糖沟的水源头是村里的那口古井。缘何叫刺糖沟我无法考证，大概是因沟旁长着许多叫刺糖果的植物吧。

虽然田埂路现已变成了能开“前四后八”卡车的水泥硬化路，但二哥“米粉泡涨”的故事总让人难以忘怀。二哥是我堂兄，长我十多岁，人长得矮小，但很精灵，是家族里第一个会骑自行车的人。一次，二哥赶圩买了一把干米粉，约有五六斤，绑在自行车后座上，他骑着车吹着口哨从圩上回来。我们背着书包走在放学回家的路上，听到铃声，回头看见二哥疾驰而来，急忙停下脚步，站到田埂路边上。不知是二哥怕干米粉扫着我们，还是什么原因，反正在超过我们后，他车头一扭一歪连人带车掉到约两米深的刺糖沟里，半天才爬上来，车上的干米粉差不多都泡涨了。我们见此不由得哈哈大笑。

刺糖沟与赶圩路平行相伴一垌田后就交叉了，于是就有了刺糖沟桥。沟不宽，七八根松树原木削平一面并排架到沟上，用铁线和马钉扎结实即成，一般只供人行走。若遇小孩或外地不知情的人，不小心牵牛从桥上走过，将桥木踩坏了，牵牛的人必须要负责修好。木桥下附近的小水塘里鱼很多，是我和小伙伴的乐园。

记得五年级时，春天刺糖沟常涨水，我们就将小爹存放在猪栏头上的大鱼筌偷出来，先藏在村后的草丛里，上学就扛去刺糖沟桥附近的小水塘里放筌，第二天放晚学才收筌，筌里全是鲶鱼、鲫鱼和塘角鱼，足有七八斤重。几个人把筌抬到沟旁的沙地里，你一条我一条地分起鱼来，分完后又把鱼筌放回原处，期待次日的鱼获，然后折来鬼柳树枝条将鱼穿成串，捡一根干柴穿过鱼串扛在肩上，像电影《闪闪的红星》里潘冬子扛红缨枪一样，神气十足地回家去。可好景不长，偷筌捉鱼的事很快被赶圩回来的小爹发现了，免不了一顿臭骂。

过了刺糖沟桥不远就到小河口，这是井门片的下龙、井门、厄上、浪上等村民赶圩的必经之地。河面大约 10 米宽，水也浅。奶奶说她十三岁嫁过来的时候，过小河以蹚水和过跳石为主，后来有好心人架了木桥，但河水一涨，木桥被水冲得无影无踪。冲走又架，架了又毁，年复一年。直到 1974 年冬，大队才在木桥上游不远处新建了一座长约 20 米、宽 4 米多的石拱桥，沿用至今。

赶圩路上　邹龙 / 摄

拱桥下的这条银洞河，发源于登云山，数条山泉汇聚成小河，自西向东，流经银洞村后来到小河口，漂亮地转个弯便与西江相汇合。千百年来，每逢下雨涨水，在西河、银洞河交汇处，江面色彩分明，一浊一清，浊的是远道而来的西江水，清的是来自银洞河的水，据此奇观，很多人认为这就是永福古八景之一的“银洞流清”了。这样理解前人探索自然美的情趣，虽然略显狭隘，但景观至今犹存，吸引众多游客驻足，隔岸欣赏。

“银洞流清”到底在哪？据研究人士所撰写的资料显示：登云山下有洞崆，峒水自中出，飞扬澎湃，其色如银。那就是“银洞流清”，也就是今天银洞村境内银洞河源头的瀑布。旧时瀑布边山峡口有横石庵，山上有登云寺，这是一处实实在在的自然景观。明清以前，登云山林海莽莽，水量充沛，这个瀑布比今日壮观得多。现在的丰水季节，去银洞还可观赏到瀑布。

井门赶圩路上，还有一景，甚是扬名，它就是“西江古渡”。在西江大桥建成之前，“渡船头”是居住在河西的人们进城必经之“渡”，这个渡口就是永福历史上有名的古八景之一——“西江古渡”。《永福县志》记载，西江古渡“路通永宁邑及柳州，波流清驶，烟水摇清，茅江清浊分流不混”。

在民间还有一个动人的传说故事。相传在古代，西江江面水急，两岸人家常受渡河之苦，因急病进城更是不便。天上的仙女看到此景，大发怜悯之心，拔下头上的玉簪往江中一扔，变成一艘石船；扯根头发往江面一牵，变成一条过江缆绳；取下一只耳坠，往空中一抛，变成一个套在船和绳上的滑链，一个自来渡就这样形成了。人一上船，船就自动离岸。从此，西江上便有了这只不用人撑篙摇桨的石渡船。但是，仙家之物是不能用污物亵渎的，某日因某人不听劝阻，携污秽之物过渡，石船便沉入江中。据说在天晴水清的时候，还可以看得到水底的石船呢。

虽然“西江古渡”曾经繁忙的景象不复存在，就连渡口痕迹也难以看到，但西江大桥、茅江大桥、西江三桥、洛清江大桥以及樟峡大桥的建成使用，让进城赶圩的人们享受交通便利的同时，更加深切地感受到时代的进步与发展。

说到赶圩，那还得说说赶圩的收获与快乐。

小时候，家里姊弟多，随大人赶圩得轮流着来。因而一年中能到县城赶几次圩，吃上几回米粉是最快乐的事了，若是过年能添件新衣服那一定开心得不得了，起码几天睡不着觉。

过年添件新衣服确实不容易。除家中经济拮据的实情外，我十岁前，印象中永福县城没有成衣店，只有染布的作坊、卖布的店和裁缝店，七天一圩。上一圩到百货大楼凭布票买好“官布”，拿到新圩厂专门染布的地方。师傅将西江水和染料缓缓地拌进染缸，把官布染成黑色或深蓝色，等散圩了就跟着大人，凭牌去取染好而未干的布，拿回家漂洗、晒干，下一圩才到裁缝店里量身裁制。

新衣服一般会在农历廿四小年夜前就做好取回家，但还不让马上穿的，因为穿新衣时间也有讲究，一定要在除夕夜洗过澡且等到大年初一。大清早穿上新衣和小伙伴一起满村疯跑，逐家给村里的老人们拜年，得来的封包和糖果揣在新衣兜里，回家后把五分一毛的封包统统交给奶奶保管。奶奶说：“帮你攒着读书报名用吧！”

如今，昔日的赶圩路变成平整宽大的通村公路，赶圩时车来车往；县城农贸市场、中心市场宽敞明亮、货品丰富，早已取代了陈旧狭窄的新圩厂。如今，新圩厂再已难觅踪迹，留下的只是一段历史，一代人的记忆。

外地来的一位朋友曾问我："永福县城哪天是圩呀？"我当时真的答不上来。我知道现在是三天一圩了，但我想，永福人民如今都过上小康生活了，应该天天是圩吧！

江 头

黄慧青

那日偶遇恩师，提起故土——江头，那里已今非昔比，变化万千，各种产业迅猛发展，有声有色。我不禁眼眶湿润，思绪万千。回家的路仿佛就在眼前，几公里有弯，几公里是坳，几公里要过三大炮，几公里又过花河桥，每个地方在我心中不差丝毫。高高低低的田埂山头有我熟悉的身影，黑黑幽幽的泥土印着我耕耘的脚步……那旧日街坊常情，那昔日年关岁寒，那年端午洪水滚滚滔天……念想起这些峥嵘岁月，我就饱含热泪。

“三天不落雨，老少没得空。”特殊的喀斯特地貌造成了这里人民生活的窘境。江头并非是江的源头，而是三皇镇西面村落所有旱沟旱河汇聚的尽头。由于严重缺水，这里土地贫瘠荒凉，满山坡都是根系发达茂盛的芭芒草，有的甚至高过人。由于这里自然环境特殊，所以长期以来都是春来堵水，夏来躲水，秋来赶水，冬来挑水。

“春雨贵如油。”过了春分，如针的细雨淅淅沥沥，村里人开始在田里堵水了。每家每户能干活的都出门，拿起铲子、锄头冒着细雨把自家的田埂夯实堆高，以便每滴雨水都能蓄积在田里，用此雨水春耕。遇到雨水好的季节，三五天田里就能“照镜子”，若时节不好就要等上十天半月。远看着毛茸茸的零星嫩草被一层波光粼粼的软膜覆盖时，就该出耕了。讲究的村民会在牛头和犁耙上贴上红纸，再绕着耕牛细碎说些密语，好像在祈求今年风调雨顺，然后才披着蓑，戴着笠“喔嘘喔嘘”地把牛牵出门。到了田里，村民必先让耕牛在水田里细解一番春馋，才给耕牛挂上犁耙，一声吆喝站上耙滚轮上翻滚耕田，弄得水花四溅，田埂边不时涌起层层“浪潮”。和煦的阳光洒在疾驰的滚轮上，人们享受着泥浆溅满一身的酣畅，黝黑的脸上写满了幸福的希望。

春播一粒种，秋收一担粮，这个简单的愿望很多时候都是渺茫。入夏，雨季来临，洪水便会不期而遇，躲水便是村里人当务之急。可1998年的洪水我们没有躲过，翻腾咆哮的洪水把整个村庄都吞没了。我清楚记得那是端午节前夜，突然狂风疾驰、电闪雷鸣，大雨倾盆如注，一下就是一个多礼拜，山洪暴发，四处的旱沟旱河汇集成洪峰滚滚肆虐涌向江头，大江、小江、古马、庙坡、纳长……一个个熟悉的地方都被洪水淹没，所有岭地田地化为一片汪洋。村口的田地冲毁了，几十年的大梨树一棵棵被吹倒而断裂，村里所有人被迫逃到了后山的红岩上，眼睁睁看着粮食牲口瞬间被洪水冲走却无可奈何。90岁的阿太老泪纵横颤巍巍地拄起拐杖指着苍天声嘶力竭地大骂：“老天爷，你是漏天了还是瞎了眼……”这一场景惹哭了在场的一村人。

好不容易熬到了“双抢”，丰收有了点盼头，可要立即赶插二稻，赶水又成了百姓不愿说的难关。秋老虎剥皮的火辣，干旱如期而至，华山水库的秋补水进了水渠依然很难分流到十几公里外的江头。大伙日夜兼行抢插抢收抢水。如果二稻不能如期播种，下一年的吃食就成大问题，更别说靠卖几百斤二稻粮食换钱供娃娃们读书。夜间赶水成了每家的头等大事。我记得有一次夜间跟着父亲和哥哥去赶水，那晚月朗星稀，我们拿着手电筒沿着水渠走了好几公里路都没有看见有水。田里已经干旱了一个礼拜，马上就要立秋了，如果还迟迟没有水来，二稻下插晚了就会影响收成，甚至颗粒无收。哥哥黑乎乎、油亮亮的双手背着父亲悄悄抹着眼泪，他和我说：“再不来水，我们下田的稻草就耙不进田泥里沤泡，肥料撒不下，插不下秧我们就没有书读了……”说着说着哥哥和我就号啕大哭起来。父亲只是继续默默往前走，鼓励我们说，再走几里就是下渣村，那里有条小河，说不定能有水赶进水渠。我和哥哥听了，顿时抹掉眼泪，撒腿就跑，追上父亲的脚步。果真有水，但是要等人家把两亩田灌溉满了，才可把水分下来给我们。我们喜出望外，坐在水口的草堆上等，一小时、两小时、三小时……终于等到了水。父亲连呼“水来了，水来了”，我们从梦中惊醒。

父亲立刻让我们跟着水流一路回到村，他分守在引水口处，哥哥分守在中段的分水口处，我就拿着手电筒跟水流一路飞奔而回。看见水头被乱石挡住了，我就挽起袖子三下五除二把乱石搬走，看见水头涌向杂草堆不动，我又立刻跳下沟里，用锄头挖走草堆，找泥填平，让水流回转，生怕那一注奔涌的水头漏进暗沟。我绷紧的神经不敢有丝毫松懈，好不容易把水赶到了田头，天都快亮了，伴着公鸡晨起的打鸣声，看着哗啦啦的水流慢慢没过那裂开的田块，我的心似蜜甜。就连藏在泥缝里的、草丛中的青蛙，遇水都早早醒来呱呱地蹦跳出来，在水面一阵嬉戏，接着蛙声一片，它们好像在唱着预祝丰收的歌。

到了秋冬，这里更是严重缺水，村里最热闹的盛景莫过于挑水。每天清晨鸡刚叫，墨色的天际刚出现一道曙光，寂静的小山村就叮叮当当地热闹起来。人群开始络绎不绝地涌向井边排队挑水，来挑水的人有的胡须花白，有的身材精瘦，有的丰胸肥臀，有的瘦弱矮小……人们参差不齐地站

江头村　卢明／摄

在被水沾湿而更显光亮的青石板小路上等候。有的老爹干脆把扁担架在两个木桶上稳稳地歇息，悠悠地叼着老烟斗；也有细心打算的阿婶择着青菜，趁这时间把菜洗干净，再担水搁水桶里，菜在水里荡荡悠悠，也可以让水少溢出来；还有个子都不及水桶绳高的孩子，踉踉跄跄地跟在人群后，力不从心地把那塑料桶装上水，突然，扁担从肩膀上滑下，水洒一地，哭得稀里哗啦；最惹眼的是若谁家担着锑桶来挑水，那天必“上热搜”，众人羡慕得眼珠都要跳出，恨不得立即借来试试。不仅是因为贵，重要的是担水量是塑料桶的一倍多，一家人用水那就可以少走几个来回。

更有意思的是，村里的井并非人工开凿的井，而是一个岩洞水眼。要脱鞋光脚走下 52 个台阶才能到取水处。春天雨水密集，岩洞的水就会漫上台阶，在井口的饮水池就可以取水，连接的洗菜池、洗衣池、牛马饮水池都能用上水。一到秋冬就是枯水期，严冬水流更小，井眼的水根本不够日常所需，要是哪天你起晚了，喝岩浆水你都要慢慢地等着舀。最糟糕的是，如果有人不小心脚滑，把水洒在石阶上，导致台阶旁的泥沙注入井眼的水池中，水就会浑浊不堪，此时，岩洞里就会有一片绵延不断的训斥声在回响。为这一盏清水，怒气上头的事经常发生。

在江头，堵水难，洪水滥，赶水慢，吃口好水挑几番一直困扰着人们。时隔多年，国家全面斗施农村人饮工程建设，江头村家家户户都先后用上了自来水，实乃欢天喜地。我现在都还清楚记得 2006 年除夕那天通水的情景。全村人都拿出最好的食材煮好了饭菜凑成百家宴，围在第一个水龙头前等水来庆除夕，个个紧张而又眼巴巴地盯着水龙头，村主任打了几次电话，回复说水快到了快到了，可迟迟没有来，村里滑头的赖二狗按捺不住饥饿就煽风点火说：“就这小管子铺了几十公里这么远，怕又和以前赶水一样赶不到，流别处去了！”说完还顺手拿走了桌上的两只大鸡腿。大家将信将疑间，一股强烈的水柱喷射而出，正好冲向赖二狗，他嘴上的鸡腿啪嚓落地，六太奶笑得假牙都掉了，所有人也跟着乐了。“笑掉大牙”——六太奶着实喜悦了一把。后来，村里的男男女女居然顾不上什么寒冬腊月，又是脱棉衣、棉裤，又是甩鞋，光着胳膊、赤着脚，在接水、戏水中辞旧迎新。

如今的江头变了样，早已成为果蔬示范园区。江头村家门口的水泥路通了，大江小江的桥建起来了，村民们搬进了两三层的楼房。开着小车路过村委会都能听见跳广场舞的大伯大婶欢乐的笑声，不再为吃水难用水难发愁，真正建设成了“有江也有源的头”。我不由得想起两年前奶奶还在世时，每次回去她都抓着我的手说：“想起 1960 年我饿的时候爬到红岩洞里去抢观音土吃，居然没死，有命活到今天，这个时代真好，眼见你们一个个日子过好了，我不想死，我舍不得你们，我想多活几年，再多看看这个好世道……”每每想起奶奶说的话我就会泪流满面，泣不成声。

山悠悠，水悠悠，和煦的风儿吹散了昔日的苦难情愁。我们都赶上了如火如荼的好日子，但愿皓皓明月常相伴，千里之外，我还能把您念想在心头，相拥您左右——江头。

永福品水

廖德钦

福寿之乡，水不寻常。朋友，假如你有缘来到永福县，那请你一定要留心品味永福洁净与神奇的水。

借物鉴水，“富贵花”见证永福水之洁。永福县百寿镇，有条数公里长的小河，一年四季河面盛开着洁白的小花，这就是国家三级保护植物——海菜花。海菜花是一种沉水植物，枝叶大多沉于水下，如睡莲般浮于水面的花瓣，拇指大小，洁白如雪，花蕊呈淡黄色，整个看起来小巧精致。远远望去，一朵朵小花散落在平静的水面上，仿佛满天繁星。与莲“出淤泥而不染”不同，海菜花喜爱洁净，水体要求清澈透明，无任何污染才能生长，因此被称为“富贵花”。由于生长条件苛刻，对水质污染很敏感，所以人们往往把是否生长海菜花为标准来判别水质是否受到污染，环保部门称其为“环保花”，是监测水体质量的指标植物之一。为让海菜花有一个良好的生长环境，永福县政府未雨绸缪，多年前已经制定了禁止损害环境的工业项目立项及建立生态环保型农业的政策。可以肯定，就像永福的西河水一样，海菜花定会生生不息，怡然绽放。

水助物珍，永福特产告诉你永福水之奇。如果你到饭店用餐，关注一道叫“泉水鸡”的菜，店主会告诉你这是用某地的泉水配某地的鸡做的菜，云云。你一定以为这是饭店用泉水做噱头，一笑而过。而当你品尝过永福土鸡，知道永福土鸡的故事，可能再不会“笑看”了。在永福，农家宰杀加工自家饲养的土鸡后，是不必刻意清除手中腥味的，配永福山泉水熬鸡汤更是不必刻意配姜除腥味——因为永福土鸡几乎没有腥味——鸡汤

腾龙河小景　吕杰/摄

照样香鲜诱人。记得当年自治区地方鸡品种资源调查组在永福举行工作会，会上自治区水产畜牧局畜牧处专家从专业角度解释了这一现象：永福土鸡除品种优势外，还得益于环境好，尤其是水质好，水中矿物质丰富，水质呈弱碱性，所以土鸡质量出类拔萃，不仅腥味极少，而且还具有肉质细嫩、香味浓郁的特征，是难得的养生珍品，并建议说开发永福土鸡大有前途。不仅土鸡，永福土鸭、永福野生小河鱼等特产都同样美味珍奇，滋补上佳，入口难忘。如今永福县已经加大了地方土鸡等养殖业的开发力度，组建了多家家禽养殖公司及农民专业合作社，并已注册了商标，产品远销湖南、广东等地，让更多的人享用福寿之乡养生珍品。

清泉助长寿，永福名泉印证永福水之神。永福之水最让人骄傲的还是养生"神泉"，永福品水，最当认识养生名泉。为进一步挖掘水资源，保护、开发和利用好优质泉水，几年前，永福县开展了优质泉评选工作。经过充分勘查、逐项检测和公开评选，从分布全县的数百多口佳泉中，经过层层筛选，丹砂井、福禄泉等十口佳泉因水质优良，被评为永福十大名泉。而名泉之首非丹砂井莫属，相传位于著名百寿岩下的丹砂井，泉水甘甜清凉，有养生延寿功效，不少人依井聚居。得益于该丹砂井泉水滋养的廖扶家族中有不少长寿老人，廖扶本人更是寿高一百五十八岁。永福自古皆以“水旱无忧三千垌，十里常逢百岁人”为荣，福寿之乡人长寿在当代依然传承，永福县因此获“中国长寿之乡”称号。

“智者乐水，仁者乐山。”文人墨客读山品水大多着眼于情操陶冶与心灵升华。笔者一介凡夫，满眼衣食住行，好在水乃生命之源，在营养学家眼里，水还有“是最重要的营养成分”之说。在经济快速发展的今天，关注最普通又最重要的水，或许对我们健康有所裨益。“绿水青山就是金山银山”，我为我的家乡永福县持续守护绿水青山，延续保持永福之水的洁净与神奇而骄傲和自豪！

清溪　跳石

付娟娟

小时候，做过一件大胆的傻事。有一次跟着表姐去舅舅家，要从溪流中的跳石走过，刚刚下过暴雨，泥沙俱下，水流浑浊，奔腾翻涌，气势吓人。表姐挑着满满两箩筐东西，叮嘱我："我先把东西挑过去，再过来接你。"可等表姐到了对岸，回过头，我一蹦一蹦地已经从跳石上蹦过去了，正站在表姐身后朝她笑呢。表姐对我一顿臭骂："你不要命了，要是踩滑了，你这小身板都不够喂鱼的。"

家在永福县大石山区，山区没有大江大河，但清溪小河却到处都有。家乡之人，择河而居，临溪而住，山谷处、坡岭下、密林间，一转弯，一抬头，几户人家，白墙黑瓦，芭蕉叶绿，篱笆瓜蔓，一条叮叮咚咚唱着歌儿的溪流绕村而过。

家乡多山，曾经山上的树木柴草被砍得厉害，放眼望去，山头光秃秃，岩石裸露，溪流也断断续续。自从打造"绿色银行"，向山岭要效益后，一片片罗汉果棚从山脚架到山腰，一个个精心护理的柑橘园枝繁叶茂，花果飘香。山上杉树、枫树、桂花树、茶树郁郁苍苍，各色野花竞相开放，山岭，真正成为村民们的"金山银山"。林木繁茂，河谷溪水也就丰盈起来，水流自深山蜿蜒而出，巨石，河滩，飞珠溅玉，汇聚为潭，青幽幽望不见低，潭水溢出，在河床上滑过，砾石粼波，薄薄的一层像起伏滑动的丝绸，清澈透亮。

溪水绕村过，孩童们泡在水里流连忘返，总有那么多乐此不疲的事：打水漂、划竹排、扎猛子……河岸的水草就是绿色的腰带。翻开卵石，两个手指捏起石块下张牙舞爪的小螃蟹，丢进竹筒里，嘴里念叨："叫你凶，叫你凶，看你还往哪儿逃。"拿一个小网兜追着抓石缝里近乎透明的小鱼小虾，还有那河底大大小小的鹅卵石：赤褐、赭红、土黄……于是，村头的青石板上，村庄的白墙壁上，随处可见一幅幅杰作：一座歪歪斜斜的房子，一支威猛的冲锋枪，一位可爱的小仙女，一个丑陋的女巫，等等。天马行空，稀奇古怪。相较孩子们的世界，大人对溪水是另一种期待，洗衣、洗菜、洗家什物品；劳作一天，在水边歇歇，抽根烟，泡泡脚，一天的辛劳烟消云散；天旱了，在溪流里架起抽水机，水流汩汩流进稻田，流到果园，保证了一年的好收成；农闲时候，背起渔网到河边撒上一网，一条条银色的小鱼挂到网上，炭火烘干，黄澄澄、香喷喷，下酒菜有了，拿到集市还能卖一个好价钱。

一年又一年流淌的溪水，一辈又一辈居住的村庄。

求学、赶集、出工、收工、走亲访友，小溪两岸的男女老少来来往往，

跳石　黄福辉 / 摄

春夏季节，鞋子一脱裤脚一挽，涉溪而过，凉爽畅快。秋冬时节，溪水冰冷，人们就走溪涧上的跳石而过。

跳石连接溪水两岸。总有热心的老人，就地取材，在溪涧里翻找平整方正的石块，视溪水深浅，将大大小小的石块在溪水里一字儿排列，间距两尺左右放好，垫牢，来来往往的人们连蹦带跳跨过跳石，总会夸一句："这是哪位老爹整的，真稳妥。"

舅舅家在独州村，有一年跟母亲去舅舅家拜年，经过凤凰蒋家村小河，走跳石的时候，发现一块跳石踩上去有点摇晃，母亲立马放下肩上的担子，脱鞋下水，把松动的跳石垫牢，我心疼母亲，说："晃一点不要紧吧？何必下水呢？水里多冷啊！"母亲用脚踩踩垫好的跳石，纹丝不动，才放心地穿上鞋袜，说："你这孩子，说什么呢，晃一点不垫好，会越松越厉害，后面走的人要是不注意，会跌到水里的。谁发现石头松动了，都会弄好的。"

"谁发现了都会弄好。"的确，整一整，垫一垫，只是举手之劳，却让后面的人走得平安，走得稳当。这不仅仅是母亲随口的一句话，这也是这方水土这方乡民的普遍共识啊。架桥铺路，行善积德，事儿虽小，可也足见善良。

一道溪涧一溜儿跳石，寒来暑往的人，溪流两岸相遇，遇到小孩不敢过，男人会主动抱起小孩送过跳石；遇到女人走得慢，也不急不躁，坐到岸边，卷一支旱烟，吧嗒吸一口，说："你慢点，慢点，不急的。"遇到老人，后面跟着的人会接过老人的物件，小心翼翼伸出手，庇护老人慢慢走过跳石。

忙读书，忙工作，忙生活，好多年没有去舅舅家了，有一次听母亲讲刚刚从舅舅家回来，顺口问了一句："还要走跳石过吗？"母亲很诧异地望了我一眼，说："还走跳石？早就架桥了。去独州村的路也早就修好了，好走着呢，你也该去看望看望你舅舅他们了，生活变化大着呢。"

是啊，变化大着呢！荒山变成了果园，瓦房变成了别墅，哗哗流过的溪水也变得更清澈，一桥飞渡，再也不用赤足涉水，而跳石，终将成为一代人的记忆。

大溪河

于　江

大溪河是苏桥的母亲河，呵护和滋养着勤劳善良的苏桥人。千百年来，大溪河两岸青山依旧，河水潺流，见证苏桥的沧海桑田。

大溪河的名字很美，美得让人陶醉，它有涓涓溪流的俊秀，也有大江大河的胸怀。大溪河是洛清江的上段，在黑石岭村潦潭接纳来自临桂的溪泉，缓缓流过桐陂、挂鸟树、苏桥街、下坪、太平等地，然后从容到达珠江口，全长 15 公里，携手相思埭奔向远方。

我出生在大溪河畔的苏桥街，从小喝着大溪河那清冽甘甜的河水长大，曾为家乡有闻名全国的大溪河车站而骄傲，也为苏桥历代名人辈出、有快速崛起的现代化苏桥园区而自豪。每每谈到家乡，那些儿时在大溪河边玩耍的记忆、老人讲述的民间传说、书中记载的名人故事，像电影一样频频闪现于脑海之中。

印象中，清晨的大溪河很有诗情画意。只见河面上水雾弥漫，船只穿梭来往，醒来的鸟儿在树上叽叽喳喳地欢叫着，似乎在向早起的人们问好。太阳升起的时候，和煦的晨光照射在河面上，如浣纱女脸上的胭脂，将大溪河装扮得妩媚动人。春夏秋冬，每天早晨最热闹的地方是码头。挑水的人来来往往，洗衣的人一拨接一拨，有时候人太多，还要排队等位。此时，打水声、说话声、捶衣声交织在一起，回荡在初醒的码头上空，久久不肯散去。

夏天，我喜欢光脚站在大溪河码头边的浅水里，鱼儿游来游去会碰到我的脚，时不时地啄一下我的脚趾头，加上一阵阵风吹过河面，吹拂到脸上，舒服极了。傍晚再到河边走一走，余晖映在河面上，波光粼粼，有着“一道残阳铺水中，半江瑟瑟半江红”的诗意。

小时候，我到河边洗衣服，常邀我哥一起去，我洗衣服他摸石螺。由于码头很宽很平，周围浅滩处浸在水里的石头上“住”着很多石螺，只见哥哥撸起衣袖，挽起裤脚，背上鱼篓下了河，沿着石头往下摸，不一会儿就摸到了好几个，捧在手上嚷嚷着叫我过去看。待我把衣服洗完，哥哥也摸得半鱼篓石螺了，我和哥哥就用事先带来的锤子锤掉石螺的“屁股”。这种河螺很干净，不需要“吐泥”，即得即煮。石螺肉质又脆又细嫩，舀上一瓢大溪河水，慢慢熬出来的汤满屋飘香，喝一口下肚，回味无穷……大溪河的水配上大溪河的石螺——“舌尖上的家乡”，妙不可言！

记得爷爷为了不让哥哥私自去游泳，就吓唬说：“河里有水猴，会吃人！”我悄悄问父亲，父亲说水猴栖息在河边树木多、泥沙多的地方，住在洞穴里，一般不会袭击人。

我家隔壁老伯讲大溪河确实有水猴。这种水猴也叫“水獭”，它们大多是在晚上出来活动。水猴水性娴熟，善于游泳和潜水，游近水面时，习惯把头和尾巴露出来，因此常被人们误认为是水怪。有时候仰卧着缩起脚，浮在水面随波逐流。水猴的主要食物是鱼类，常将捉到的鱼托出水面来吃。如今很难看到水猴了。

“桂林紫金山，苏桥水门潭。”民谣中的水门潭，是苏桥古镇很神秘的地方。

相传，苏桥街东北方向的老码头水门潭，潭深难测，12 根牛绳到不了底。潭下面有个岩洞，岩洞里住着一条很大的鲤鱼精，看得到得不到。有一天，渔人在渔排上下网，又看到了鲤鱼精，刚想捕捞，鲤鱼精一跃，潜入水中。这个渔夫不死心，总想得到鲤鱼精，常在河边守候。

有一年涨大水，鲤鱼精又出来了，渔夫迅速放七八只鹭鸶去围鲤鱼精，几番周折终于围住了，渔夫以为这次可以得手，谁知鲤鱼精一跳，跳出鹭鸶的包围圈，又沉下潭去。渔夫不服气，潜到潭下，有一只鹭鸶也跟着主人下水，到了潭下面的岩洞。由于水越深压力越大，人有浮力进不去，渔夫无奈上了岸，而鹭鸶追进了岩洞去找鲤鱼精，这一进去就不见出来，直

相思湖上六角亭　卢明 / 摄

到过了七天七夜才从塘外洲回来。

苏桥古镇坐落在源于越城岭山系的大溪河畔，这里古樟如盖，石桥似虹，江流淼淼，山环水抱，是一方人杰地灵的宝地。清代出了状元张建勋、榜眼于建章，民国时期出了韦永成、韦超、张其钜、张其锽等人，他们都是当时响当当的风云人物。韦永成，苏桥太平村人，蒋介石侄女婿，历任安徽省民政厅长、第五战区政治部中将主任等职。其弟韦超，中国滑翔运动的创始人。张其锽，陆军上将、广西省长、吴佩孚十四省联军秘书长、曾国藩外孙女婿、大文人。其兄张其钜，河南省督军署秘书长。

苏桥街张姓大户人家的美谈家喻户晓，但对其一夜暴富的传说却鲜为人知。

相传居住在西河边湾里车田的汤员外，一不小心好心办坏事，得罪了常年供养的地理先生。地理先生怀恨在心，抓住汤员外想发大财的心理，乱改风水，致使汤员外家财“出走”、家道中落。十八个由家财银两化身的年轻后生离开汤家后，一路向北。

一天中午，烈日当空，十八个头戴草帽、身着白衣裤的后生来到大溪河码头，过渡后无钱付费，便以帽为凭，告诉摆渡人到他们落脚的地方要渡船钱。上岸后他们口干舌燥，先后问了两家讨水喝，均遭拒绝，来到第三家时却得到热情招待。这家主人姓张，非常客气，让他们在堂前坐定后，便到后厨烧水沏茶，又安排家人杀鸡宰鸭做饭。当主人用茶盘端着茶到堂前一看，十八个后生全不见了，屋前屋后都找不到。主人正纳闷，忽见房里闪出一道光亮，他双手推开房门，十八缸白花花的银子整整齐齐堆满一房，主家见状万分惊喜，可是唯有一缸没有盖子。不久，摆渡人手拿草帽前来讨要渡船钱，张家主人二话不说就给付了。摆渡人刚转身离开，放在桌上的草帽变成缸盖，主人拿到房里银缸上一盖，缸与盖正好合适。从此，苏桥街上张家成了名门望族。

虽是民间传说，但中国传统文化里的“仁义礼智信”确是我们为人处世的箴言。假如之前两家中任何一家以礼待人，十八缸银子就轮不到张家。假如张家斤斤计较，不近人情，那十八缸财富也是别人的。万物一理，古今通用。

苏桥的东边是唐长寿元年开凿的古桂柳运河相思埭，西面是源于越城岭山系的大溪河，万顷碧野之中，间布着绵延的岭丘。相思埭凿通至苏桥珠江口，与大溪河相汇，连通了桂林至柳州的黄金水道。一些文人骚客和历史名人，但凡从桂林南下柳州，或从柳州北上桂林，均为苏桥贵客。鉴真和尚第五次东渡受挫后，逆柳江北上，入洛清江至永福经苏桥而达桂林。唐代著名的古文大家柳宗元，晚唐诗人李商隐，明代大学士解缙，明代著名诗人邝露以及明代地理学家、旅行家、文学家徐霞客等均来过苏桥，都喝过大溪河的水，他们与苏桥有着千丝万缕的情缘。

冬去春来，年复一年，大溪河的水始终至柔至美，柔中有骨，水深不语，安静地向前流淌，遇山绕行、遇石避让，流过漫长静好岁月，润泽苏桥一方百姓。

村前有条江

黄大胜

一条大路，由北向南，北边通向桂林，南边几里路外就到了柳州地界。

一条小江，与大路平行。小江距大路不足 300 米，在大路的西边；而在大路东边 300 多米的小山下，有个不足 20 户人家的小村子，从大路上望去，房屋点缀在绿树青竹中，一棵古树挺立在村北边的半山腰上，形如黄山上的迎客松，于是平常的小山与小村便平添几分秀丽和灵气。

这个小山村就是我的家乡，一个生我养我的地方。我在这里出生长大、嬉闹玩耍，又从这里步入学堂。成年后为追求梦想我离开这个地方，从此，除了过节或有事就再难回到这里，家乡也就成了故乡。

家乡成了故乡，于是许多儿时少时的经历便时常在脑海里和梦境中映现，而映现最多、印象最深刻的，离不了村前那条小江。

村前那条小江也许因太小而并未有江名，人们叫它面前江。先辈们大都没什么文化，取名也就直白而形象，比如村子在进入大路处是个小坡，于是就被命名面前坡，村后的泉水井叫后头井，村北的那垌稻田叫作高头垌，反之，村南的那垌稻田自然叫底下垌，这是按当地“北上南下”的习惯命名的。小时候读了点书后总觉得这些名字很土很俗，但现在细细品味起来却感觉很有味道、很亲切温馨。

村前那条江其实算不上是江，因为一来它的水基本不流动，二是从深秋后到次年清明前，它基本上全都干涸见底，因此它充其量只能称作一条沟而已。长大后我才发现，它存在的实际意义，第一在于它可作为两岸村庄地界的“楚河汉界”，第二在于每年的汛期它可承载连天的暴雨，还可为十多里外的华山水库带来的巨大水量的行洪。这是某一天我突然意识到的，这条江，也许就是这样形成的。

江虽不为江，但它一年中也有半年的江水，而且在我村最南端地界是本江段的最深处，从我记事起到我离开家它从没干涸过。在最干旱的季节它也形成了近千平方米的水塘，村里人称之为“缸（拟音）边塘”，因此，这江也能给村里带来些福利，甚至惊喜。

家乡缺水，每到大旱之时，由华山水库流下的灌溉用水供应不上时，村里就会在江里放下抽水机。于是，沿江生产队的水稻和其他农作物便可缓解燃眉之急。

“缸边塘”长年不涸，每年涨水时从山里岩洞和地下河钻出的各种鱼类会恋居在这里，待整个江段都注上水后就游向各处游玩、觅食。于是，这鱼又成为经济拮据、物质匮乏的乡亲餐桌上的美食。

记得小时候每年清明过后，爸爸会在收工后带上一抓细绳来到江边，

门口有条江　卢明/摄

从田埂上、稻田里随手抓来小青蛙用细绳绑好，再在江岸上砍下十几根小竹枝，然后三扎两绑，一根根简易钓竿就做成了。爸爸把它们逐根扎放在他认为合适的江面，然后回家吃饭睡觉，第二天又起早赶到江边一根根收竿，总能提着几条鲶鱼回家，之后还能赶上队里出工。到了晚上，妈妈把鲶鱼切成小小块，再熬上一锅汤，待鱼煮熟后又撒上一把青葱，于是一锅清香扑鼻又清甜可口的鲶鱼汤上了桌，让一家人既增营养又解馋。

那时还是生产队，大人们除了春节外每天都要出工搞生产，想要抓鱼，除了像我爸爸一样下“沤钓”外就只能望江生叹，于是这抓鱼就成了村里那些上初中高中的半大小伙子们的专利。村里没有渔网，他们就等江水干涸分成小段后，到星期天结伙上山寻找一种叫雷公藤的果实，将其捣碎后撒到江里。慢慢地这鱼就一个个陆续浮到水面，昏头昏脑地打转盲游而任人捕捞,这场景让人想起《水浒传》里的智取生辰纲——“麻了麻了”——煞是可喜又有趣。当地人把这叫作“闹鱼”，也就是用药物捕鱼的意思。

那时我还小，这闹鱼难得参与，但这条江同样给我带来不少乐趣，比如闹鱼的第二天后，闹鱼者的“主权”已经失效，村里的小伙伴们会不约而同去寻找昨晚中毒的鱼，哪怕一无所有，到水里嬉戏也是一种乐趣。到了秋天，江岸上的芭芒草开满芭芒花，沿江两岸白花花一片，我们这些村里的小孩子每天放学后就直奔江边，为的不是赏风景，而是剥下一把芭芒草杆，然后精心折制成手枪、机枪等各种武器，到了晚上便在村内开展游击大战。月夜里，大人们在晒谷坪上纳凉讲古，我们则在村巷里、柴堆中“八路打鬼子”；到了没有月亮的晚上，夜空中萤火虫飞舞，我们在荧光闪烁的星星点点下激烈战斗，那场景，那乐趣和感受，比现在任何电子游戏都有过之而无不及。

这条江让我最留恋的还有盛夏时节。天气炎热，学校放了暑假，我们几个半大不小的小孩子总是在中午饭后结伴来到江边，一身脱得精光后在水里一泡就是大半天。打水仗，比谁游得快、潜得久，变着法儿开展各种水中游戏，一直玩到头眩眼花。最有趣的是在江岸一段坍塌的断墙边，大家争先恐后从两旁爬上岸顶，再想法爬到或跳到这面黄泥墙上，然后光着屁股从这近八十度的墙上滑下跌落水中，尽管玩得一身泥浆，有时屁股也擦得发疼，但那种刺激感和乐趣，简直无法用语言形容。我们把这叫作滑梯，后来村里面那些大小伙子们看到这玩法特刺激特有趣，也争相效仿。

这都是年少时的记忆了。再后来离开家外出闯荡，就与这条江再难有交集，但它是我心中永远的甜蜜回忆，特别是当下电子游戏满天飞，少年近视随处见，我就回味起这条江给我带来的快乐。

华山水库

韦　滨

永福县三皇镇大体上是一个狭长的盆地。镇西侧的华山村，辖有 5 个自然屯，耕地面积 1800 多亩。村北面的华山水库，设计灌溉 2.32 万亩农田，是三皇镇境内最为重要的一处水利工程。

三皇镇是岩溶石山地区，地表水缺乏，是永福县最为干旱的乡镇。当地民谣称："三皇是个痹，水往地下拱。三天不落雨，老少没得空。"1959 年，政府下决心在流经桐木村上华境屯的桐木河筑坝，修建华山水库，以解决三皇农业生产灌溉的用水问题。华山水库于 1959 年 9 月动工，1963 年春完成主坝和副坝的填筑任务。

从镇北通往县城的大道西侧，沿桐木河逆流而上，两岸树木郁郁葱葱，河道两边西红柿、砂糖橘等果蔬遍布，美丽的田园风光随处可见。行约 2 公里，有 1 座新建的水厂，是三皇镇新型城镇化建设项目之一，该水厂从华山水库取水，解决了三皇镇 2 万余人的用水问题。再往前行 3 公里，来到水库主坝脚下，"华山水库" 4 个白色大字展现在我们面前，高大雄伟的主坝、深邃宽阔的溢洪道有着极强的视觉冲击力。我们不禁感慨万分：1959 年至 1963 年，正值全国人民生活最为困难的时期，我们的前辈们强忍着饥饿，甚至献出生命，硬是以血肉之躯，用极其简陋的工具挖山掘土垒坝，阻桐木河之溪流飞瀑于华山昆岗，为三皇的水利建设立下了旷古奇功。

华山水库有主坝 1 座，副坝 4 座。主坝在水库东侧，高 23.2 米，坝顶长 147 米，宽 4 米；4 座副坝依次分布在水库的东南面和南面。水库集雨面积 57.7 平方公里，总库容 1580 万立方米。有南、北两条干渠。南干

华山水库　曹谋璀 / 摄

渠长 13.3 公里，北干渠长 12.5 公里。50 多年来，华山水库除了灌溉农田，还具有防洪、发电、航运、养殖、旅游等综合效益。

华山水库一年四季气候宜人，空气清新。登上主坝举目远望，库区水面碧波荡漾，水天一色，水质纯净通透，碧蓝如玉，清澈可鉴；水库四周石山环绕，不少悬崖峭壁拔地而起，峰峦峻秀，重重叠叠，绵延不绝；奇山异石，独具姿彩，状如群聚之伏牛、护库之群龙，尤其从主坝到 4 座副坝之间，连接着 5 座孤峰耸立的石山，仿佛一条银链系着一串绿色宝石，镶嵌在一面巨大的镜子边沿；泛舟荡漾在绿波之上，人如画中行，山似水上漂，令人心旷神怡。若在傍晚时分，霞光泛起，湖光山色，更是独具神韵。

华山水库得天独厚的自然景观和清澈纯净的水体资源，吸引了越来越多的游客前来休闲垂钓、寻幽探奇。

做客瓦瑶屯

吕粟华

“绿树村边合，青山郭外斜。开轩面场圃，把酒话桑麻……”走进百寿镇朝阳村瓦瑶屯，你会情不自禁地感叹，千年以前，田园诗人笔下的那个祥和庄园竟穿越了时空，在这儿真实地再现了。

第一次来到瓦瑶屯，是在一个春日，微雨过后。我们一行在镇领导的引导下，由百寿镇汽车站驱车前行，沿着平坦的通屯公路，几分钟时间便到了。

春天的瓦瑶屯，树木葱葱，芳草萋萋，溪流潺潺。群山在岚烟朦胧中露出苍翠的身影。在群山的怀抱里，小村宁静而安详。

漫步田间，扑入眼帘最多的要数柑橘和桂花树，树叶儿经了春雨的濯洗，纤尘不染，清新油亮，每一片叶儿泛着耀眼的绿光。偶尔一两株柑橘树上还挂着几个黄澄澄的果子，悄悄地透露着丰收的喜悦。

微风轻拂，各种花儿草儿的香味儿混杂在温润的空气里，传入鼻翼，甜丝丝的。深呼吸，那味儿便迅速地浸润你的全身，继而蔓延至每一根血管，乃至每一个细胞。于是，一种久违的情怀便油然升腾。那味儿是那样的亲切、熟悉。这乡间特有的、时刻萦绕在梦里的乡味儿啊，清清的，纯纯的，不含任何杂质。它诱着你，让你无法抗拒，迫不及待地想投入它的怀抱。

沿着乡间小道漫步于青山绿水间，你会忘记了时间的流逝。鸟儿清脆的鸣叫声，潺潺的溪流声替代了尘世的喧嚣，那是世上任何器乐都无法模拟的绝妙音响，天籁之音。人生的烦恼，都随清溪涤荡净尽，心境一片宁静。

仁者乐山，智者乐水。依山而居、傍水而栖，多么理想的家园呀。

一个地方，因山而秀气，因水而富有灵性。潺潺的溪流，是小村跳动的脉搏。水是那样清冽，竟看不到一粒浮尘，水中游鱼戏虾，历历可数。

无论春夏秋冬，只要有闲情，坐在溪边的休闲阁，赏群鸭戏水，看村姑光着脚丫在溪里浣洗衣物，而或走过一个两个披着蓑戴着笠的荷锄老农，也别有一番情致。也许你会发现，原来，人生的脚步可以不必太过匆匆。

那些灵巧的鸭子长着白色或灰色的羽毛，清清碧溪是它们温馨的家园。它们三三两两、自由自在地点缀着山光水色，追逐嬉戏，潇潇洒洒，或出双入对，窃窃私语，柔情蜜意尽在碧波里。

如果想体验一下农家生活的乐趣，提个小篮子，回到小溪边，采采野菜倒是个不错的选择。这可比在网上“偷菜”过瘾多了——因为你可以大大方方地采，想采多少有多少，最重要的是，一切都不是虚拟的。采是真真切切地采，菜是真真实实的菜，而且是绿色纯天然的。这里的野菜可不少，俯拾皆是白花菜、野蕨、水芹菜等，还有那些叫不出名儿的野菜。不过最好吃的还要算水芹菜了。那个香呀！在锅里涮两下，香味更是浓郁，嚼一嚼，唇齿留香，余味无穷。

小溪两岸上，满是刚抽出新叶儿的水芹菜，一大片一大片的。长在溪边是一道亮丽的风景，吃在嘴里，便是一道“山珍野味”了。不过，你不用担心，人们不会把它们采个精光，每棵水芹菜只摘两片叶子就行，没过多久，它们便又长出更多更嫩更油亮的新叶儿来。看到我们兴奋而惊叹的样子，村民们一副见怪不怪的神情：“哦，多的是咧！”真想把家搬到这儿来。

这一天，款待我们的是一户姓王的人家。第一道菜，是他们的特色菜——水鱼土鸡汤。

“这里煮出来的水鱼味道可不一样哦！”主人的热情，让我迫不及待地想尝一尝。喝一口汤，清甜而鲜美，吃一口肉，嚼在嘴里，滑而不腻。

“问鱼哪得鲜如许？”

“为有源头活水来。”

这其中可是大有学问着呢。

首先，水鱼，可不是普通的水鱼。原来老王家的水鱼引用山泉水来养殖，属活水养殖，且全部用螺蛳喂养，绝不使用饲料，他们称为土法养殖。现如今，他的货供不应求，且绝大部分是外销。再者，就是水的问题了。村民们引来后山上的清泉，天天喝着的可是纯天然的矿泉水。

至于其他的农家菜肴，我就不多加赘述。来到瓦瑶吃什么，也许并不重要。徜徉于青山绿水间，行走于整洁的村间小巷，一种特有的农家气息会让你的心也随之宁静起来。

“一村人，一家人”，灯光球场边上的这句内涵丰富、十分给力的标语出自村里的一名大学生。他给自己的家乡一个最简洁、也是最生动形象的概括。只要心往一处想，劲往一处使，“一村人”便是“一家人”。共建社会主义新农村，保护绿水青山，就是建设村民们共同的美好家园。天人合一的理念在这里得到了完美的诠释。于是，我们看到，一个有300多人的村庄，街巷上竟难找到果皮纸屑的踪影。

瓦窑屯 吕杰/摄

“当年，沼气建设，改水改厕，道路硬化，离不开各级党委、政府的关怀，各个部门都给了我们大力支持。建园初期，县领导来了，镇领导来了，还有好多热心人也来帮我们……”村民们的言语间充满了感激之情。

“今后，我们这里还将修复知青楼，建设江边坪‘风雨桥’，开发大井、狮子山等景观……”畅谈未来的建设，村民们笑容里写满了憧憬与希望。

“励精图治生产发展建新村，奋发有为生活宽裕颂祖国”，村口这副格外醒目的楹联，道出了干部群众的共同心声。

瓦瑶屯，一个远离城市喧嚣的绿色村庄，一个宁静、祥和的美好家园。入夜，灯火阑珊时，静静的小村温馨而浪漫。枕着虫鸣，你可以伴着田间的青草味儿酣然入梦了。

凤城印象

秦荣真

三年前，我初到永福县城工作，这里的山水风光就给我留下了深刻的印象。

三江交汇的永福县城，是一处被上天眷顾的福地。东江、茅江和西江在县城交汇形成洛清江，舒缓地流入柳江。丰富的水资源，滋养了沿岸的福寿儿女，也造就了钟灵毓秀的胜景。航拍永福县城，东西两江环绕凤山，宛如美人之目，顾盼生姿。美目盼兮，巧笑倩兮，水意山情为永福增添了几分灵秀。

凤山古称“凤巢山”，《舆地纪胜》记载：“凤巢山元（原）名华盖山。大业二年（606年）有凤凰来巢，百禽集于山下。本朝建隆双凤复集，因号凤巢山。”永福也因凤山得名“凤城”。凤山上树木葱茏，景致优美，登顶可一览县城风光。登山远眺，天空中白云朵朵，远山起伏连绵。西面的碧水湾，宛如一湾月牙。

凤山之下，上天又恩赐永福盆景般的中洲岛，将东江一分为二，造出了“一渡两江三拢岸”的奇观。中洲岛上的亭台楼阁，飞檐翘起，与对岸凤山边古色古香的博物馆遥相呼应，景致非凡。春天，那岸的古树抽出了新芽，这岸的柳树也迎风飘荡，摇曳生姿。江水缓缓流向远处，岛上春风浩荡，水光接天。

晨昏白雾泛起，永福县城更是美出了天际。中洲岛的红楼，烟雾笼罩，轻盈缥缈。长长的风雨桥，联结着中洲岛和凤山，在雾气中若隐若现。凤山脚高高的博物馆，檐角也被烟云隐去一些。凤山顶上云情雨意，山水入

彩色之夜　赵丙松/摄

墨。不觉雾失楼台，月迷津渡，使人仿佛置身仙境。

仙境之中弦歌不绝，江边舞台，一场场精彩的彩调不断上演，那婉转悠扬的歌声，越过围观的人群，绕过亭台楼阁，飞到每个角落。有的穿过风雨桥洞，随着脚下流水传得很远，很远。永福是“快乐剧种”——彩调的发祥地，这里的人们爱唱、爱演、爱听、爱看彩调，永福县组建有大大小小上百支彩调队，上至耄耋之年的老人，下至牙牙学语的孩童，但凡找来一个永福人，都会哼上几句“哪嗬咿嗬嗨”。

圩日，永福县城都格外热闹。县城及周边的居民，男女老少，纷纷聚集到凤山脚下、风雨桥边、中洲岛上唱山歌、演彩调。人们带来山里的“神仙果”——罗汉果，还有香菇、干笋等，在农贸市场、综合菜市售卖。还有上了些年纪的瑶族妇女，永福人亲切地称之为“瑶阿姨”。她们常常穿着漂亮的民族服装，摆卖珍贵的瑶家草药。

随处可见孩子们的身影，他们一路小跑着，从凤山脚下的小广场，穿过风雨桥，再奔到中洲岛上，带来欢笑声。中洲岛上有各种运动器材，是健身的好地方。女人们在江边舒展衣袖，翩翩起舞，江水倒映着她们的倩影。男人们在球场上身姿矫健，挥汗如雨。老人们享受着闲适的生活，他们拉着二胡、手风琴，坐在江畔亭子里，望着悠悠江水，回望过去岁月和青春往事。

夜幕降临，永福县城灯火闪耀，年轻人在一起，爱情是永恒的主题。他们携手到永福影城看一场电影。有时在江边小舞台搭起爱心小帐篷，铺上玫瑰花，制造一场浪漫的烛光表白，风雨无阻。手牵手沿着岸边的小路，一边谈谈情、探探心，一边欣赏美丽的夜景。

入夜，岸边的古树挂着彩灯，披上星星的光泽，火树银花，成为县城必去的网红打卡地。凤山上的灯光映照着状元祠的边角，博物馆的建筑倒映在水里影影绰绰，与中洲岛上变幻的灯光连在一起，灿烂辉煌，迷离斑斓。这时一轮明月当空，有时如银钩，有时如铜币，水中月和空中月相映成趣。

永福县城，真美！

初识大邦河

陶建梅

关于大邦河，可查的资料并不多。大邦河是洛清江支流，源于牛颈界西侧，永安乡独州村境内东部山区，由西北流向东南，经永安乡的永新、军屯、永安 3 个行政村，广福乡的大石行政村，在大石村境内的五险庙，注入洛清江，全长 35.7 公里。尚有支流拉郎河、鸡松河、龙江河 3 条。

大邦河水流清澈，两岸树木密集，山石陡峭，像原始森林，神秘而美丽。老一辈人讲，20 世纪七八十年代的时候，大邦河屯的山中还有老虎、熊瞎子和豺狼。有一夜，寻食的老虎还进村咬伤了几头猪，所幸没有伤人。广福乡大石村的大邦河屯距离县城 30 公里左右，开车只需要 20 多分钟，但是在以前，村民要出去县城赶圩，得走将近 8 个小时，天没亮就出门，天黑才能回来，真的是两头黑了。

这几年国家政策好了，到处修路架桥，修路也修到了大山里。2020 年 1 月，广三（广福至三皇）二级公路竣工，大邦河也拨开神秘面纱，展现在众人面前。

公路是沿着大邦河修建的，经过广福乡大石村、鲤鱼滩水电站、兰麻林场、五里大桥，进入山区，一路过去，群山连绵，河水清幽，万物有灵，一切仿佛画卷一般，让人好生羡慕。

那天阳光明媚。上午 9 点，我们从县城往广福方向上了广三路，沿途而上，去探寻神秘的大邦河。到了兰麻林场，就可以看到大邦河了。

到了大邦河屯，首先映入眼帘的是七八座小洋房，它们坐落在公路边。旧村换新颜，已经想象不出当年封闭落后的样子了。在村子边山脚下，有一片竹林，年过七旬的村民老陈引来山泉水，在这里养了娃娃鱼和山瑞。娃娃鱼和山瑞是国家二级保护动物，人工养殖和繁殖非常难，对水质的要求特别高。老陈能够养殖十几年，不仅仅是有深入的研究和丰富的经验，最重要的是，大邦河这一带的水质很好，环境适合娃娃鱼和山瑞的生长。

从老陈的养殖房里出来，我们走到了河边。在河边，有一棵看起来有些年头的枫树，大概需要两个人合抱，树干已经倾斜出去，露出了粗大的根系。在经历了无数年的风吹雨打和河水的冲刷之后，依然顽强地生长着。在枫树的根部，我们发现了一株铁皮石斛。这又是一个意外的惊喜。大家都知道，野生铁皮石斛是国家二级保护植物，对自然生态条件要求极其苛刻，是很难种植的，早在 20 世纪 80 年代就被国家列为重点保护的珍稀濒危药用植物。在大邦河能够发现野生铁皮石斛，而且还在日常行走的小路边，可见大邦河的生态环境有多好了。

走了十几分钟，我们终于走到河滩边，大邦河终于呈现在我们面前。河滩很干净，对面是石山，植被保护得很好。秋冬季节水量小了很多，水呈现出浓厚的深绿色。走近河边，可以清楚地看到河底的卵石。往右边看过去，山脉蜿蜒，水沿着山脉顺流而下，看不到前方。往左边看去，可以隐约看到我们来时的公路和路边的村庄。我选了一块大石头坐了下来，蓝蓝的天空，绿绿的水，再加上冬日暖阳，感觉特别的宁静和舒适。

听当地人讲，在大邦河屯一个叫小沟的地方，有三处奇观——油鱼岩、动动石、观音石。每年谷雨前后，河水暴涨，大量的油鱼逆流而来，游到小沟的一个特定的地方，排队产卵。最多的一次，有一两万条油鱼排队产卵，公鱼排出的精液把整条溪流都染白了。最神奇的地方是，这些油鱼排着队，从一边进去产卵，再从另一边出来，有条不紊。当地的村民顺着规律，待油鱼产完卵出来方行捕捞，最多的时候一次可以得到二三百斤。原先有三处产卵的洞穴，后来有两处被人为破坏，只剩下一处了，人们把这里叫作油鱼岩。

从油鱼岩步行三四里路，再爬山 100 多米，有一块奇特的岩石，呈三角形，大约十几吨，以另一块岩石为支点，周围再没有任何的岩石可以依靠了，就这样立在山边。一个人用一只手就可以慢慢摇动，而且放手后岩

水趣　张荣翔 / 摄

石还可以持续晃动几十秒。最神奇的是，无论怎么晃动，整块岩石都不会掉。所以当地人都叫这块岩石为“动动石”。没有人知道这块岩石是怎么形成的，存在多久了。估计有这个村子之前就存在了，没有上千年也有几百年。村里曾经有人想用铁棍撬翻这块岩石。几个人想尽了办法，用尽了手段都拿它没办法。撬不动就算了，动手的人当晚回家都尿血。有老人说，这块岩石是观音的戒石，不可以亵渎，因此，村里人对这块岩石多了一份敬畏。

之所以传说“动动石”是观音的戒石，是因为在这座山的山顶有一块天然的观音石像，距离“动动石”还有三四里的山路。能找到这座观音像的人不多，传说这是有神灵守护的地方。据老一辈人说，在这片山里，还有古时候留下的炼铁炉。

返程的途中，我们看时间还早，就顺路进了兰麻林场。曾经很热闹的林场宿舍，如今寂静了许多，几排极具20世纪七八十年代特色的砖瓦房，如今只由一些打鱼、种果的人租用了。看到我们的到来，渔民们拿出他们晒的鱼干，热情地介绍着。都是在大邦河打上来的鱼，鱼干大小均匀，泛着透亮的金黄色，散发出烘烤后的鱼干特有的香味，让人想流口水。还有一些鱼的品种是外边的河里找不到的。

穿过林场的宿舍区，我们来到河边渡口。这里是大邦河和洛清江的汇合之处。在渡口旁的老樟树下，还有一块石碑，石碑上刻着“渡口”两个字，看起来已经很有年头了，见证了历史的变迁。这个渡口是当年山里连接外面世界的出口。如今交通发达，渡船已经退出了历史舞台。站在渡口处，可以看到河对面半山的桂柳高速公路上来来往往的车辆。渡口边拴着两支竹排，我们上了竹排，可以很清晰地看到水中水草，还有一群小鱼飞快地游来游去。我坐在竹排上，看着这个被人们遗忘了的渡口，仿佛看到当年熙熙攘攘的热闹情景，有过渡的、有卖鱼的，人们都在为创造美好的生活而忙忙碌碌……几十年过去了，改革的春风吹遍了各个角落，我们已经过上了幸福安详的生活，我们也为能够生活在这么强大的祖国而感到自豪！

下午 4 点多钟，太阳慢慢西下。我们开始回程。天边的云慢慢从淡红变成深红，再慢慢变成带点橘黄的淡红。至此，关于大邦河，蜿蜿蜒蜒几十公里的河流，虽然我们只是走了那么一小段，认知还只是浅浅的，但是，就这么一小段，也足够惊艳了。广三路的建成通车，不仅仅让我们认识了大邦河，领略了大邦河的美丽风景，它还大大缩短了永安、三皇等边远乡镇到县城的路程，沿线惠及了 50 多个村庄和集镇，8 万多群众，是群众盼望的脱贫路、致富路、幸福路。

看，大邦河静静地流淌着，看风云变幻，也见证了家乡的巨变！

浦角滩上拉搞村

杨立新

清幽宁静的拉搞村坐落在巍峨的马鞍山下，秀丽的西河从大山峡谷里逶迤而来，于村北由东向南而流，划出了一道优美弧线，形成了一个月牙形的金色河滩——浦角滩。站在村外河对岸的山巅上俯瞰，犹如一钩弯月紧紧地环抱着一方苍翠欲滴的璞玉。

“古树高低屋，斜阳远近山。林梢烟似带，村外水如环。”借用清代诗人齐彦槐的《冲麓村居》美丽诗句来形容拉搞村却也恰到好处。这个不足三百人的小山村，农家建筑错落有致，都是近十来年建起的富有浓郁桂北特点的或两层或三层小楼房，每家每户均为独立小院，房前屋后都种上了果蔬，纵横交错的村道像一条条飘逸的绸带把独门小院连接了起来，那昔日的青砖黛瓦房和花街石成为村民们心中难以忘怀的记忆。

村前环形坝子上的十余蔸老樟树，根如大蟒，盘结交错，巨干凌空，柯伸枝展，冠如华盖。它们就像是一位位饱经沧桑的历史老人，吸吮着甘甜的西河水，默默地守望着这个古老的山村。微风吹过，枝叶摇曳，窸窣作响，仿佛在给人们述说那一个又一个美丽的故事。

很早以前，马鞍山下是一片平缓开阔的山坡，清潾潾的河水沿着山脚沄沄而流。明朝永乐年间，陆续有伍、李、廖、蒋、邓等十三个姓氏族人先后来到这山坡上开垦土地，筑堤垒坝，营造家园，繁衍生息，渐渐地形成了村落，取名“永安村”，寓意永远安宁。

村前的月牙形浦角滩，沙砾金黄，水面宽阔，河滩中央槽深水急。民国以前，河岸边的坝子下均匀地排列着十三个码头，村里每个氏族都有一个码头供自己使用。过去，村北河对岸没有路通往县城，只有村南河对岸的上台村有一条很窄的马路可达县城，所以，村北河对岸十里八乡的乡民往返县城都要在山村南北渡口乘船转换陆路。同时，这里还是一处水上运输商船停泊休息的驿站。

《永福县志》载，西河自古就是一条繁忙的水上航道，龙江、永宁州（今百寿镇）山珍特产通过西河南下柳州、梧州直至广东等地销售，而广东、梧州等地的客商也通过西河把日用百货、副食品等贩运到永福的大山里。由于商船载货重且航程远，中途需要休息，这里便是船家最理想的选择。于是，山村人家的码头便成了往来商船的泊位，整个山村外滩，一年四季熙熙攘攘，热闹非凡。每当下游商船行至山村外滩时，因是逆水行舟，滩长水浅，不能用桨划船，船上纤夫便下船拉纤，同时高喊："拉篙！"船上的艄公便快速拉起竹篙撑船，与纤夫合力把船撑上滩头。船泊码头休息时，艄公把竹篙从船头的圆孔中插下去，直入河床，船便稳固。开船时，艄公又大声吆喝："拉篙！"那时节，"拉篙"的吆喝声在山村的上空常常重叠不休，人们便将永安村改称"拉篙村"，久之，又谐称"拉搞村"。

"拉搞早晚西风凉，蚊子苍蝇无处藏。六月床上不离被，休闲养生好地方。"这是流传在拉搞村一带的打油诗。说的是，村里一年四季无蚊蝇，村民家中，床上不用吊挂蚊帐，酷暑盛夏，被褥也不离床。

拉搞村东、南、北三面环水，西靠马鞍山，北与衣帽山隔河毗邻，两山巍峨高耸，绵延十余里，中间是清澈透凉的西河。燥热的南风北上，被北面衣帽山所挡而转向成东风西进河谷。每每黄昏，河谷里风向突转，西风萧萧，贴着河面长驱直出，霎时间，白雾骤起，山色空蒙，水面上渔舟若隐若现，美不胜收。此时此刻，沁凉的西风伴随着薄薄的雾霭涌入山村，气温陡降，人们仿佛一下穿越到了秋冬，虽是炎热盛夏，也会让你感到些许寒意。翌日，黎明在"喔喔喔"的雄鸡报晓声中睁开了眼睛，苏醒了的山村霞飞雾散，山清水秀，一切如常。

临江而筑的拉搞村，虽距河床很近，但不管村前西河水怎么暴涨，洪水始终都没有进村"造访"过。1949 年、2017 年各有一次特大洪水，都"闯"进了永福县城十字街，然而，地处县城上游的拉搞村仍然是稳如泰

远眺拉搞　萨家琳 / 摄

山，不受任何影响。一些好奇人士进村探访个中奥秘，村民们很神秘地笑答："我们村坐落的是一块'葫芦地'，水涨葫芦高，是族人在建村之前就请了风水先生相过的，所以，数百年以来，面对无数次洪水的威胁，村庄都能安然无恙。"虽然此解释有些迷信色彩，但是这也许就是乡民们的一种冀望吧，而这其中的奥秘还有待科学家们去探寻揭示。

虽有"风水宝地"的庇佑，但民风淳朴的村民仍是勤俭相济，耕读兼资。一百多年前，山村里就出了两位很有才华的学子。清朝咸丰年间伍诚孝中拔贡生，任柳城县教谕。清光绪十七年（1891 年）李鼎星中举人，次年受皇恩御赐"文魁"匾（现该匾为其后裔保存），但其看不惯朝政的腐败，不愿为官，回乡办起了私塾，体现了农家子弟的高风亮节，留下了美名。

与挂冠回乡办私塾的李鼎星相比，腰缠万贯的蒋承祚更是高山打

鼓——名声在外，这位人称“蒋员外”的富翁是拉搞村明末时期一位富有传奇色彩的人物。早年弃农经商的他，不久便富甲一方，良田千顷，上至临桂两江镇，下到广福乡，东边罗锦镇，西边永宁州均有田庄。儿孙问他家中到底有多少钱，他手指着村边的香樟树，用惬意的笑声告诉儿孙：“那樟树上有多少张树叶，我们家就有多少钱。”明崇祯末年，蒋员外铭记“为富当仁”之祖训，出资将村里纵横交错的巷道及村中到村南渡口至上台村近四里的崎岖小路都铺成了石街路，一时传为佳话。

今天，村中连接农家的巷道，在村前一老樟树下交汇成了一条宽敞的水泥路，向南连通苏（桥）鹿（寨）二级路，向北至渡口，对岸是永兴公路，去县城约八公里。这里自古就没有桥梁，一叶小舟悠悠数百年，承载着村民们进出山村。每每清晨和黄昏，袅袅白雾弥漫了方圆数里，雾缭云曳中只闻那“哗哗哗”的拉渡声和人们的谈笑声，这正是：

玉水古树敛暝色，舳舻人语夕霏间。
何用别处寻方外，孤村亦是桃花源。

高峡出平湖，当惊八桂殊。渡口上游约一公里便是名闻遐迩的长塘，它是西河风景最美的地方。这里两岸山势高峻陡峭，灌木丛生，怪石嶙峋，水深幽绿，俨然是一座天然水库。国家发展改革委、水利部、住建部在《水利改革发展“十三五”规划》中已规划在此处建一座以城市供水、生态补水为主，结合发电、防洪、灌溉等综合利用的大型水利枢纽工程——长塘水库，前期准备工程于 2019 年 12 月 18 日在永福镇的西河河口举行了开工仪式。人们期待着不久的将来，一座融自然景观与综合利用为一体的大型综合性水库华丽问世，成为一个新兴的旅游观光胜地。

崇山古韵

刘卉芝

永福县的罗锦河在崇山村的渔船上屯汇入相思埭。相思埭也称古桂柳运河，它沟通了漓江和柳江，历史上它曾在政治、经济和文化交流方面，发挥着十分重要的作用。一方水土养一方人，罗锦河水滋养的崇山村，人文底蕴深厚，人才辈出，有“一门三进士，父子五登科”美誉。村内李氏一门，为国内知名的画家群体，世称“画笔如林”。在我看来，古老的崇山村就像怀旧的诗，清越的曲，恬淡的歌，常在不经意间浮现在人们的脑海里。

怀旧的诗

古老的崇山村，徽式建筑群排列有序，青砖灰瓦，木制的大门，斑驳的门窗和墙壁，这一切似乎都在诉说着岁月的沧桑。

轻轻推开大门，迎面照壁上的水墨丹青、人物传记，彰显了崇山村的古老与传奇。老宅是砖木结构，有青石铺路，质朴稳健，也很神奇，走在石板路上会发出“踏踏”的声音。廊檐下、天井里洒落的阳光，给这室内镀上了一层温暖的黄晕，似乎每个细胞都变得温暖了。雕花的窗棂下点缀着几株美人蕉，老屋独特的生命力就在绚丽的花朵间绽放。抬头仰望，一片深远的蓝天映入眼帘，天井好像是老屋的大眼睛，穿过时空，向远处凝视，默默地思索着。走在这古老的宅子里，看四面高墙，雕花栏柱，莫名有了“和羞走，倚门回首，却把青梅嗅”的臆想。深宅大院，不该有妙龄少女含羞带怯、曼妙婀娜的身姿掠过么？

想到归有光的《项脊轩志》里的描写，是不是崇山村在外的游子，也会有那样对老屋的怀念呢？

走出老屋，抬眼望去，满目则是田园美景。“漠漠水田飞白鹭，阴阴夏木啭黄鹂。”眼前空旷广阔的水田绿茵茵的，白鹭掠空而飞，蓝天白云衬底，远山闲静安详，仿佛墨线勾勒、青绿渲染的中国画。小村东南角古木参天，浓密的树荫中，不时传来鸟儿婉转的啼声。傍晚时分“渡头余落日，墟里上孤烟”，闲散悠然，惬意从心底升起。如若三两位白发老者执扇于村口读书亭闲话家常，就更有“醉里吴音相媚好，白发谁家翁媪”的和乐了。

崇山古民居　邱岗诚/摄

清越的曲

从古至今，李氏家族都遵循祖上推崇的“仁、礼、孝、信、廉”为处世立人的目标，崇山李氏以“勤俭为基、耕读为本、丹青养德、岐黄济世”为家风。我想，这便是这崇山古村几百年历史的主旋律了。

一个古老的村落，能完好地传承下来，总有一些东西值得我们去探究和追寻。有形的是古建筑和闻名于世的人，无形的则是内在的精神力量，是家族的凝聚力和教化能力，这便是家风家训。

李孔淳（奉政大夫，原名李熙颐）中举后长期远离故土在外为官，终日忙于政务。在听说老家村头的读书亭有残损后，他出资并修书一封，给在家的大哥李熙垣，请他修复读书亭。书亭修复后，李孔淳专门写了首诗：“梦里依稀寻故里，村头有座读书亭。亭中常议读书事，后做事来先做人。”

人的一生相对于宇宙万物何其渺小，在跌宕起伏的人生道路上，难免需要精神上的依托，这时候，来自家族的内在精神力量，可以支撑每个人走过漫长岁月。俗话说：树高千尺也不忘根。李孔淳对故土的思念，对族人的牵挂，对自我人格的提升，其实都寄托在这读书亭上了。据说，李家子孙后代常在这里读书议事，勤耕苦读代代相传，并以读书入仕为荣，因此李家人才辈出。

读万卷书，行万里路，大凡往来洒脱、开合有度的人，内心必存浩然之气。李熙垣的《江行图》共 35 幅，是由桂林溯漓江过湘江至长沙，又经岳阳、赤壁顺长江到武昌的路上所画。内容以沿途各地山水民风入胸怀，细腻多情；取群山苍劲雄浑入书画，大气磅礴；录满目碧翠于笔端，隽秀飘逸。李熙垣画山画水寄豪情，晚年豪迈之气渐成，以赭墨斧劈之技画桂林山水，开辟了独特的山水画技法，对后人影响有加。

李吉寿以画墨梅闻名，被称为清代的“梅花圣手”。梅花的美在于风骨，“我家洗砚池头树，朵朵花开淡墨痕。不要人夸好颜色，只留清气满乾坤。”爱梅之人定是品性高洁之人。清朝后期国家民族危难，李吉寿忧国忧民，满怀济世报国之志入仕，历任四川彭山等县县令、重庆知府，为官数十载。他以梅为友，以梅品为己品，清廉为官，克己爱民，为崇山古村谱写了悠扬而清越的乐章。

恬淡的歌

中国的传统文化让人人都有责任担当。平民百姓会有“天下兴亡，匹夫有责”的自觉，士大夫会有“先天下之忧而忧，后天下之乐而乐”的思虑。“仁、礼、孝、信、廉”是人文，是李氏族人的精神食粮和行为规范，而朴实的崇山古民居想告诉我们什么呢？古民居前一湾碧塘似乎想说些什么。

初夏时节，清风拂面，风里带着湿润，带着夏日的温情，轻抚池塘翠绿的荷叶，阳光在荷叶上与水珠游戏，不停跳跃。荷叶未曾长满池塘，粼粼的湖水碧波荡漾，三五株不知名的野草长在池塘边，几只蜻蜓在相互追逐打闹，一时停在草叶尖上，一时又停在不多的几个荷花苞上，充满了自然之趣。一艘古老的帆船停泊在池塘一角，鲜艳的红旗在风中飘扬，似乎要扬帆远航……眼前的一切，让崇山古民居焕发出青春的活力。它是不是在告诉我们：池塘春草梦里该有雄心，阶前秋叶心中亦得安宁。

其实，它就是一座老宅，因这一方水土的滋养，族人繁衍生息。几百年来，它立在那里看日出日落，经风历雨，迎来送往。岁月并没有因曾经的辉煌而给它照拂，它依然墙瓦斑驳，游人不到处蛛网横结，一切均遵循新陈代谢。古宅也许是要告诉我们，珍惜眼前的一切，不辜负大好时光，牵着时代的手，顺势而为，平和恬淡地接受生活，做一个立足于现实而又有责任和担当的人，日子才会有滋有味。

崇山古宅就像一首恬淡的歌，在旋律响起时，青砖灰瓦，亭台轩榭，乡情古韵，清风流云，不经意地应和吟唱，此中真意，欲辨忘言。

辑三

井，总是素颜朝天，内心明澈，深沉平静，不消沉也不满溢，滋养人又不自居其功，有君子之风。

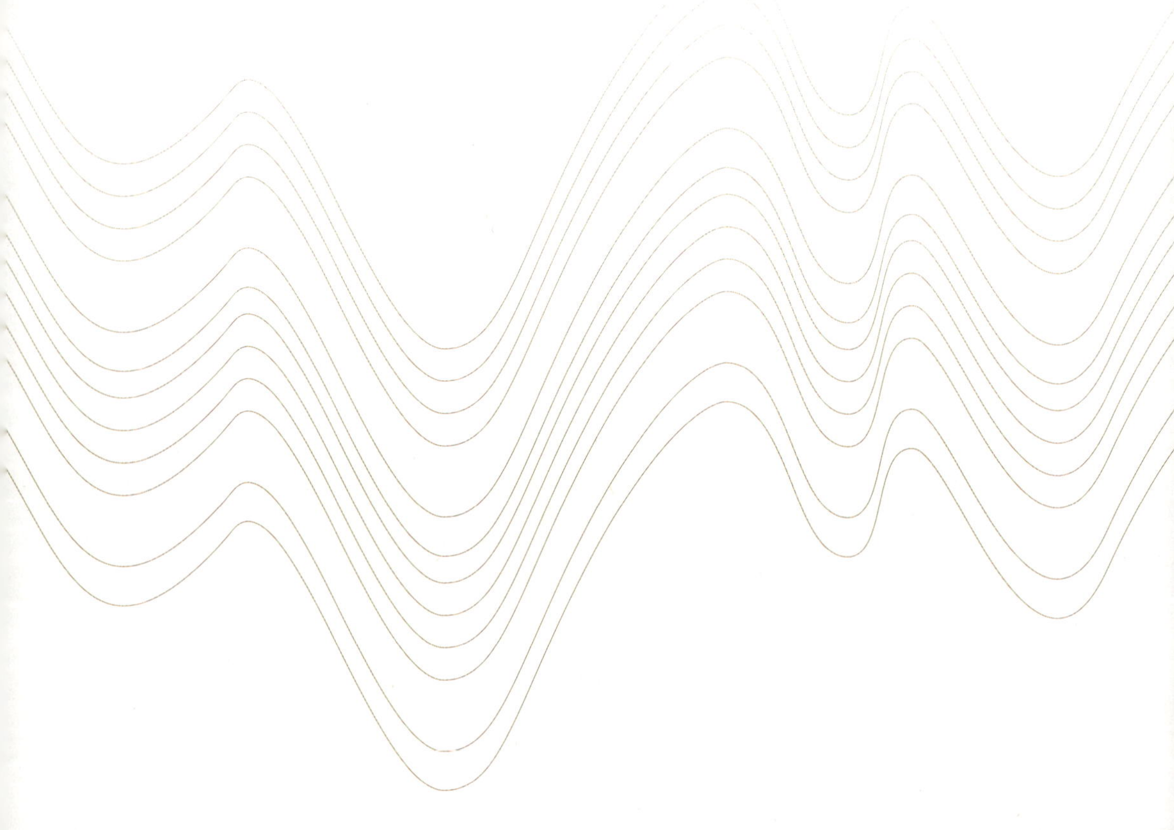

井

王 松

人类是什么时候与井结缘的，怕已无从查考了，就如古老岩壁上的图画是从什么时候变成了汉字一样。但井一定是先于汉字存在的，据考古资料显示，在河姆渡遗址上就发现了古井。由此看来，井无疑有着更为古老的人文基因。

中国的村落千千万，有的依山而筑，有的傍水而居。尽管地势不同，格局不一，但有一点是相同的，必定都会有着一口乃至几口如乳汁般滋养这方百姓的井泉。《淮南子》说：“伯益作井，而龙登玄云，神栖昆仑。”井的发明，使人们可以离开江河而居，远离水患，在没有江河的地方也能找到灌溉庄稼的水源。由此推展开去，掌握了水源，人类就掌握了自己的命运，摆脱了大自然的很多束缚，直至成为世界的主宰。因此，龙也要腾云而去，众神也远远地避到了昆仑山上，因为他们已经意识到，世界将要发生重大的变化。

随着井的出现，古代先民变沿河而居为依井而居，以井为中心组成村落。村中之人，同饮一口井，对这口井的依赖，使他们产生了亲密的关系，“死徙无出乡，乡田同井。出入相友，守望相助，疾病相扶持，则百姓亲睦”（《孟子·滕文公上》）。特别是离乡在外的人，对乡井、乡亲的感情则又更深一层。有个朋友和我表弟同村，在家时因为一块宅基地的纠纷，两人颇有过节。后来朋友外出谋职，在一家企业主事，表弟开发家乡的山泉，做起了泉水生意。有一次表弟托人找到那位朋友，求他设法帮忙打开销路，朋友二话不说，竟慷慨相助，两人遂成生意伙伴。因为故乡的一口山泉，最终化解了一段积怨。“美不美乡中水，亲不亲故乡人”，此言不虚。

前些日子回了趟老家，因为天气太热，一有时间就到村头的水井边乘凉。井边有三棵长得粗壮的酸枣树，树下的几块青石已被老辈人坐得溜光铮亮。井是一口老井，据说至少已有三五百年的历史。井水是从山下石罅里涌出的泉，因此几百年来，无论旱涝，井水都不消不涨，仿佛独自处在一个天地中。

老井占地约百来个平方米，全部用青石镶边，依井水流向又分割成三级，是南方最常见的三眼井。三级各有不成文的使用规则。第一级是水头，是专供村人挑水和饮用的，水清澈澈的让人一眼就能看清井底漂曳的兰丝草，草间还有几条小鱼在悠悠地游玩。我用矿泉水瓶满满地装上一瓶，水瓶外壁立即就蒙上一层薄薄的霜雾，凉爽的气息很快就从握瓶的手上传至全身。如果你是一个烈日下劳作归来的农夫，或者一个匆匆赶路的过客，是怎么也无法抵御那井水的诱惑的。第二级是洗菜池，在村里炊烟初起之前最为热闹。村人们毫不避讳自家的伙食状况，哪一家来了客人，在洗菜的时候也都会一目了然。第三级是洗衣池，最热闹的时候是清晨和傍晚。媳妇们在这里一边漂洗一家人的衣物，一边七嘴八舌地叨着家常，别人家的秘密，多半就是在这里泄露出去的。倘若哪家的男人是在城里做事的，他的婆娘就会成为这时的主角，她会发布很多在枕边听到的新鲜事，有心的人听了去，或许就会变成一个商机。洗衣池往下，就是出水口，出水口也用青石砌了一段沟渠，汉子们劳作回来，就在这里清洗锄犁，也同时洗去了身上的泥浆和疲惫，再到酸枣树下美美地抽上一袋烟，此时落日余晖下面升起的炊烟，会让他们感到无限的温馨。

三个井池的使用虽然没有成文的规矩，但几百年来却被严格遵守着。倘若你在饮水池中洗手，或者在洗菜池中洗了脚，让路过的老人看到，必定会招致没完没了的数落。

永福县境山林密布，无论是山间还是村落，流淌的山泉数也数不清。永福人因泉制井，喝的都是新鲜的矿泉水。2007 年，政府组织对全县井泉的水质做了一次抽样检测，绝大多数井水都呈弱碱性。专家说这是最有益于人体健康的水质，永福人的长寿和他们的饮水是有一定关系的。

2008年永福举办第三届福寿节前，筹委会比照民间井泉的水质和知名度，评出了永福十大名泉。在这十大名泉当中，最为著名和最有文化内涵的，要算是百寿镇外百寿岩旁边的丹砂井了。相传，该井在汉代为当地廖氏家族所有，《永宁州志》有载：廖氏一门饮此井，多得长寿。于是很多到百寿旅游观光的客人，都要慕名饮上一口丹砂井水，再去观摩百寿岩中的百寿图。导游小姐解释说，这样就能获得双份的寿缘。而最漂亮的名泉，应属永福镇高街屯的葫芦泉。这是一口双眼井，村人将泉水用青石围成葫芦形状，青石周围再镶以大大小小的花街石，如繁星拱卫着一般，使人初看会感到一股超凡出尘的气息，仿佛取自名山仙境。而葫芦里汩汩流淌的，是清纯的美酒，还是酽酽的乡情呢？

老辈人大都对井有着深厚的感情。井往往是故乡和亲情的象征，古话说：乡井难离。《周易·井》说：改邑不改井。说的是村落和居所可以改变或迁移，但井是不会改变的。我们暂且撇开这话的哲学意义，而剩下的，不就是对故土浓浓的依恋之情吗？过去在永福乡间，每天一大清早，乡人们都要早早起来，第一件事就是去挑一担清晨的井水。那挑到了清晨第一

百寿龙井　张荣翔/摄

担井水的，更是兴高采烈，像是抽中了头奖一般。老人说：井水在夜间吸纳了月光的精华，喝早晨的井水能够多福长寿。我不知道这里面有没有科学道理，但细想起来，井水经过一夜沉淀，水质澄清，清早喝一碗这样的水，确实会使人感到神清气爽，仿佛清洗了五脏六腑一般，这对调节人们的身体机能，或许确是有益的。

尤其是每年的正月初一，人们早早来到井边挑水时，总是忘不了带上几炷香和一些纸钱，先是恭恭敬敬地焚香烧纸，敬奉井神之后，才能到井里汲水，挑回家中。那是在祈祷一年的风调雨顺，家庭的幸福平安。如果遇到干旱的年岁，村民们还要在德高望重族长的带领下，到井边举行祭井仪式，祈祷井泉不要干涸，清水永注，以滋养干渴的田园。

饮水思源，人们同样对井的制造者怀着深深的感激之情，吃水不忘挖井人，于是，世间便有了尧井、舜井、禹王井以及东坡井这样一些以人名命名的井泉。老百姓无力编撰史籍，就用这样的方式来纪念那些凿井惠民的先贤们。同时，井又成了行善积德的工具。永福民间有很多的井，井边常常悬挂着汲水的工具和饮水的竹筒，这是善良的人们专为离乡背井的游子准备的。盛夏酷暑，烈日当空，外出谋生的旅人，浑身都被浑浊的汗水打湿。这时，路边的一口井水，正是他此时最渴望获得的帮助。“黄尘行客汗如浆，少住侬家漱井香。借与门前磐石坐，柳阴亭午正风凉。”范成大的这首诗，正是这种情景的写照。久而久之，这口井就会道路相传，像孔家井、凉水井、龙井、井门这样的地名就诞生了。而有的旅人，可能还会因为一口井水，成了井边人家的客人和朋友：“主人不相识，偶坐为林泉，莫谩愁沽酒，囊中自有钱。”（唐·贺知章《题袁氏别业》）

想起有一次到朋友家里做客。朋友的父亲在解放前念过中学，还在旧军队服过役，爱饮茶，已经八十高龄，身体依然健朗。朋友家门外有一口老井，饭后，我们与老爷子一同坐在井边乘凉。当聊起井的话题时，老人家忽然语含深意：井总是素颜朝天，内心明澈，深沉平静，不消沉也不满溢，滋养人又不自居其功，有君子之风哦！

然而，就像许多我们曾经熟悉的古老文化纷纷在现代社会消失一样，井也正在悄悄淡出我们的生活。很多乡村，自来水已接进了家门，没有几个人愿意再到井里挑水了；外出的人们，随处都可以买到瓶装的纯净水，他们不必再像古人那样，在一条被烈日烤干的征途之上，不断回味着家乡的那口老井；而城里的孩子，几乎没有了井的概念；有的乡井也逐渐废弃甚至干涸，仅仅活在老年人的故事当中。用水的方便，使我们不再对井有着昔日的依恋。也许有一天，当我们完全抛弃了井的时候，就会发现，又一种古老的文化将在我们眼前消失。

苏桥：一种别样的情怀

莫永军

很喜欢“苏桥”这两个字。这两个字，弥漫着一种飘逸的江南风韵，弥漫着一种别样的水乡情怀。

水添灵气，无水不活。如此奢侈地拥有这两个字眼的地方，不可能没有水。是的，苏桥有水，不仅有水，还拥有星罗棋布、纵横交错，堪比江南水乡的复杂水系。

大溪河是苏桥的母亲河。大溪河具有作为母亲河的一切特性：胸怀宽阔，深沉忍韧，包容众生，滋养一切。大溪河由南部出境，汇入西江支流柳江，水量充沛，为苏桥乃至永福提供了源源不绝的养分。横跨其上、伟岸奇雄的大溪河桥，就像是她的子民为母亲河打造的一条金腰带。

另一条小河流叫相思江。相思江很小，也很美。大溪河是丰腴的美，是奔放的美，是壮阔的美，是豪放的美。而相思江则属于纤弱的美，属于婉约的美，属于含蓄的美，楚楚生姿，委婉动人。她纤弱的臂，悄悄环绕着小小的苏桥古街，尖尖的指，轻轻拨弄着流逝的古镇风情。她时而一脉成丝，时而聚露成池，江畔竹影摇曳，枫柳生姿。看着在岁月中默默流淌、渐渐流逝的相思江，你心底自然会萌生怜香惜玉的情愫，暗叹青春不驻，时光不再。在相思江已近枯竭的上游，伫立着一座小小的、古色斑驳、历经沧桑的荒废小石桥，如一枚精致的指环，千百年来不离不弃，紧紧地守护着她，守护着有关爱情的远古秘密。

大溪河、相思江是苏桥的美丽彩带，青龙湖、狮子湖、老虎口、寺背、七排岭、高峰等20多座山塘水库，则是苏桥闪烁的明珠了。徘徊青龙湖畔，感受着“落霞与孤鹜齐飞，秋水共长天一色”的壮美景色，沧桑之感，油然而生。“养在深闺人未识”的狮子湖，随着资本的涌入，美丽的面纱即将揭起。

水墨渲染，山水情怀。

如今的苏桥很大，一桥之隔，宽阔的土榕大道、木兰大街和规划井然有序的工业新区，可以任你的梦想驰骋。苏桥也很新，新街区、新开发区、新楼盘，创新发展带来新风貌，为桂北小镇插上了遨游新时代、放飞梦想的翅膀。苏桥，成为引人入胜的投资热土，从新的角度诠释了别样的情怀。然而还是喜欢苏桥的小，小得纵使百转千回，你也不能在苏江街口邂逅你失落的爱情。喜欢苏桥的旧，旧石桥、古樟树、老瓦檐、青砖灰墙。在每一个黄昏，在一些随性的周末，你可以为自己经营一段古旧的岁月。流连太平老村，用单反相机捕捉老窗格剪裁的夕晖。伫立西登山顶，憧憬一份神圣。静坐狮子湖畔，垂钓一段心情。漫步东街，自拍一份自恋。相约相

苏桥老街的大樟树　吕杰 / 摄

思湖公园，消费一种面对面的孤独。溯着历史的脉络，你甚至可以触摸到清代以“民以食为天”夺魁状元的张建勋，以及“才华未展，人多惜之”的榜眼于建章……思忆至此，还有什么可以让你眷恋，让你不舍，让你固守的呢？唯有如歌岁月，诗书情怀。

让时光慢下来，让慢下来的时光，回味一段平凡的岁月，平复一片内心的澎湃。

亲水西河

时陆忠

清澈的西河水在群山间百转千回，一路欢腾吟唱，在离永福县城七公里处的长塘至拉搞村屯之间，似从两峰夹峙的“天门”中涌出，宛如长湖，水流舒缓。

在永福县城，有一群乐水亲水的人们。2001 年，从县城老水厂至泡口村一带多点考察后，他们最终把拉搞河段选为冬泳队的固定游泳场地。他们投工出力，筑路、建码头、构建简易挡雨长亭、安装太阳能灯等，使它成为一个适宜四季游泳的好场所。

春潮涌动，春寒料峭，黎明中他们跃入西河江水畅游，一天天一月月始终坚持，他们用坚强的意志笑傲西河。每一个清晨，健儿们下水，浪里白条，碧波荡漾中欢声笑语此起彼落，欢乐的旋律回荡河谷。

炎夏凌晨，霞光拂过，翠绿的水面，映照在游泳者身上，“日出江花红胜火”，瑰丽的景象令泳者叹为观止。西岸山峰上白云轻轻飘逸，荡漾在西河上空，天水一色，仙境一样的美景令人陶醉。

每当春夏洪水高涨后，码头的台阶淤泥堆积，大家就齐心合力，用铁铲铲除，提桶装水冲刷，用扫帚清扫，清洁码头后，再投入滚滚激流中游泳。

秋高气爽，人勤天早，天空中白云朵朵，倒影如画，他们在西河中流击水，慷慨激昂的豪情冲散秋天寒意，似要把西河沸腾起来。

冬天萧萧，寒风怒号，霜冽大地，河水刺骨，江面浮着一层薄薄流雾，寒流涌动。坚持常年游泳的冬泳男儿热身运动后，毅然跳入河水，尽管开始几秒钟有全身冻僵的感觉，但努力游泳，肌肉做功，全身会散发出大量

西河晨泳　吕杰/摄

热量，出水后全身还会“热气腾腾”。水墨西河背景下，似仙女下凡。

游泳不难，难得的是坚持；坚持和紧守需要顽强的意志和坚韧的毅力，而冬泳恰好是最考验人的意志的最佳体育活动之一。由于坚持游泳，感受了一年四季水势水流的变化，自己的身体渐渐适应了西河的水温。由秋入冬时，水温渐渐变低，寒冷逐渐加剧，而气温的变化并不全是渐进式降低，突然降温的情况并不少见，这也会使冬泳者的内心产生强烈的变化。怕冷是身体上一种本能的反应，由于有队友们的鼓励，加上平时坚持游泳，良好的习惯容易克服畏寒情绪。

三九寒冬，气温降到一度甚至零度，天还没有亮，窗外的寒风呼啸。清晨六点前，队员们从温暖的被窝里起床，就需要战胜自己的惰性、克服贪图舒服的思想。队员们来到冷清的河边码头，脱掉一件件衣裤，暴露在凛寒中，这就要求队员们必须要有乐观的精神和战胜严寒的气概。当队员们纵身一跃跳入冰寒的河水中，身体遇冷，全身血管马上收缩，冻僵的全身像被钢铁束缚了一样，他们必须奋力游，通过运动的肌肉产生能量来驱除身体的严寒。这时，身体动用了贮存在内脏血液中带来的热量，促进了全身的血液循环。血液循环带来的热量通过毛细血管带到皮肤，保持体温恒定。全身血管的收缩扩张运动，血液循环的加快增强了血管壁的弹性，使血管壁不容易让血液里各种脂类沉积形成动脉粥样硬化，进而减少高血压、脑卒中等心脑血管疾病发生的风险。冬泳归来，大家感到头脑特别清醒，全身轻松，思维活跃，身体充满活力，所以坚持冬泳有强身健体、增强人体免疫力的积极作用。这也是冬泳者很少感冒的原因。

这群常年驰骋在西河中的人们，同甘苦共“患难”，大家的心更近了，结下了深厚的感情。他们在工作中爱岗敬业，乐于奉献，充满正能量；生活中积极向上，互相关心，文明礼貌，乐活健康。在冬泳队员身边发生了很多有情、有义、有趣的故事，像滔滔西河水绵绵不断，在美丽的永福中流传。

百寿河漫笔

张荣翔

百寿河，一条会开花的河，一条承载着厚重历史文化的河，一条富有韵味的河。

百寿河蜿蜒曲折、多彩多姿，或急湍汹涌，或安若明镜，或碧绿如带，或深幽静谧，但总是清清澈澈。

初识百寿河

我最初感受到百寿河的韵致，是在 20 多年前。

记得是 1999 年 5 月，我刚到百寿镇政府工作不久，随镇主要领导一起下村石龙、山南和双桥。镇政府司机送我们到低塘江大桥，之后便是步行，好在一路是青山连绵，树木葱茏，小溪潺潺，鸟语花香，走得不算吃力。途经山南村的得玉岭、罗田，石龙村的韦家、龙寨，到石龙村八胆屯时已经是下午一点多钟，热情好客的石龙村罗支书早已为我们备好了午饭。

山泉水煮的饭菜确实好吃，这是我到乡镇工作后在山里吃的第一餐饭，感到特别香甜。我们一边吃饭，一边了解村里的情况。

吃晌午饭时已开始下雨，我们担心涨水过不了河，匆匆填饱肚子，丢下饭碗便忙往回赶。

回来走的是另外一条路，这是山里村民到百寿的赶圩路。不知道人们走过了多少年，无论是村子边的石板路、鹅卵石路，还是密林下的陡峭山路，都被踩踏得光溜溜。最惬意的，是沿着河岸行走，一边是清清河水，一边是青青山峦，河的两岸岚雾缭绕，云蒸霞蔚，犹如仙境。

河水一直在涨，已经漫过滚水坝上的跳石，但河水始终是清澈透明的，还看得清跳石。我战战兢兢地随同事一起踏着跳石过河，既兴奋又紧张。两次蹚过齐腰深的沟壑，衣裤都已湿透，沁凉沁凉的。

时间不早，路途较远，我们既要赶路，又得了解沿途村屯的春耕情况，还不忘赏景，时常会有同事滑倒，大家报以一阵哄笑声。

经石龙村的老翁、拉社，过山南村的车田、武馆，出双桥村的水岩、拉末，最后又回到低塘江大桥，来回估计步行了30多公里，走了八个多小时。

同行的政府干部告诉我，我们今天蹚过的河，就是百寿河干流。

百寿河之源

百寿河干流源于永安乡独州村，流经百寿镇石龙、山南、双桥、三河、白果、寿城、朝阳、东岸等八个村委会41个自然屯，汇入西河主干，全长约40公里。

百寿河还有凤凰河、拉孝江、芒洞河、长镇河四条支流。

独州村背靠永福县内最高峰登云山，山脉连绵，地势险要，易守难攻，这一带曾是明代韦朝威、韦银豹领导的农民起义军的大本营。现在已安装了风力发电机，大大的风叶每天在悠悠转动，默默地为城乡输送着清洁能源。百寿河每一河段都有一名称，百寿河干流窑田至车头叫山南河，石龙村境内叫石龙河，永宁州古城一段叫东门江。

支流凤凰河也源于永安乡独州村，流经旧县的叫旧县河。旧县屯曾是常安县、纯化县、慕化县、古田县治所，历经800多年。这一带河面宽阔，河水深幽，河中鲤鱼特别肥美，流域土地肥沃，物产丰饶。

支流拉孝江源头在永福县与融安县交界的大雾山，海拔1291.6米，比登云山还高，山上常年大雾弥漫，古树苍翠。这一带出产的百寿红茶曾十分有名。

拉孝江在江岩村与白果村交界的五里河段，这里长满了国家三级重点保护植物——海菜花，被称为“一条会开花的河”。江面上一年四季可见海菜花开，5—10 月份盛花期间，平静清澈的水面上，满河盛开着朵朵洁白花瓣黄色花蕊的海菜花，接连成片随着水波舞动，似繁星点点，美不胜收，吸引众多游客前来观赏。

百寿河流域上游和下游是水源林区，这里涵养水源、庇佑生态，赐予百寿青山绿水、优质空气和优良气候。中游是农作区，径流不息的河水浇灌着 43600 多亩良田，盛产水稻、罗汉果、柑橘等。百寿福地环境优良，水土养人，长寿现象绵延，有诗云：“可恨天公诚不平，倾将膏腴泽永宁；水旱无忧三千垌，十里常逢百岁人。”

古井悠悠育桑梓

百寿镇井泉众多，历史悠久，有的古井距今已上千年历史，有的山泉直接从溶洞中涌出，流成小溪，汇入百寿河。千百年来，这些古井养育了一方百姓，也孕育了众多英杰。

在寿城村双排屯的东门江边，一股清澈的泉水从两瓣巨石间的深穴中汩汩涌出，流入东门江。石瓣上下相连，中间是一道狭长的泉眼，形如一个巨大的女性生殖器，百寿流传有“玉女亮羞，福水长流”之民谚，人们称这口井为“玉女泉”，是永福县十大名泉之一。

关于玉女泉，百寿民间有个优美的传说：玉皇大帝身边有一位叫徐娘的驯马女仙官。有一天，徐娘领着五匹天马来到这个水草丰盛的地方，看见人间男耕女织夫妻恩爱的幸福生活，激发了思春之情，后来因违反天规，玉帝大怒，将徐娘点化成石头，河边便有了长年流水不断的玉女泉。到了元朝，有卢、叶两姓人家到此建村居住，左边一排人家姓卢，右边一排人家姓叶，该村就叫双排村。到了明初，又有徐姓人家到此居住，卢、叶两姓不知何故竟先后迁走了，如今全村都是徐姓人家。

旧县屯北两里的龙井屯有口古井，清冽甘泉汩汩涌出，不仅是当地的饮用水源，还可灌溉 800 多亩稻田。

从唐代到清末 1200 多年间，百寿地方每遇到干旱年份，地方官便到此拜祭“井龙王”，祈求龙王降下甘霖时雨，除旱祛灾，以救苍生黎民之苦，故名之“龙井”，龙井屯也因井得名。龙井在宋代就已有“古县第一泉”的美誉，官道旁立有一块大石碑，中间竖刻“龙井”两个大字，两旁刻有一副对联：皇恩武德垂千誉，古县蛮疆第一泉。

龙井屯还是“江南第一好官”刘含章的故里。

刘含章生于清康熙三十二年（1693 年），清雍正元年举人，曾任湖南省乡试同考官、武缘县（今南宁市武鸣区）教谕、秀峰书院主讲席、江阴县令等职。他博学正直，一生为官清廉，政绩卓著。

刘含章长于诗书，著有《谷音集》，内多涉农之作。其中一首《澄江劝农》：“叱犊分秧去复回，绿蓑青笠绕江隈。长官亦是农家子，一见良苗笑口开。”此诗表达了他不忘根本、重农悯农之心。

永宁州古城城西二公里，从九落岩中流出一泓泉水，形成一条潺潺流动的小溪，叫九落江。九落江两丈多宽，浅浅的小溪非常平缓，溪水清澈见底，百寿镇寿城社区西门上屯就坐落在小江边。

这是中国少数民族教育先驱刘锡蕃的出生地。刘锡蕃，亦名刘介，19 世纪末诞生于一个普通百姓家中，1911 年毕业于广西优级师范学校。民国时期曾任三江、融县县长。他在三江、融县期间，常常深入少数民族居住的山区调查，搜集了大量关于少数民族生活习惯、风土人情的资料，写成了《苗荒小纪》一书。20 多年后，他又完成了数十万言的民族学巨著《岭表纪蛮》，在国内外产生了深远的影响。

1935 年，广西特种教育师资训练所成立，这是一所专门面向少数民族子弟招生的学校，也是中国历史上为少数民族创办的第一所专门学校，刘锡蕃任所长。后该所先后更名“桂岭师范学校”“桂林民族师范学校”，刘锡蕃任校长。

1950 年，新中国成立后的第一个国庆节，中央人民政府特邀刘锡蕃先生进京登上天安门城楼观礼，刘先生受到周恩来总理的亲切接见。总理高度赞扬他为少数民族工作做出的特殊贡献，肯定了《岭表纪蛮》的学术价值，赞誉刘锡蕃先生为“中国少数民族教育先驱”。

家住百寿镇县圩街的老艺人梁景明先生，一身技艺众多，被当地人尊

东门江陂坝　吕杰 / 摄

称为“宝师傅”，享誉永福、融水、融安、三江一带。他是祖传银匠，技艺精湛。他又是永宁州“福菜宴席”“寿菜宴席”制作的传人，20 世纪 70 年代，联合国卫生组织的专家团到永福县百寿镇考察合作医疗和儿童保健工作，他制作的四道地方风味菜肴——“胎泥鳅”“酿田螺”“金丝豆芽”“水晶豆腐”，倾倒了国内外的专家。他是桂剧“记老”刘长春的大徒弟、衣钵传人。20 世纪 50 年代，他担任永福县立文工团总导演，由他创作并导演的《跃进马》在广西壮族自治区首届文艺大会演中夺得金奖第一名，获“广西民间甲级艺人”证书。

当代著名作家黄继树，1943 年 9 月出生于永福县百寿镇白果村鲁洞屯，现为一级作家、中国作家协会会员、广西作家协会副主席、桂林市文联原主席、桂林市作家协会原主席。他著有《第一个总统》（与人合作）以及《桂系演义》《败兵成匪》《北伐往事》《灵渠》《黄继树作品自选集》《大清名臣陈宏谋》等作品。

《桂系演义》《在龙脊上起飞》《灵渠》分别获第二、三、九届广西文艺创作铜鼓奖。

百寿四宝

东门江从永宁州古城东门前流过，是百寿河精华部分，留给百寿人的是优美传说、文化积淀和叙别乡情。

东门江两岸风光旖旎，景致迷人。前人赞永宁州的诗中，有“浮水三星色黛翠，连江五马势奔鸣”之句，“连江五马”就是双排村后面的五座山峰，“浮水三星”则是临江坐落在西岸的三座秀丽的小山，似镶嵌在巨幅绸缎上的三颗宝石。

百寿镇东门江旁有四件宝贝：古石城、重阳树、丹砂井、百寿岩。

永宁州古城临江而建，始建于明成化十三年（1477 年），初时为土城，明成化十八年（1482 年）改建成石城。城近似长方形，南北长一百六十余丈，东西宽约百丈，城高约一丈九尺，厚八尺许。旧时，城墙上用青砖筑有四尺多高的城垣，六百三十七个垛头，四座敌楼，四座兵马司，十二座窝铺，东面城垣上还建有一座七层的魁星楼，东南西北建有四座城门，分别叫“东兴”“永镇”“安定”“迎恩”，古城城墙至今依然保持着威武雄壮的风貌，2015 年被列为全国重点文物保护单位。

2013 年，永宁州古城东门前，江面上筑起了一座长一百五十米、宽两米多的滚水坝，滚水坝的两端分别建有下河码头和过渔渠道，坝体设有过水涵洞，上游侧设闸槽，视水流大小开闸，河水经过水涵洞排泄，泛起雪白水花，十分好看。坝体上安有花岗岩跳石，河水漫过坝体露出跳石，人们可踏着跳石过江，清流哗哗，分外惬意。滚水坝的上下游，碧水悠悠，鱼翔浅底，与雄伟的古城墙相映成趣，构成一幅美不胜收的山水画。

距滚水坝约百米，一棵高约三十米，胸径围六米多，有九百多年树龄的重阳树，据说是世界上最大的重阳树。树中部大约五米高的地方还很奇妙地寄生着一棵脚盆大的大榕树。历经近千年风雨的重阳树巍然伫立着，枝叶青郁，树冠繁茂，枝条遒劲，两种树木枝叶缠绵交错，刚柔相济，令人称奇。重阳树下，是人们休闲、纳凉、聊天的好去处。

很多当地百姓会把重阳树看成神树，给孩子认作“寄娘”（干妈），祈求树神庇佑，除病消灾，保一生平安。

有关丹砂井的记载，最早出自东晋道教理论家、炼丹家、医学家葛洪所著的《抱朴子》。

葛洪本在东晋朝廷做大官，但他晚年对官爵禄位已不感兴趣，而是热衷炼丹术，带着儿子和侄子一路往南，到广西做个小小的“勾漏令”，以便寻找丹砂炼丹。辗转到常安县（今永福县百寿镇），到一岩洞歇息，发现岩前有一井眼，井水清澈晶莹，色淡红。这不正是朝思暮想、梦寐以求的丹砂井吗？于是葛洪便在岩洞中住了下来，日饮丹泉，夜炼丹砂，著书立说，历时数载。葛洪不仅发现了丹砂，还发现了一大奇迹，就是住在岩洞附近一个廖姓家族，饮用岩前的丹砂井水，人多长寿，其中一个叫廖扶的老人更是活到 158 岁。

百寿县得名于百寿图。宋代绍定年间（1228—1233 年），史渭到古县（今百寿镇一带）任知县，上任伊始，发现当地百姓屡因丹砂井水发生纠纷，诉讼不断，时有械斗流血丧命事件发生，便下令远近村庄每户推举一位老者前来协商解决井水纠纷的办法，以止械斗，安宁县境。不料，来者竟然有多位百岁以上老者，他们给史渭出谋划策，很快便把困扰地方多年的丹砂井水纠纷案解决了。从此，四方安宁，县境和谐，人寿年丰。史渭由此受到启发，绍定己丑（1229 年），邀请当时一批书法名家齐集夫子岩内，大家寻经查典、广征博引，精心构思创作了这幅百寿图。史渭请来一位叫王鼋的摩崖石刻高手，将百寿图镌刻于岩内石壁中部，雕刻极其精美。大寿字为阳刻，字体端庄大气、厚重圆润；小寿字为阴刻，刻在大寿字的笔画里，真、草、隶、篆各体皆备，百字百体，每个字旁均注明文体出处。大小寿字浑然一体，其妙无穷，实为世间仅见，堪称宋刻巨制。世人谓之曰：百寿图。

“百寿图”具有很高的历史价值、文化价值和艺术价值。2015 年，百寿岩石刻被列为全国重点文物保护单位。

岁月悠悠，江河浩浩。百寿河生生不息，滋养着一代又一代的百寿人，也孕育了魅力十足的福寿文化。

河　口

刘　莹

罗锦镇江月村下辖的河口屯地处金鸡河水库两条支流大河、小河下游交汇处。这里是永升村与外界相连的出入口。往上走是山区，崇山峻岭护卫着两条姐妹般的山溪汩汩而来；往下看是平原，碧绿的田畴被喀斯特地貌形成的群山包围着，晴天霞光万丈，雨天云雾缭绕，颇有国画之风。

小时候交通不便，信息闭塞，大山里几乎所有的新鲜事都是从这里辐射。赶圩经过河口，上学经过河口，传递通知要通过河口，种田割禾要来到河口。一个前辈曾经说：“以后嫁人，你们一定要嫁街头口岸。”我相信河口一定包含在她说的“街头口岸”之中。

街头口岸成了我少年时期憧憬的最繁华、最新鲜、最有吸引力的地方。两河交汇处，只不过住着两三户人家。其中一户开着小卖店，他们家有两个花一样的女儿，大的叫国英，小的叫国兰，她们的父亲跟我的父亲是好朋友，我跟她们是好姐妹。豆蔻年华的姐妹俩，在大山气候的滋润下，美得跟天仙一般。看到她俩提着篮子到河边洗衣服，感觉就像看到仙女下凡。尤其是国英姐姐啜着嘴巴吃饭的样子，感觉就像大户人家的小姐一样，既美丽又高贵。

另外一户人家不知是不是亲戚，反正女的我们叫表娘，男的叫表伯。他们家好几个孩子，老大老二跟我们年龄差不多，其他就是小屁孩了。这家人男孩两三个，经常到河里捕鱼，他们捕鱼的方式跟别人不一样，不是钓鱼也不是网捕，而是抡起大石锤使劲往小石头上一砸，结果那些石头下面的小鱼儿就翻了白。男孩们把翻了白的鱼儿捡到捆在腰上的鱼篓里，半

河口　吕杰 / 摄

天下来也有一两斤。晚上回家烘干了，留着就是美味的干鱼仔。

在物资极度匮乏的 1970 年代，百姓餐桌上少荤腥。他们家却有这么高级的存货，这是令人羡慕的。农忙时节曾经跟大人们去插秧，因为贫穷，一些村民往往带饭没带菜。这家女主人就叫他们的孩子帮煮一点菜，“放点干鱼仔吧。”女主人这么交代。

可是最后端上桌的菜，不但不见干鱼仔，一点鱼粉也没有。其实，大家是理解的，女主人做足了面子，表达了心意，而孩子们舍不得执行，或者压根不想执行——那时候的荤腥，比黄金还珍贵。这些好不容易打上来的小鱼，他们自己又何尝舍得随便吃呢？再说，免费提供一点素菜，已经是十分的恩赐了，那时候，能正儿八经吃上小菜的，又能有多少人家呢。

河口是热闹的聚集地。赶圩回来的人，都要在这里歇歇脚，聊下天，在小卖店买点赶圩时忘记买的东西，比如白糖、火柴、盐巴之类的。老板娘在狭小的柜台里忙得满头大汗，因为不抓紧时间，这些赶圩的乡亲回家就会黑麻麻的了。小时候经常听到下屋的一个伯伯扯起嗓子在遥远的山边喊家里人："快点个火把来——快点——"这个时候，就知道大人赶圩差不多到家了，遇到好的时候，会有一点儿山楂片吃。

20 世纪 80 年代初，经济条件慢慢好些了，但那时候家乡还没有电灯电话，河口也没有。

那年高考，我感觉自己考得不错，于是天天在家等录取通知书。可是等啊等啊，等得心都焦了还没有等到。估计这次黄了。正在我万分失望的时候，一天晚上，房叔婶婶敲响了我的房门："英子，你考上师范了，上面通知你明天去体检。"啊？我突然好激动，问婶婶："您怎么知道的？"

"是河口那个国英让我转告你的，估计是上面通知的。"就这样，我的高考录取通知，通过河口这么一个交通口岸，人传人传给了我。至于那个纸质通知书在哪里，我已经顾不得那么多了。第二天，由小哥单车送再转乘班车奔赴县城，跟我一批录取的同学已经开始体检——谢天谢地，一切都是最好的安排，我的人生前程没有被耽误。

因为这两条河流的交汇，河口无疑成了地方上一个重要的交通枢纽。

改革开放的春风，也是从这里吹入大山。要想富，先修路。村民们开始自发集资，修路架桥。感恩于大山的培养，已经移居城市生活的我，也为家乡建设积极奔走，到有关部门申请了部分资金，跟乡亲们的集资款一起，在家乡的小河上架好了一座小小的钢筋水泥桥。每当从这座桥上经过时，我就想到当年村支书带领乡亲们修路架桥的艰辛，从而更加珍惜现在的好日子。后来，"村村通"工程惠及乡村，国家出资修了一条平坦的水泥路，出入山区的车辆多起来。大家出行更方便了。

如今，河口这个村子越来越大了。在国家好政策的帮扶下，生活在高山上的一些偏远村民全部搬迁下山，在河流附近安营扎寨。他们或种柑橘，或做买卖，日子滋润起来。

家在城里，家园在乡下。离家几十年的我，忘不了年迈的父母以及家乡的一草一木。每个月开车回家，我都要经过河口，年少时那些小伙伴，早已离开家乡各奔前程，但是这两条河流依然如故。它们泛着白色的浪花，不知疲倦地日夜奔流。如今的家乡，再也不像昔日那般萧瑟，它周围的山岭，青葱翠绿，放眼望去，到处是砂糖橘、罗汉果以及各种各样的农作物。

青松翠柏，相环相拥，片片翠竹，婀娜多姿。

行驶在家乡平坦的水泥路上，看到山下弯弯曲曲的小河，情不自禁想起小时候读过的一篇文章——《小溪流》：

> 叮咚叮咚，一条清凉的小溪流，沿着蜿蜒的山沟，蹦蹦跳跳地走下来了……

想起这篇文章，昨天的一幕幕便又在眼前鲜活起来。过去的几十年，父辈们肩挑手提，艰难跋涉。如今，人们居住有别墅，出入有轿车，早已跟昨天的苦日子告别。

山川，河流，是人类生命的源泉。它孕育了生命，孕育了文明，更孕育了我们今天的好日子。河口——这个两条河流穿过的小村，就是这一切的见证人。

祝愿家乡越来越好！祝愿我们的祖国更加繁荣昌盛！

行走在福寿山水间

赖红艺

有一个地方，山水风光秀丽，人文历史厚重，引得众多驴友集结在此，那就是位于桂林西南面的永福县。它是全国有名的福寿之乡，也是大桂林起步较早的徒步胜地。

永福汇江、岩、湖、洞、泉、峡、瀑、林、洲为一体，自古就有龙溪晚唱、银洞流清、杨井天泉等永福八景和古田八景。正是这里风光旖旎，加之强度适宜的徒步线路，引起了国际市民体育联盟中国区总部（简称 CVA）的关注，该总部连续四年在永福县福寿节期间，组织千人徒步活动。2010 年，永福县将山地徒步运动与自然养生之道巧妙融合，打造了“福禄线路”“西登山线路”及“凤山线路”等三条精品徒步线路，除我国之外，还有来自美国、德国、法国、英国等国的徒步爱好者，以及塞尔维亚、马尔代夫、黎巴嫩等国家的驻华大使共 1000 多人共同徒步，体验了充满神韵的福寿山水。在国际徒步福寿山水大会的启动仪式上，国家体育总局、CVA 及中国登山协会有关领导为这三条精品徒步线路做了“永久性线路”认证。2016 年 10 月 24 日，我有幸参加了第十届永福养生旅游福寿节暨第六届永福徒步大会，跟着驴友们体验了三大经典徒步线路之一的“西登山线路”。

西登山在永福县苏桥镇石门村境内，海拔 694 米，属天平山山脉。西登山林木葱茏，山鸟幽鸣，泉水甘洌，景色迷人。山顶有一庵名叫龙口庵，建于明朝宣德年间，因庵堂前有一龙口泉而得名。清嘉庆年间，在龙口庵前又建了两进大庙，名“西登寺”。在福寿广场参加完开幕式之后，来自四面八方的驴友们集结到了石门村委会门前。负责人宣布了纪律和注意事项后，徒步队伍在五颜六色的群旗引领下，踏上了蜿蜒曲折的青石板上山小道。驴友们在欢声笑语中结伴而行，一路上还不时停下来拍照留念，秋风拂面，让人心情大为舒爽。

向上攀缘将近一个小时，我跟着桂林徒步群的一个团队到达了山顶，迫不及待进入寺庙寻找龙口泉，想亲口尝一尝这被称为“圣水”的神泉。龙口泉水深数尺，水清如镜，清澈甜美，四季不涸不盈，被历代朝山进香者称为“圣水”。

稍作休整，我们开始向寺院后山的山脊进发。越往前走，山路越狭小陡滑。忽然前面一片密密的箭竹林挡住了去路，有人拿出别在腰间的小弯刀快速地修出了一条路来，我们钻进比人还高的箭竹林摸索着前行，任由竹叶唰唰地扫过脸庞。穿过竹林，看到了蓝莹莹的天和像棉花糖一般的白云，大家都长长地舒了一口气。“快看，前面有一个月亮湾。”听到一位驴友的惊呼声，我抬头朝左前方一看，有一个水塘如一轮弯弯的月亮呈现在我们的眼前，塘水清澈见底，皎洁如镜，在太阳的照耀下泛着金光，煞

行者　张桂发 / 摄

是好看。右前方已见村庄，鸡鸣狗吠声传入耳中，远处一片金色稻田映入眼帘，我忍不住吟下歪诗一首："人行明镜中，耳闻鸡犬声，金秋稻谷香，笑语满山坡。"

如今，永福的徒步线路有：银洞流清赏瀑、十二鸡罩看雪、小江河谷溯溪、翻越土地坳、直上登云山、强走西登山、穿越金钟山、探六洞幽林、攀登摩天岭、行走喇嗒沟等。每一条线路都是神奇山水。那绿得透亮的水，宁静而温馨；那青黛绵延的山峦，似一幅浓淡相宜的美妙画卷。

永福县不仅徒步线路众多，徒步群体也最为活跃。目前有影响力的有：江山如此多娇群、快乐家园福寿群、快乐家园精英群、蓝天户外徒步群、自由徒步群、愉途骑行、龙行天下等。永福的徒步群里不仅有大桂林圈内的，还有来自柳州、南宁等区内驴友，甚至还有来自哈尔滨、大庆、福建等外地朋友。无论春夏秋冬，一年四季都有驴友行走在福寿山水间，徜徉于秀丽的风景中。

永福的徒步群不仅积极组织大家休闲健身走，他们还坚持做公益活动，播撒爱心。每年，永福蓝天户外徒步群都会组织驴友前往苏桥镇偏远山区的大梁山看望独居在此的五保户刘老爹，给他送钱送粮，带去生活必需品。去年国庆期间还特地买了肉菜，陪老人一起庆祝祖国的生日。快乐家园徒步群发起为贫困儿童捐书捐衣物和筹措资金活动，江山如此多娇徒步群中秋节深入银洞瑶寨为群众义务演出，丰富群众文化生活，为瑶族同胞送上精神食粮。

每到周末，只见徒步人呼朋引伴，迎着曙光，身背双肩包，自带餐饮，嬉戏山水，陶醉在大自然里。越岭爬坡，行走在崎岖的山路上，虽累得迈不动脚，但走完这一趟忍不住还想下一趟。在永福徒步人的眼中，春看百花盛开、夏纳清凉瀑泉、秋看枫林如火、冬赏银装素裹——一年四季都是好景色，一年四季都可以迈开你的双腿。走在阳光下，心灵净化、情操陶冶、人心凝聚、延年益寿。

跟我走吧，让我们行走在福寿山水间，亲近自然，放飞心情。

六祖慧能与永福

梁熙成

佛教禅宗六祖慧能大法师（638—713 年），于唐太宗贞观十二年（638 年）生于南海新州，即今广东省新兴县。慧能大师俗家本姓卢，他出生时，家境十分贫寒，以砍樵为生。一日，慧能见有人在大树下聚众，口诵《金刚般若经》，慧能便随众人在彼静听，岂知听到妙处，不能自已，于是佛性开启，遂发心学佛。

慧能将自己卖柴所积下的十两银子安顿了母亲，便只身赴黄梅，投在佛教禅宗五祖弘忍大师门下。

佛教禅宗五祖弘忍大师（601—674 年），俗家为湖北黄梅县人。七岁出家，入双峰山东山寺，师从高僧道信，尽得传其禅法。后聚众徒讲习禅宗妙理，门人众多，史称“黄梅东山法门”。

慧能生长在南方，操南语，被五祖门下众僧讥讽。开始时，慧能每日只做些劈柴、推磨、打扫山道门院的杂活，是最低等的小沙弥。五祖讲经说法时，他只能在阶下最末处静听，八月余不得进佛堂听法。然而慧能一心学佛，心如处子，听法入心。虽然遭众僧鄙视、讥语，其心安定不移。五祖心异之，默察其心态行止，知其慧根天成。恐其遭同门之不测，遂命其为行者，终日伐薪舂米，充作杂役，以遮他人视听。

唐高宗龙朔元年（661 年），五祖为选嗣法弟子，命众僧各作一偈，以测其佛性因果。上座神秀大师作偈云：“身是菩提树，心如明镜台。时时勤拂拭，勿使惹尘埃。”五祖道此偈未见本性，不悟无上菩提之境。慧能亦作一偈云：“菩提本无树，明镜亦非台。本来无一物，何处惹尘埃？”

五祖喜其彻悟，妙理通玄。至夜，五祖秘召慧能，秘授其禅法、法衣。五祖恐门人争嗣害慧能，命他迅速潜身远避。于是，五祖夤夜送慧能到九江驿，欲渡慧能过江。慧能言道："迷时师渡，悟了自渡！"五祖感慨，自己果然慧眼识真人，便对慧能言道："如是！如是！以后佛法由汝大行，汝今努力向南，逢怀则止，遇会则藏。佛法难起，不宜速说！"

慧能辞别五祖，冥夜操舟渡江，独自往南而行。晓行夜宿，走了两个多月，已过了大庾岭。这时慧能发现，有人追来，慧能便隐藏在草莽丛中，暗中观察。发现尽皆神秀大师等人的弟子，一拨过去，不久又来一拨，尽皆提刀带棍，欲夺衣钵。慧能不敢造次，在草莽中隐藏了七昼夜，见追杀他的人过尽了，便折向岭西，不敢走官道大路，尽择荒山僻径而行。

慧能潜行了数月，到了第二年春天，行到一处，但见山青水绿，风光秀丽，田园如画，鸟语争喧，恍若到了世外桃源。慧能询之老者，原来是纯化县拉怀村（今永福县永安乡大坦村）。慧能想起五祖临别时曾言"逢怀则止，遇会则藏"的话，便询问老者："此方可有寺庙？"老者告诉他，

双瑞岩风光　吕杰/摄

南行十余里，有一座古寺。慧能向南而行，果然见一座古庙，名曰“报身寺”，为梁武帝大同八年（542 年）所建。因方言不通，慧能便觅寺旁不远处的一个山岩栖身，终岁稀言少行，只彻心悟佛。岁月如梭，冬去春来，不觉两年有余。

一日，艳阳高照，慧能将法衣在岩侧清溪中浣洗。法衣一展，瑞气盘旋，清溪如泉涌涨，竟至积水成池。慧能将法衣晒于岩前石上，在岩中打坐，闭目参禅。

当时，有一位从西蜀来的行脚僧人，在报身寺中挂单修行。他见寺旁不远的山岩中，不时有灵光闪现，便往察看。见一位行者模样的僧人，正在岩中靠壁打坐，盘膝闭目，虽衣衫褴褛，却不时有灵光隐现。西蜀僧见其不俗，便向前问道：

“石上法衣由何处得来？”

慧能见问，答曰：“由来处得来。”

西蜀僧惊异之，又问：“黄梅意旨什么人得？”

答：“会佛法人得。”

问：“何为佛？”

答：“自心即佛。”

问：“何得通佛法？”

答：“有道者得，无心者通。”

西蜀僧大异之。

慧能见自己行踪已露，便收拾行囊，悄然离去。报身寺中僧侣每日仍然依稀见得岩中行者打坐参禅，浑然不觉。后月余，西蜀僧再诣岩中，行者早已杳然，不知何往。岩壁上有钟乳盘结，似大树下有人安坐状。寺中僧人往而视之，皆以为是活佛化身入凡间，故瑞霭凝结成人形也。

慧能离开报身寺旁的山岩后，秘往广东原籍。至四会，秘闻仍然有人在探访他的行踪。慧能想起五祖临别之时曾有“遇会则藏”之语，便避隐于猎人队中，每岁只在山林僻野与当地猎人为伍，不露行藏。

唐高宗仪凤二年（677 年），慧能始出山。此时慧能离开黄梅，已有十五载。慧能到韶州宝林寺，宣扬禅学，开坛宣讲“见性成佛”，成为佛教禅宗的正宗，被尊为佛教“禅宗六祖”。

唐代武则天当朝时，慧能周游南方，再次来到报身寺讲经说法。慧能身披法衣，坐于石上九昼夜，听法者云集于岩前地坪上。报身寺的僧侣此时方知，昔日在此岩中隐修者，乃是禅宗六祖也。当时，纯化、永福、荔浦、潭中诸县的县官，亦皆到此听法，成为当时一大盛事。永福知县曾问他何时在此隐身修行。慧能回答：“曾修于此，不知花甲。”

清代修撰的《广西通志》《永宁州志》《荔浦县志》，对此均有记载。南宋时，纯化县令黄昌世，到此考察游览，在六祖慧能隐修的岩洞上方，题名洗石成一块大匾，匾上刻有“双瑞岩”三个大字，落款是“纯化县令黄昌世题”。《永宁州志》上把慧能隐修的双瑞岩，以“六祖禅踪”列为永宁州八景之一。

夏游金钟山

蓝胜福

2020年以来，节假日窝在家里不出门已习以为常。偏偏今年永福的夏季骄阳似火，进入七月，更是火轮高吐，即便蜗居家室，也堪比桑拿房，离了空调，顿时汗流浃背。

清凉，成为大家的渴望。

金钟山是我们的首选。

这是熟悉的去处，这是今夏梦中曾去过多次的仙境。

这是旅游圈内新开发的处女地，国家AAAA级景区。这片约7平方公里的原生态峰林幽谷，峰峦叠翠，花香鸟语，郁郁葱葱。

从工作人员口中得知，景区严格执行疫情管理规定，实行预约、限量游览，游客较以前少了许多。而这于我们而言，则是恰到好处，少了城市的喧嚣，更显田园曲水流觞的清怡。

沿着幽静的山道拾级而上，我们感到脚底生风，久违的那股清凉、怡静，终于回到眼前。

一股沁人心脾的凉风迎面袭来，三伏天的酷热顿遭遣散，我们已经到达景区最有名的景点——永福岩。听导游召唤，我等快步进入岩洞。洞内高低错落，千奇百怪的钟乳石奇幻多彩，形态万千，让人目不暇接。岩洞前段由大小不同的石花水潭汇集而成，潭水纯净清澈，形成如梦如幻的水镜倒影，水下结晶形成的“福”“寿”文字和硕大的灵芝图案让人惊叹。在万余平方米的钟乳石大厅小坐片刻，听一首优美纯朴的山歌，原本浮动的心便得以平静；带着愉悦的心情继续前行，近观“万里长城”，远眺“黄

梦幻金钟山　毛向琳 / 摄

土高坡”，见证地壳运动的足迹，探索“比萨斜塔”的奥秘，与雄伟高大的钟乳石石林亲密接触，想象千百年后钟乳石的成长变化，真是心旷神怡。

走出岩洞口，便是一瀑布。那飞流与青山绿树成画，薄雾与蓝天艳阳交辉，仿若齐天大圣的花果仙山。

乾龙天坑，是能从底部步行进入的喀斯特漏斗。溶洞与大坑融合，现实与历史相通。坑径 40 米，坑深 50 米，宛若九天仙师用巨型光剑直插地心的痕迹，又疑似地心神灵仰望天空的眼睛。鸟瞰坑底，龙吟森森，巨石粼粼；仰望洞口，绿影婆娑，云雾缥缈，阳光从坑口直泻而下，仿佛一幅金色的珠帘，让人沉醉其中，流连忘返。更因为表里相连，又与水位极深的地下河相通，空气中充满有益血液循环、促进新陈代谢的负氧离子，专家称其为“空气维生素”“长寿素”的储存库。人们置身其中，可领略钟乳石长廊巨景，可观赏金沙滩大幅壁画，寻找与漓江相通的暗河流域，聆听悠悠流水，欣赏珍奇物种，感受大自然鬼斧神工，莫不让人神清气爽。

3 个多小时的观赏游览，饱了眼福，赏了心神，脚下感觉有些沉重了。

我们步入一家简洁的农家饭馆。老板娘端出了丰盛农家饭：山芋炒青菜、芋苗焖土鸭……最垂涎的是黄白相间、红里透亮、醇香扑鼻的烟熏土腊肉。提箸细品，肥而不腻，瘦而不柴，入口回味无穷。

老板娘告诉我们，因为疫情的缘故，像“绿茵沐浴”等服务项目已经暂停，但景区内无论宾馆或者民宿，都清洁、舒适、安全。如果能小住一宿，晨听鸟语，暮闻钟声，与大自然亲密接触，观缥缈云烟，听叮咚泉水，踏着露珠，伴着夕晖，步入山林间的高尔夫球场，或去山地越野车场、跑马场，放松心情，回归自然，探险寻踪，将全部身心融入亦幻亦真的金钟山中，一定会十分惬意！

江月掠影[1]

林庚运

金鸡湖水库宛如一颗璀璨的明珠，镶嵌在奇山秀岭之中，放射出五彩的光辉，打扮着这块神奇的土地。它的上游江月河一带，更是清幽绝俗，别有一番情致，令人心醉神迷。

江月村分布在江月河畔，是一个有 3000 多人口、10 多个自然屯的行政村，四周都是山岭。山，叠翠而峻拔，逶迤远去，与碧空相接，与桂林的山一脉相承；岭，则巍峨而绵亘。两条支流分别从东面和南面的山区里相互呼唤着姗姗而来，在这里相聚。这就是江月河。

江月河汇集了千百条小溪，变得丰满了，然后潺湲北去，注入金鸡河水库。它恬静而安详，清澈而柔润，像一弯新月，专注地陪伴着一座座美丽的村庄，给人们带来无尽的欢乐，更用自己的真诚无私，默默地哺育着这里恒久不息的生命。

1981 年，我们一批同学师范毕业分配在这一带教书，工作之余常到江月河捕鱼。夏末秋初，河水变浅了，选一个地方把鱼梁架好，用河石稍稍拢成八字堤，然后在鱼梁上方开一个口子，人就可以上岸，在树下或看书或聊天，等着捡鱼儿。不长的一段河床，有时竟架起好几座鱼梁，热闹得很。这时的鱼儿最好动，并且成群结队的，我们叫“鱼蹿水”。鱼梁底下哗哗地响了，不久，一条条鱼儿探头探脑地从口子往上蹿，看看没有危险，

1　写于 1992 年夏，被收入散文集《福寿之乡》（漓江出版社）、《华夏寿乡探秘》丛书之《走进寿乡——永福》（湖北科学技术出版社）等。本文略有删节。

七彩江月　黄福辉 / 摄

便优哉游哉向前去。顺流往回时却没有多少能找到原路了，于是纷纷落到鱼梁上。我们看着活蹦乱跳的鱼儿，心里有说不出的惬意。

晚上去“照鱼散”[1] 也是十分好玩。清明节前后，经过一个严冬的蛰伏，鱼儿迫不及待地出来了。这时也是鱼儿产卵繁殖的最佳时节，因而特别多。吃了晚饭，就赶紧劈枞光，那时用不起手电，更没有蓄电瓶，用枞光也比用煤油经济划算。枞光要越瘦越好，燃起火来才亮堂。背上鱼篓和装枞光的竹筐，提一个用竹竿和铁丝系着的燃烧枞光的半圆形铁笼，拿着鱼刀出门。来到村外，点燃枞光，挽起裤脚下水。四周一片寂静，水流不大，很清，鱼儿在水草边、禾蔸下、石头旁一动也不动。“照鱼散”最讲究眼疾手快脚步轻，人轻轻走过去，眼睛紧紧盯着鱼，一刀下去，十有八九不会

1　在永福乡村，人们把鱼产卵称为“鱼散”，鱼产蛋散子之意。清明节前后，晚上燃起火光去抓产蛋后的鱼，叫“照鱼散”。

落空。有时也会二三人一组，除了鱼刀，还带上鱼枪、鱼剪、鱼罩。什么时候用刀、枪、剪、罩，根据鱼的位置和大小来定。最过瘾的是用鱼罩，鱼罩用竹篾编成，两头空，高五六十厘米、直径七八十厘米，遇上几条鲶鱼或者大鲫鱼什么的，一罩下去，几只手同时在罩里摸，有时把别人的手当成了鱼，使劲地攥着，搞得对方直喊“哎哟”。枞光的烟厉害得很，几个钟头下来，除了牙齿，熏得人满脸黢黑，在荒郊野外，冷不丁碰上一个，你准会吓得跳起来。

大热天，背上鱼篓，拿着小铁锤或者鱼镖（一种套着铁杵的竹竿）到河里捕鱼，另有一种情趣。河里有万万千千的卵石，小鱼就躲在石头下乘凉。人轻手轻脚走过去，对着微微露出水面的石头猛砸一锤或猛戳一镖，鱼儿便震翻了，浮到水面来。河里“啪啪”“笃笃”之声此起彼伏，十分悦耳。高兴之余，不知谁扯开了粗嗓门：

哥在河里耍鱼镖，
妹在后园摘辣椒。
见妹偷看哥一眼，
害哥一路脚打飘！

一阵哄笑过后，便有人学着女人腔唱道：

妹在后园扯老姜，
哥在河中架鱼梁。
见哥偷望妹一眼，
害妹扯着刺芭芒！

怪声怪调怪模样，羞得青山遮面，绿水低头，更把大家逗得发了狂。人们呼喊着，嬉闹着，奔跑着，还不过瘾，索性在水里打几个滚，把鱼儿都惊跑了。

每次打鱼回来，都有老乡带来自己酿的米酒、种的青菜入伙，边喝边聊，就像亲兄弟一样。

鱼得多了，吃多了，也就腻烦了。曾老爹说："鱼不好吃，就吃石头吧。"真是闻所未闻，惊讶之余又多了些许期待。油烧红了，曾老爹把几块鸡蛋大的石头放进锅里炒，石头冒烟了，泛白了，把佐料倒进去，捞几捞，放进山泉水，铁锅嗞嗞作响，水开了一会儿，就成了鱼石汤。几个人你望着我，我望着你，将信将疑，学着老爹的样，舀起一勺，吹吹气，试着喝一口，啧啧，美！香中有甜，甜中有辣，还带着干鱼味道，恐怕连皇帝也没吃过这么好的东西。我们说装一袋回去吃个够，曾老爹说："不是河里所有的石头都这么好吃，改天我教你们认。"可惜不久我们都陆续调走了，至今未能如愿。

江月村毗邻广西彩调发源地林村，所以这里的彩调气息也相当浓厚，男女老少都会唱，江尾、枧洞、屯坪等自然屯都有彩调队。参加彩调队的条件，要看你的文化高低、人品好丑、能否丢得开一些家务等，不是随便就可以参加的。遇上年节或者红白喜事都要演上几场，有时演传统剧，有时演自己根据当地的新鲜事、好人好事或者国家政策编的现代剧。不演出的时候，晚上一般都会排练，晴天在村头的晒谷坪，雨天就在农家的堂屋里。排练的时候，也有不少村民在一旁观看，自觉地当起了场外编剧和导演。"这句唱词这样这样才好"，"我认为这段不用'四平腔'，用'走马调'好些"，"这个转身太硬了"，等等，不时有人提出看法，甚至上台演示一番，常常是场内场外笑声不断，"哪嗬咿"响彻云霄。这歌声、笑声，赶走了一天的劳累，也伴随着绵绵的河水向远处荡漾开去。

春天，河水绕着长满鲜花嫩草的土地，幽香随河水飘过村庄；夏天，夹岸的树木挡住炎炎烈日，给人们留下片片绿荫。要是月亮升起来，整个天空白茫茫一片，恍如铺开了凝滞不飞的白霜，这时的江月河"掬水月在手，弄花香满衣"，恰如披上纱巾的少女，风采迷人，神韵悠扬，启人浮想。一江碧水一江月。此时的江月河，还有谁比它更美呢！

江月的无限风光，还在于它的山。

江月的山，紧紧挨着江月河及它的两条支流，有的孤峰兀立，仿佛要对天长啸，以抒发心中的万丈豪情；有的相互依偎，姿态安然，好像在低诉着脉脉情语。山顶白云缭绕，与天相接；山中葱茏蓊郁，翠色欲流；山下花树迷离，青草吐翠。每座山都透露出大自然的灵气。身临其间，人显得那么渺小。感叹当中，更有一种力量，这种力量会促使你朝着心中的目标奋勇向前，永不止步。

溯着东面的支流，我们来到了河口屯。一条小河从白云生处摇摇摆摆地流来，庞大的山将它紧紧夹住，于是变得修长，羞羞答答地绕过村头，再带着一路欢歌远去。

我们循着热心人的指点，到了一个名叫金竹槽的地方。鲜艳夺目、光照迷人的花散发出淡淡的幽甜和芳香。这幽甜和芳香包围住我们，让我们久久不愿离去。听老人说，金竹槽是一块宝地，早先长着一丛一丛的大金竹，大金竹很奇特。竹节里有一个人像，栩栩如生，十分神似，谁能见到竹节里的人像，定会洪福齐天。我们明知不会有收获，还是四处搜索起来。满山都是竹子，一排一排的，亭亭玉立，婀娜多姿，金竹却不多，偶尔见到的都很细小。折腾了好一阵子，我们仍然空着手。其实，这里地上地下满是宝，比起那虚幻的人像来，不更珍贵么？我们释然了。

信步在竹的海洋里，沐浴在花间林下，聆听着潺潺溪声，我们眼前仿佛出现了山里人那惊心动魄的放排场景。山洪狂涨，一根根秀竹，一条条杉木、松木，从溪涧里源源而出，像脱缰的野马，咆哮而下，然后被拢在河的拐弯处，扎成排，在放排人的驾驭下，恋恋不舍而又满怀希望地走出山沟，投入新的生活。

见到百年老树是在高紫寨。一片葱葱茏茏的林莽，依山就势，向着河的北岸铺开去。

江尾屯的东侧，临着清冽的河水，有一片茂盛的荔枝林，一棵连着一棵，径直到半山腰。曲径通幽，微风轻拂，林荫夹道，好鸟相鸣，境界十分美妙。在桂北山区，居然有这么一大片荔枝林，简直是一个奇迹。

这些荔枝树是什么人什么时候种的，恐怕没有多少人能说得清楚了。照理，它们也该有个适应的过程，在大自然中充分展示出自己顽强的生命力，随遇而安。人，不也一样么？

林中有一个岩洞。洞旁的这棵树，一抱有余，它顶着擎天华盖，昂然挺立，威严无比，就像一个忠诚的卫士日夜护卫着这个洞。

最撩人的是这洞中的水。一泓泉水缓缓流出，悠悠可人，清如水晶，甘似凝露。它严冬温暖，盛夏清凉，暴雨不涨，大旱不枯，总是那样不大不小、不紧不慢地出来，在洞口的石槽里待上一阵，再溢出来，“哗哗哗”地跑下山去，到河里寻找自己的同伴。用这泉水榨出来的凉粉，是不可多得的夏令佳品，清心润肺，消热祛暑，胜过灵丹妙药。三伏天来泉边坐上片刻，再啜上一捧，更是欲迷欲醉，飘飘然如入仙境，疲劳愁苦皆抛往脑后了。

荔枝林给古老的山村带来许多生趣。随着太阳西去，喧闹了一天的荔枝林渐渐安静下来。晚饭过后，老人和小孩都不约而同地止了步，这里真正成了“青年之家”。哟，来了！一双双，一对对，隐入林中，或漫步林间，或小坐树下，伴着静静的河水，倾力修筑爱的长城，追赶情的波涛，好奇的月光被善意的树冠拦住了，于是只能偷听着绵绵细语，体味着缕缕情愫……

多么迷人的江之夜，月之夜！

邂逅屯都水库

付娟娟

同学老家在永安乡枫木村，家有喜事，应其之邀，十几位同学浩浩荡荡直奔他家而去。

从永安街出发经太和村到枫木村，一路上山清水秀，阡陌纵横，浅溪处青苔如丝，水流潺潺；一丛丛矮树扎根石缝，立在水中，枝干遒劲，叶片尖细。沿途群山叠翠与孤峰耸立各有千秋，于桂林独秀峰而言，有佳句“孤峰不与众山俦，直入青云势未休”，用此诗形容此处的孤峰也不为过，更兼有惟妙惟肖的笔架山、凉帽山、野猫山等等。“快看，这里也有穿山噢！”顺着同学手指望去，果不其然，前方一座山峰，峭壁上岩石裸露，一洞风下，真是奇妙。

同学早已等在村口，小村不大，各家各户小楼错落有致。楼前楼后的枇杷树、黄皮果树枝繁叶茂，绿色层叠，院落里的葡萄架撑起一片清凉，村口一道浅浅的小沟，水清亮亮地哗哗流着，几只绿毛鸭子在水中摇摇摆摆，不时扑棱扑棱翅膀。“清水鸭，这鸭子好吃噢。”“就你馋。”我伸出手到水里：“啊，真凉快，这水从哪儿来的啊？”“从屯都水库流出来的，就在村后面，风景不错的，大家可以去看看啊。”

水库不远，绕过村后的一座小山就到了，站在堤坝之上环视四野，来时的乡土小路蜿蜒于草丛之中，似一根细长的土褐色飘带，将水库与村庄紧密相连。水库的西南北三面皆为悠悠青山，你根本望不到山峰裸露的筋骨，从山底蔓延到峰尖那深深浅浅、浓浓淡淡的绿就是山峰终年不换的外衣，还有什么能比这更牢固的天然屏障呢？因地而设，因势利导，老百姓的智慧朴素而实用，屯都水库只有东面一方为人工堤坝，黏土垒筑，水泥青石砌坡，不算很高也不算很长，但坝体宽厚，夯土紧实，护坡坚牢。

“这堤坝能挡住洪水么？”

“当然能，很牢固，前年涨大水，堤坝都没事，这堤坝还是我奶奶她们那一辈人修筑的呢。”同学说。

其实，在家里，也曾经听奶奶提到过她们年轻时修水库的事情。20世纪五六十年代，乡村里修桥修路修水库，全是人工。奶奶说：“那个时候哪里有挖土机噢，全是用力气一锄头一锄头挖出来的。”奶奶说那个时候很快乐，很朴实。十里八村的青壮年，扛着铁锹锄头，挑着撮箕，吼着“花篮的花儿香……”“一条大河波浪宽，风吹稻花香两岸……”白天黑夜连轴转，没有人偷懒，干得热火朝天。某些小伙子大姑娘，你帮我我帮你的劳动过程中，有了感情，水库修好后携手双双把家还，青山不老，湖水为证。修水库修成一段美好的姻缘，也成为佳话。

堤坝上长满了绿色的小草，这似乎是大自然给堤坝铺上的绒绒地毯。在堤坝与青山中间，阳光下这静静横卧的一湖碧水，掠过山风鸟鸣，荡着

屯都水库　张荣翔/摄

蓝天白云，涟漪细碎，波光潋滟，绿得那么纯粹，就像是地球送给人类的一块绿宝石。临水而立的青山，峰峰相连，高低错落，杂木成林，苍翠欲滴，而水中山姿，危峰倒立，山在水底，水在山尖，天光云影，相映成趣。

陶醉于屯都水库的山水交融、云影秀美，那零散露出水面的石头也吸引了我的目光：覆着薄薄一层淤泥，奇形怪状、毫无规则……这些石头一半藏在水中，一半露出水面，湿漉漉的带着水渍。湖面银光如鳞，这一块块石头就点缀了湖的宁静，成了飞鸟拨动的琴弦，成了鱼虾捉迷藏的宫殿。岸边多石，一半在灌木绿藤下半遮半掩，一半沉浸到水里与湖水拥抱纠缠，千疮百孔，凹凸不平，想来这定是湖水千万遍咬痕留下的印记。尤为特别的是水库尽头处一块大石，矗立岸边，只有底部一小端驾于两块小石之上，两端翘起，威严肃穆，仿佛水库的守护神，默默守护着湖水的春夏秋冬。

水库很安静，岸边两个垂钓老人，戴着草帽，叼着旱烟筒，猫着腰，身姿一动不动，只偶尔“吧嗒”一声，旱烟筒冒出淡淡一缕白烟，旁边两座小木屋，茶几小凳、影像音响一应俱全。同学很自豪：“这是我们村休闲娱乐的地方。现在生活好了，玩的花样多了，但是村里人还是最喜欢来这里。”来这儿多好啊，山光水色，湖水清凉，喝喝茶，聊聊天，拿起话筒吼唱几句，累了，还可以拿起一支竹竿，钓鱼，钓这方山水，钓这份休闲，钓这份安逸的幸福。

一方水土养一方人，屯都水库滋养着枫木、太和这片家园，几十年来，农田桑梓，蓄水护苗，灌溉劳作，生生不息。尤其是近几年，推行土地流转，农林牧耕实行集团化管理，满垌的稻谷由青到黄，成片的柑橘由花开到结果，种桑养蚕、养鱼养鸭……哪一粒金黄的稻穗里，没有屯都水滴的浇灌呢？哪一树沉甸甸的果实里，没有屯都水滴的滋养呢？哪一份收获的喜悦里，没有屯都水滴的清澈呢？

要回去了，回望屯都水库，水雾氤氲，光影迷蒙，鸟鸣清幽，平静温柔。这份大自然给予我们的馈赠，带着诗意，带着安逸，隔断了凡尘的喧嚣，让我们的一颗心顿悟，慢慢归于最初的纯净。

泉水叮咚

黄泽恩

好些个早晨，我手捧一杯热茶，伫立窗前，凝望小区楼前的泉水从假山上潺潺流出，最后泻进瓷砖围好的水池中。这种泉水水景尽管池中放有红鱼游动，再加睡莲陪衬，但终归有人工痕迹，哪能与原生态的水景相比呢？

我不由得想起家乡拉粟的山泉，那是典型的原生态。

拉粟屯位于永福县三皇镇西南部，紧挨华山水库。小村四周高山环抱，清流潺湲。在林荫蔽日、万木合围的青山中，一眼眼山泉水从石缝间冒出，鲜活闪亮地汩汩流淌，一尘不染，清凉甘甜。

那是儿时的事了。据舅舅讲，母亲在我们那一带的乡村，是少有的贤惠女孩，且长得白净、漂亮，歌喉也是少有的圆润清脆，有如泉水叮咚。一天，怀着我的母亲硬撑着身子去山边割草砍柴，渴的时候便捧起山泉水喝。不料，喝着喝着肚子就疼起来，莫不是要生了吧。母亲连忙赶回家，一路走一路喊着："要生了，要生了！"果然，回到屋里就生下了我。之后，母亲给我取了一个好听的名字：泽恩。她说这娃崽命大，有口山泉就能养活，名字里要带水才好。愿他的心灵像泉水一样润泽，长大后找得到饭吃，懂得孝顺感恩。

泉水，对别人而言很普通，而对母亲和我来说，那是生命之泉。20世纪60年代初，年轻的新中国面对自然和人为灾害，正在艰难地移动大船。由于没有粮食，父亲过早离开了人世，他走了，走得安详。可没过多久，母亲也患上了那种可怕的浮肿病，而且，越来越严重，双脚又肿又红又痛，整日在床上辗转难眠。

印象中的那一天，母亲弥留之际把我叫到床边，她似乎预感到这是与亲生骨肉的诀别。她慈祥地凝视了我好一会儿，终不舍地闭上了双眼，永远“睡”着了。从此，世上少了一个家，多了一个孤儿。那年我6岁，已经学会了默默无语和感受孤独。好在有党和政府的体贴和关心，有叔爹叔奶、堂哥堂嫂、隔壁邻居的出手相助，我从未挨饿过、冷过。三娘常常在缝缝补补中，告诉我一些做人的道理，那一针扎下去又一针拉上来，长长的线儿弥合了我受创的心灵。爱，如一泓清泉润进我的心田。

山泉　卢明/摄

吃着百家饭，喝着百家水，我慢慢地长大了。长大了就要学会去承担，去努力工作，去回报。

那天，我从乡村小路走出来，三娘一路送我，还拿出一双做好的布鞋，塞进我的行囊。她拉扯着我的衣襟，叮嘱道：“出去做事困难很多的，三娘不能跟在你屁股后面，你要学会像水一样，能进能退。”水柔，但能穿过石头，就是人们说的滴水穿石。

语重心长的话像一股清泉流进我的心窝，给了我滋润和力量。在这个世界上是父母给了我躯壳，而三娘却给了我灵魂，养育之恩大于天。

几十年过去了，我一生都在外打拼，结婚生子。如今儿子又有了儿女。那天周末，儿子从深圳回到桂林休假。我说：“趁大家有空，不如回三皇老家看看，我好久没喝到家乡的山泉水了。”于是，装上礼品，全家立即行动，回三皇老家去探亲。

小时候的记忆，家乡是遥远的。如今有了私家车，又有了修好的公路，回村子一点也不觉得远。想起母亲在我小时候说过，住在水边的人家还怕挨饿吗？现在想来，母亲果然是先知先觉，她的判断就是那么准确。人没进村，就好像感觉母亲在水潭边兴奋地唠叨开了。

拉粟移民新村是完全变了模样，村容村貌，整洁亮丽。村路宽敞，新房林立；举头望山，山如浪涌；近看绿树，树满遍野。山环水绕之中，我看到了熟悉的泉水。泉水，还是那么清亮，那么悠然。这眼泉水该是历史的见证人，它目睹过贫困的年代，也见证了今天乡村的富裕。

泉水流过的果园，已是硕果枝头，只待采摘。三娘收获的蚕茧也极为诱惑人，满屋子白绒绒的一片，肯定能卖个好价钱。而我的侄子独具慧眼，抢先把泉水引进鱼塘养鱼养鸭，水好鱼肥，泉水鱼和泉水鸭蛋更是供不应求。拉粟人的楼房，是装空调带车库的，这和城里人没什么两样！可喝的水得天独厚，是从中王坳下引来的山泉，又置放于水塔，然后流进各家各户。拉粟屯，成了泉水环绕的乡村。拉粟人，个个是泉水滋养的人。

有人说，拉粟人头脑聪明，考上大学中专的学子在三皇镇首屈一指。还有一说，拉粟人俊男靓女，颜值出众。这是不是与喝泉水有关呢？我想多少是有的。

青翠的山间孕育了一眼眼泉水，吐纳着天真地秀，流动着生命的意蕴。那种与泉水相依相附的美感无时不在天地间炫耀。拉粟，幸福的拉粟正撩起自己的秀发，眺望着远山的雄姿和现代的生活，发出畅快的欢笑。

儿子一家人显然被泉水吸引了，他们欢笑着浸入水中，不时擦一把脸，沁人心脾，令人回味。走到山脚的时候，一股从岩洞流出的泉水，丰盈得体地绕过花丛，展示出一片晶莹的水花。我指着泉水对儿子说："这就是我儿时常喝的桂花井。"一棵老桂花树屹立泉边，花开时节，泉水便自带香气，阵阵袭来。我掬一捧给孙女入口，她喊甜，说还想喝。我指着泉水对她说："那你可以念一首带有泉水的诗给我们听吗？"

五岁的孙女小嘴一开："乡中水，水中泉，大家高兴来品泉，桂花香，泉水甜，饮水还要思源泉。"这是我教孙女读过的一首小诗，尽管她朗诵得不算连贯，但饱含童心和童真，家乡的清泉也已烙印在她的记忆中。是啊，带上晚辈常回老家看看走走，给他们体会一下“粒粒皆辛苦”的耕作之劳，让他们知道泉水从这里是可以流向远方的。

这时候，手机响起，是堂弟打来的，说吃饭的时间到了。

进了屋，饭桌已摆满美味佳肴。三娘高兴地对我说：“这盆泉水煮河鱼，清甜不腻喉，城里人是吃不到的，其他的，都是地道的绿色食品，自家养种的，你们多吃。”我喝了一口鱼汤，味道真不错，清甜沁脾，难得的鲜，恰似琼浆玉液。举杯之间，儿子和亲友们兴趣盎然交谈起家乡的山山水水，以及它的发展和前景。我和三娘聊起家常，聊起往事。尽管多年不见，三娘还是那么慈祥近人。但她确实老了，添了许多白发，而我仍然幸福地看着她，在心里雕刻着她给我留下的难忘形象。

离别时，亲戚们簇拥到车边，往车厢给我们装红薯、花生、豆子、柚子、板栗，还有泉水鸭蛋。三娘说：“不管你们走到任何地方，你们的根就在这里，拉粟是你们的家，你们看到了，家乡是越来越好，什么时候回来都有泉水一杯，还有泉水泡的米酒一碗。”

这话如此撩人，像是一根触须，探进心灵，使我添了难分难舍的情绪。而乡亲们的爱，宽厚如山，像泉水润物无声，绵长悠远。我让儿子把车开慢些，再慢些，只想多看一眼乡亲们。三皇拉粟，不变的青山绿水，我永远的家乡。流淌在心底的泉水，竟一下子涌上了眼眶，泉水叮咚，成了思乡的泪滴。

拖江人家

黄朝寅

源于永福县大板山水源林自然生态区的拖江，是洛清江上游龙江的一条美丽的支流。

拖江水清，拖江水甜，千百年来拖江水滋润生命，滋润文明，孕育出一个个美丽动人的故事。

在这条支流的两岸散居着许多人家。这些人家从移居水边那日起，就不打算再挪“窝”了。即使遇上洪水毁了家园，他们也不会迁居别处。他们就和水边的水竹一样，即使被洪水拔了根，洪水一退又把根扎入江边的泥土，继续青青葱葱地生存、繁衍下去。

拖江边人家的生活是令人羡慕的。他们用江水的浮力把大批大批的木头像赶羊一样赶到林业站，然后换回一竹排一竹排的漂亮嫁妆或者农药化肥。他们还可以在家门口安装一架水车，清流便敲锣打鼓般地跑进田园灌溉庄稼，跑进伙房烧汤做饭，把水边人家的新生命养育得像水竹一样葱翠，像水牛一样壮实。或者在门口安一架水碾，全年磨米和舂米的苦活便由拖江水承包了。几个有头脑的人家，选个落差大的河滩挖渠引水，修建个袖珍型水电站，一家人照明、打米、洗衣、放电视、办小厂，电都够用了。若还用不完，就扯上黄红二线，把电送过墙去，隔壁的王妈、李大嫂便也可以享受他们的领富之光了……

得到拖江的种种恩惠后，水边人家把它认作生命之源。因此，一些迷信的人家觉得孩子五行缺水时，他们就用拖江水或者与水有关的植物给孩子命名。比如，从拖江里舀回的一朵水花便是女孩的奶名了；在小河边第一眼看见的是水牛，这水牛便是男孩的名号了……孩子的名字里带有“水”，就如同八字命里注入了一脉生命的旺源，在今后的人生路上，即使遇上了火烧雷劈的大灾，生命之花也不会轻易枯萎、凋谢。

多情多义的拖江水，不但浇灌水边人家的田地、生活，也浇灌他们美丽的爱情绿苗。

就说说水边人家的水牛哥吧。他二十出头，是个勤劳的棒小子。一天傍晚，他从罗汉果地挑着丰收的果子回来，在江边碰见了自己一向心爱的水妹姑娘，她正独个儿低着头在水竹掩映的江边洗衣，水牛哥便亮开嗓子唱道：

过了一河又一河，河河水竹凤尾拖。
水竹低头饮江水，妹妹低头可想哥？

水妹闻声回眸，见是一向待她如亲妹子的水牛哥，于是唱道：

拖江人家 吕杰/摄

水牛哥，爱水爱山爱唱歌，
可惜江边没好树，鸟过拖江好难落。

唱毕，水妹伸手进江水里，大概想捧水润润喉咙，水牛哥看在眼里，想在心上，赶先给水妹捧了一捧水递过去，又唱道：

满江泉水喜连连，我捧泉水妹喝先。
靠近身边问一句，这捧泉水甜不甜？

水妹一边甜甜蜜蜜地饮着水牛哥的深情蜜意，一边甜甜地唱道：

好清甜，哥情溶水比蜜甜。
哥有真意接妹去，水煮青蔬比肉鲜。

这动听的歌声，飞到山上，百鸟和鸣；飞入江水，鱼儿跳滩。天上地下，一片欢腾。谁知，这情景全被一个过路的拖江人拍成了抖音，发到网上，于是他俩成了热恋网红。

然而，更令人眼羡的是，水边人家用这生命之源养一种桃源人家似的怡然情致。每天一大早，水边人家的老人们，便呼朋引伴地来到江边。有的听着流水的音韵练气功；有的则信手抛出钓鱼竿，钓桃花流水里的红鲤或乌龟，钓斜风细雨中的古趣古情；也有的握一长杆在手，把大群白毛红掌赶下河。而最有趣的要数甘二爷了，每天清早，他都银须飘飘地甩响柔韧竹鞭，把大群滚雪般的北京鸭赶到大水车边“放牧”。那里流水最欢畅，鱼虾最多，成了他的鸭群的乐园。给鸭撒好谷子后，他便扯一把青草垫坐水边，津津有味地看着，想着，也静静地合上古井似的眼睛，嘴里轻轻哼着摇篮曲，怕是催他的鸭子们入梦乡吧（听说入梦的鸭子长得快长得肥）。

抬眼看天，朝霞已经满天，映得老人的脸庞红红的，像喝了一大碗酒。

晨跑在洛清江畔

秦　晔

洛清江，是永福县境内最大的河流，沿岸山清水秀、松青竹翠，加之九曲龙溪田园综合体，更是以立体形式呈现出洛清江新时代的自然之美。

九曲龙溪田园综合体建成后，我几乎每周两三次的晨跑，从老剧院广场出发，经西江桥过马路屯，下穿高速公路和高铁桥，再从龙溪竹海过龙溪大坝，沿洛清江大桥折返或从茅江桥返回，全程 10 余公里。

长跑是一项艰辛并快乐的运动。清晨五六点钟起床热身，跑步的时候，气喘吁吁、汗流浃背，直至两腿发软。为了坚持，我把每一次跑步当作一段旅程，跑累了就放慢脚步，沿着江边慢步跑，看看洛清江畔的风景，以此来消除疲乏，放松身心。

周末天气晴朗，天刚放亮，我已跑在洛清江畔。在洛清江右岸的下窑屯，转脸看左前方的凤山，山头为凤，两翼如大翅展飞，形神兼备。山上有宋朝文状元王世则的读书岩和武状元李珙的掌书“福”字石刻，还有山脚下的西江古渡遗址，让人仿佛看见当年熙熙攘攘的人们早起过江赶圩的情景。右手边，新永福剧院在晨雾中慢慢地露出它那娇俏的脸庞，剧院广场上也有了三三两两锻炼的人群身影，整个小城正在朝阳里渐渐苏醒。

放眼望去，洛清江似一条银带从凤山脚下飘绕而过。这里四季不甚分明，有诗曰“四季有花常见雨，一冬无雪却闻雷”，形象地说明永福这方宝地风调雨顺，是理想的宜居养生之地。适逢红日初升，沿江一带霞光映照，薄雾缥缈，宽阔的水面与江岸上的几座桥，还有那高大俊秀的文明塔和连绵起伏的远山相互映衬，整个洛清江畔在朦胧的霞光薄雾中若隐若现，

晨跑　李世坤 / 摄

宛若披上一层轻纱，显得格外温婉妩媚。

在聚龙山庄的河岸边，大理石铺就的休闲步道通向洛清江大桥，旁边的柳树一路相随，好一条优美的杨堤步道。看那杨柳，正挥动细柔的枝条，轻抚江面，它们伫立在江岸边，如一道赏心悦目的风景线。风景线下，起早垂钓的渔人，早已上好了鱼饵，甩开了鱼线，在自家的堂口蹲候，静待鱼儿上钩。

别过钓友，一路小跑到了马路屯。村庄坐西朝东临江而建，白墙黛瓦，掩映于青山绿水之间，柏油路直通家家户户。村后有一排古樟树，山脚有一泉眼，水质干净、清澈、甘甜，每次跑到这都会停下脚步，掬一捧清泉往嘴里送，顿觉一股清凉直透心脾，疲乏之态瞬间烟消云散。

洛清江畔的龙溪竹海不仅是我每次晨跑必到之处，也是周边群众休闲娱乐旅游的热门打卡之地。龙溪竹林步道的修建是从村中一棵有着 560 年树龄的高大古樟树下开始的，绵延有三四公里，就像洛清江一样婉转曲折地掩映在竹海中，其间还有数条岔道供人游走闲玩。步道两旁枝繁叶茂，浓荫蔽日，曲径通幽中伴着青草和竹叶特有的缕缕清香，是名副其实的天然氧吧、清凉胜境。

在这条跑道上，最负盛名的当属文明塔，现已成为永福县新的标志性建筑。文明塔始建于明代，塔高七层，清雍正末年重修过，后坍塌再未重修。如今重建的文明塔，是根据历史资料在原址上翻修的。塔之右为文昌殿，塔之左是思学廊，塔之正前方是与之隔江遥望的凤山。正所谓有山无水不精神，有水无山欠气概，有水无桥不渡人，山、水、塔、桥在三江汇聚，形象地体现了永福这方风水宝地。

自从今年县里沿着洛清江修建好了健康步道以后，几乎天天都有人在这里小跑、慢走、唱歌、跳舞。穿过搭建在江面上的红色栈道，绕到了文明塔的后面，我来到了塔脚屯，只见江岸几棵数百年的古樟树高大挺拔，遮住了步道，给人凉爽的感觉。

晨跑在洛清江畔，天空的颜色每时每刻都在变化着。晨曦初照之际，太阳从城市高楼后徐徐升起，洛清江水面显得生机勃勃。过一会儿，太阳又像是从左岸的烟囱旁蹿出。猛一抬头，那初升的太阳仿佛立在塔尖，整个文明塔已是金碧辉煌。停下脚步细看，洛清江水面波光粼粼，宛如清纯少女穿了一件缀满金片的纱裙，扑棱扑棱地闪着金光，我为自己能融入这道亮丽的风景之中感到特别骄傲和幸福。

洛清江畔晨跑，给我带来了健康、快乐和对未来的无限向往。

永福彩调故事

梁熙成

彩调，是广西土生土长，起源最早，普及面最广的优秀剧种。彩调五行属水，彩调的腔口，行话叫“水皮”。一个腔口，或者一段唱腔，叫“一皮水”。彩调起源于清乾隆年间，到清末和民国初期，已流行到全广西（除原属广东省的钦州地区）和越南北部。

永福，是广西彩调的发源地。早在清乾隆甲午年（1774 年），永福县罗锦镇的林村，在联宗祭祖时，就组织了一个“文灯班”。林村的文灯班，就是彩调历史上最早的班社。而在林村文灯班之前的乾隆初期，永福县的罗锦镇地方上，已经有了彩调的独角戏艺人。这些独角戏艺人，身背木架，带着皮鼓、铜片，走村串寨去演出。在厅堂、场院、村头、巷尾演出时，一手击鼓，一手敲铜片，用脚踩板，口中唱曲，集演唱、伴奏于一身。独角戏艺人的演出，也不甚计较报酬，人家给多少就要多少，有时一餐饭就可以解决问题，因此很受欢迎。然而这些草根艺人，绝大多数都未留下姓名。唯一留下姓名的，只有的桥村的张四一。

清乾隆三十八年（1773 年），纪晓岚奉旨修撰《四库全书》。他属下的修撰官员二百多人。俗语讲：文人成堆，臭毛病一大堆。这些官员总想要显摆一下自己的才能，往往对同一事件、同一历史人物争执不休，各持己见，争得面红耳赤。相传纪晓岚为了统一属下官员们的认识，编了一首《九流歌》，让属下的官员们传唱。调行中流传的纪晓岚编的《九流歌》为：

一流先圣二人皇，（先哲、圣人、帝王）
三流王侯四臣将；（王公大臣、大将军）
五流封疆六州府，（封疆大吏、州府司牧）
七进八举九豪强。（进士举人、世宦望族）
（注：进士、举人入流，是指高官大员的出身而言。）

《九流歌》很快流入民间，成为民间艺人们的唱本，民间艺人称之为“流水调”。彩调独角戏艺人张四一亦因演唱“流水调”而留下名来。民间相传，张四一演唱的《九流歌》把纪晓岚所编的《九流歌》叫作上九流，并且派生出中九流、下九流、外九流。

《中九流歌》为：

一流主幕二流医，（大谋士、名医）
三流塾馆四堪舆；（塾师、风水先生、阴阳家）
五流丹青六朝奉，（名画师、大商贾）
七僧八道九琴棋。（高僧、道长、琴棋名士）

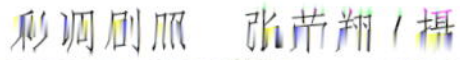
彩调剧照　张芾翔/摄

《下九流歌》为：

一流掏粪二守堆，（掏粪工、看坟人）

三流搓背四抬吹；（修脚工、搓背工、轿夫佬、吹鼓手）

五流戏子六流婢，（戏子、婢女、丫头）

七滘八配九卖帷。（埋死人的滘杠佬、牵猪佬、妓女）

还有一首“外九流歌”，又叫“平民九流歌”。

《外九流歌》为：

一流耕种二流工，（农人、帮工）

三流摊贩四船篷；（小摊贩、船工）

五流作坊六店栈，（铁木匠、补锅佬、小伙铺）

七镖八担九行空。（镖行、脚担、邮差）

张四一演唱的《九流歌》，把帝王将相拿来与社会上的各类人物，甚至与掏粪工、娼妓一并演唱。这无疑是对封建礼教的蔑视和冲击，在社会上传唱开来，这还了得。于是，乾隆五十七年（1792 年），朝廷下诏“禁唱淫调”，彩调独角戏艺人亦因此而出了大名。

永福县罗锦镇的江尾村，有个王清和。他是乾隆四十七年（1782 年）的秀才。他中秀才之后，就到桂林参加乡试去考举人。一直到嘉庆十二年（1807 年），王清和九次参加乡试，全都名落孙山。满腹郁闷的王清和在勾栏院中吃花酒时，听到一些落第之人议论科场作弊之风盛行：有的人在科考前就已买得考题；有的人买通考官，帮替换“复名”；等等。于是王清和也买通一个阅卷官，结果发现他名卡下的答卷的“破题”并非是他所作。旧时科举考试，分为优、良、中、可、劣五等，他名卡的答卷被归入劣等，显然是被人替换了。回家之后，王秀才发了蠢脾气，一口气连编了三本唱词：《寡妇怨》《深闺怨》《怨风尘》。教人用江月垌流行的灯曲来演唱，并取名为“大调”。王清和借张寡妇、刘翠花、李香君之口，发泄他对清朝统治者的强烈不满，唱词中公然咒骂他们为“清妖”“清狗”，骂清朝的官为“异族”“异类”。

“春秋三怨”曲调优美，很快在民间传唱开来。地方官得知后，急忙具表上奏朝廷。嘉庆皇帝看到奏折，这还了得，是何等之人，竟敢与朝廷叫板？皇帝立刻降旨：“禁唱淫调！”桂林府派差役将王清和一家缉拿归案。清嘉庆十六年（1811 年），王清和被处斩，全家老少被流放关外，永世不得还乡。

然而，王清和有一个早已出嫁的大女儿，未遭此祸，并且还留下了“春秋三怨”的唱本。道光末年，被彩调宗师蒙廷璋访查得到。蒙廷璋把其中咒骂朝廷的词句删改掉，对唱本进行修改润色，并把它定名为“大调”。蒙廷璋还依照“春秋三怨”的叙事结构，曲调和腔口的转换组合、呼应等手段，新编了一批大调唱本。继而又把江月垌流行多年的“小曲”“花灯”定名为“小调”，以示与“大调”的区别。清光绪十三年（1887 年）蒙廷璋去世后，共留下十三个大调唱本。

然而，清光绪二十二年（1896 年），朝廷又一次下诏“禁唱淫调”。馆主林十三为了唱灯人的安全，定下一条馆规：大调不出门。就是大调不准出师门，只传授给蒙廷璋一脉的弟子，不能外传。用老艺人兰坤庭的话说：“子孙相承，不传门外！”

两百多年来，一代又一代彩调艺人，在向弟子传授独角戏或大调牌时，师傅都要给祖师爷上一炷香，言明向第几代弟子传授什么，再给祖师爷磕一个头。受传的弟子则要给祖师爷的神牌位上三炷香，跪下磕三个头，言明自己的身份和意愿。还要烧化“记名片”，表明一生都遵守师训门规，否则绝对不许传授。二百多年来，还没有谁坏这个规矩。

一出独角戏，一个大调牌的演出，都要达到半个钟头以上，否则不能算是学到家了。

小丑的独角戏，小旦的大调牌，是流水调唱腔艺术的聚合奇葩，是彩调艺术的精华！

九曲龙溪

陶建梅

江河婉转，顺流而下，屋前荷塘、菜园点缀，屋舍靠山临水，袅袅炊烟。永福县九曲龙溪田园综合体涉及永福镇、广福乡 2 个乡镇的坪岭、南雄、龙溪 3 个村委，涵盖 11 个村屯，因洛清江在综合体内婉转曲折而得名。

如果要漫步九曲龙溪，可以从锦江花园小区的江边堤岸开始。茅江桥跨过洛清江支流——茅河，桥的一边是新建的“一院两馆”，堤岸旁绿树成荫，还建有观景凉亭。桥的另一边建有体育馆，站在江边看过去，还可以看到福寿桥，江对面是凤山公园广场，隐隐约约还会从江对岸传来一阵阵歌声，那是人们在对着山歌唱着彩调。

沿着江边的栈道漫步，白天，蓝天白云倒映在江中，傍晚，火红的晚霞铺满江面，无论什么时候，都是水天一色。记得 20 年前，生在武汉长在武汉的嫂嫂带着侄女第一次来永福省亲，去了堡里镇的板峡湖，她们感叹：“书上都说绿水青山、绿水青山，我还在想，山可以是青的，水怎么会是绿的呢？现在是亲眼看到了。”我想，如果她们再看到这蓝色的、火红的江面，是不是又要惊叹一番呢？

何其有幸，生活在这仙境般的福寿圣境。

文明塔的春：人比花娇

去文明塔，一定要走江边那条最美的栈道。从高空俯瞰，可以看到红色的栈道似一条红丝带，在青山绿水中飘荡，飘逸灵动。一条栈道，连接着新“一院两馆”和文明塔，也连通了现代文明和历史文化。

沿着江边栈道往洛清江大桥方向走，远远就可以看到文明塔，庄严雄伟。文明塔耸立于三江之口，与一旁的洛清江大桥交相辉映，与凤山遥相凝望，情景交融。

文明塔二、三月早春时节最美。

春天是一个富有生命力的季节，也是一个美丽、神奇，充满希望的季节。桥边一大片桃花盛开，映红了人们的笑脸。桃花是争春的花朵，每到春天，叶子还没来得及长，花儿便从枝干中挤了出来，似乎生怕春天不热闹。于是一朵接一朵地次第开放，开成了万里春光的第一枝。大文豪苏轼笔下“竹外桃花三两枝，春江水暖鸭先知”的佳句，不正是这里的真实写照吗？

经过寒冬的蛰伏，人们迫不及待地出来活动了。脱去了厚重的棉衣，换上轻便的春装，带着孩子，在春天的暖阳下，或放着风筝，或追逐嬉戏。美女们身着旗袍，拿着团扇，漫步在文明塔下，摇曳生姿，如诗如画，美不胜收，带来了一场旗袍的文化盛宴。

晚上，广场上动听的乐曲，让晚饭后散步的人们忍不住竖耳聆听，驻足高歌。一首《可可托海的牧羊人》，诉说着凄美的爱情故事。

下坪的初夏：月色怡人

从文明塔沿着江边栈道一直往前走，经过塔脚农庄，再走一段路程就可以到达龙溪水电站旁的下坪屯。广福乡龙溪村下坪屯滨江公园是九曲龙溪田园综合体的核心。

我一直都认为初夏夜晚的下坪屯是最美的。

借着淡淡的月光，可以隐隐约约看到树影、长廊、弯曲回旋的步道。三三两两的人们在漫步、聊天，偶尔传来小孩的欢笑声。远处对岸是日夜赶工的高速路“四改八”工地，闪烁的灯影和机器的轰鸣，热闹了这个浪漫的夏夜。

夏夜的风是令人期待的，徐徐吹来，格外清新、凉爽。躲藏在草丛中的青蛙开始“放肆”起来，呱呱呱地叫个不停；依附在树干上的蝉也不认

人比花美 张荣翔/摄

输，知知知地在叫；也不知什么时候，萤火虫也飞了出来乘凉，一闪一闪的，特别好看。

坐在长廊上仰望，星星俏皮地眨着眼，观赏苍穹盛景。一轮明月高高悬挂在空中，淡淡的光像轻薄的纱，飘飘洒洒的，映在河面上，微风一吹，水面上泛起了鱼鳞似的波纹，像撒了一层碎银，晶亮闪光，美丽极了。我忽然想起两句诗来："微微风簇浪，散作满河星。"

夜深了，垂钓的人也收起了鱼竿，拎着沉沉的鱼篁，脚步轻快，隔着夜幕都可以感受到他发自内心的喜悦。

夏天很美丽，承接着春的生机，蕴含着秋的成熟。

龙溪的初秋：希望和幸福

从下坪屯穿过龙溪电站大坝，沿着河岸走，可以看到一大片的竹林。这就是龙溪麻竹特色农业核心示范区。

龙溪村位于永福县南部的广福乡，村民依洛清江而居。因地势较低，村里的田地经常遭受水患，农作物收成难有保障，村民生活一直不富裕。20 年前，一个外乡人来到村里租下了一片河滩地种植麻竹，竹子刚种活就被一场大水淹没，老板以为竹林不会再有收成，就把地都还给了村民。没承想，竹子不仅活了下来，还噌噌地冒竹笋。龙溪村种麻竹的历史由此开始。

龙溪村地势平坦，处在洛清江沿岸，荒滩、荒坡、田边地角较多，沙质土壤，土层深厚肥沃、疏松湿润、腐殖质含量丰富，为麻竹生长提供了优越的自然条件。晋代戴凯之《竹谱》“苏麻特奇，修干平节，大叶繁枝，凌群独秀”，突出了麻竹竿直节平、丛生多枝和叶大如履的特征。

2016 年，在县委、县政府的扶持下，广福乡开始着手实施永福县龙溪麻竹特色农业核心示范区创建工作，引导加工厂改善生产条件，开展产品深加工，提高龙溪麻竹的附加值，筹建麻竹文化展览室，建设观景台，修建竹海绿道，酿竹筒酒、烧竹筒饭，让游客来采挖新鲜竹笋、享受天然氧吧……随着种植规模的扩大，村里陆续建起了 4 个竹笋加工厂，产品销往湖南、柳州、桂林等地，产品经常供不应求。

如今的龙溪村，已经是集观光、采摘体验、生态乡村休闲旅游于一体的乡村休闲旅游胜地。

站在观景台上俯瞰，沿江而上，万亩竹海，非常壮观。沿着竹海绿道漫步，风吹竹动，犹如绿色的海洋绵延不断。在竹林中蜿蜒而过的小溪清澈见底，沙洲上绿草青青，牛儿悠悠。好一幅“村在绿中、家在林中、人在画中”的美丽乡村画卷。

初秋时节，正值麻竹笋采收旺季，放眼望去，竹丛中一根根肥壮的竹笋破土而出，节节拔高。在一片青翠的竹海中，知了在鸣叫，人们在忙碌，竹林中充满丰收的喜悦。

永福古石桥掠影

邓贵银

人是天地之灵，桥为路水之魂，有水有路必有桥。永福自古以来，不乏能工巧匠，从现存的古石桥就可见一斑。

七星桥位于永福县百寿镇三河村龙泉屯，横跨百寿东河支流的大龙江上，建于清代初年，具体年代无考。道光年间重修，系利用河中生根石分几部分架设的桥梁，由东侧石梁桥、中部石板桥和西侧石拱桥组成，形如一把带把的镰刀状。全桥通长 61 米，宽 1.15—2.55 米。高低随河床走势。东侧石梁桥为五墩六孔，架于东侧河岸与河中生根石上，通长 23 米，宽 1.75 米，高 1.8—3 米，石墩的一端设分水点，其大小不一，河心石墩高大，近岸较小，桥面现大部为钢筋水泥结构，现存桥面上尚存三块较大的石板。中间由河中生根石和砾石铺设成弧形的石板道。局部设小型的方形石墩和过水孔，总长约 30 米，宽 1.15—2 米。桥的西侧石拱桥由条石砌成，长约 8 米，公路旁立有《重修七星桥碑记》，具体记述了重修七星桥的过程和民众捐资修桥的概况。七星桥为龙泉屯、白田屯通往百寿古道上的桥，现为永福县规模最大古石桥。

大雁桥位于永福县罗锦镇高崇村高等屯西面 300 米处，建于清代。桥为东西走向双拱石桥，系用大方石错缝砌成。水由南向北，桥长 38 米，两边引桥为 25 米，双拱长 10 米，宽 4 米，高 5 米，桥面料石已损。为高等屯通往罗锦镇上的古道，桥边布满荆棘垂柳，现已停用。大雁桥为永福县保存最完整、规模最大、绿化最好的双拱古石桥。

塘村石拱桥位于永福县三皇镇文明村西南侧，横跨宽 9—12 米的塘村江，建于清代。该桥为单拱石桥，用方石错缝砌成，通长35.1米，宽4.9米，高6.75米，单跨12米，拱高6.1米，东西两端各设20级台阶，是永安乡通往三皇镇的古道桥梁。2005年8月5日列为县级重点文物保护单位，是保存良好，沿用至今的永福县规模较大的古石桥。

塘村古石桥　张荣翔 / 摄

下马桥位于永福县三皇镇马鞍村下马屯，横跨宽9—12米的下马河。下马桥为单拱石桥，系用方石错缝砌成，通长19米，宽4.3米，高6.03米，桥面呈弧形，单跨10.4米，拱高5.48米，东西两端分设11级和14级台阶，桥身两侧原设条石护栏，今无存。下马桥建于清代，沿用至今，2005年8月5日列为永福县重点文物保护单位，夕阳余晖下的下马桥格外美丽，被誉为永福县最美的古石桥。

垌田石拱桥位于永福县三皇镇荣田村垌田屯东南，为单拱石桥，系用方石错缝砌成，通长18.5米，宽3.85米，高4.9米（至水面）。桥面弧拱，长5米，单跨5.8米，拱高4.3米，东西两端分设14级和11级台阶。桥身两则原设3条石护栏，今已无存。建于明清时期，系三皇镇通往融安古道的石拱桥。

板坝石拱桥位于三皇镇文明村板坝自然屯东北，为单拱石桥，系用方石错缝砌成，通长8.3米，宽3.6米，高3.5米，桥面略弧，单跨4.2米，拱高3米，东西两端各4—6级台阶，桥身两侧不设石护栏。该桥建于明清时期，沿用至今，为古代村级道路桥。

除塘村石拱桥、下马桥、垌田石拱桥、板坝石拱桥外，三皇镇现存大大小小20多座古石桥，为永福县古石桥之乡。

大花双拱桥位于永安乡太和村大花屯后山，长 18 米，宽 3.2 米，高 3 米，双拱造型，建于明清时期，沿用至今，为乡村道路桥，是永福县北部唯一的一座双拱古石桥。太和村小学石拱桥位于太和小学教室旁西面 15 米处，为单拱石桥，系用方石错缝砌成，长 14 米，宽 3.2 米，拱高 2.33 米，南北走向，拱砌在生根石上，为乡村道路桥梁。大花屯石拱桥位于永安乡太和村大花屯，为单拱石桥，系用方石错缝砌成，东西走向，桥长 11.5 米，宽 3.2 米，高 4.8 米，为乡村之间道路桥梁。永安乡太和村因保存有三座规模完整的古石桥，被称为永福县古石桥第一村。

苏桥庙桥位于永福县苏桥镇苏桥村一组，横跨土里湾小河沟，为单拱桥，系用方石错缝砌成，通长 14 米，宽 3.1 米，高 3.45 米，单跨 5.8 米，拱高 2.85 米，桥面较平整，长 3.93 米，桥东西各设 7 级台阶。该桥始建于清代。因桥之西北土岭下有一小庙，故名庙桥，是苏桥通往临桂、桂林古道上的桥。

龙山塘石拱桥位于永福县苏桥镇石门村龙山塘屯西约 300 米处，为单拱石桥，系用方石错缝砌成，通长 13 米，宽 2.3 米，高 3.2 米，单跨 6 米，拱高 2.95 米，桥面较平整，长 2.4 米，桥南北分别设 7 级和 11 级青石台阶，建于清代。该桥东北约 40 米有一袖珍型小桥，长仅 3 米，高 1.5 米，其东北面龙山塘村边现存石碑两通，记述了修建龙山塘石拱桥的过程及详细的村规民约。两桥均为龙山塘通往苏桥和永福的古道上的桥。

我们永福的先民，用他们的巧手和智慧建造了大大小小 60 多座古石桥，将永福的乡村连通在一起。随着工业、新农村建设和交通事业的迅速发展，许多古桥被拆毁或废弃，整齐划一的新农村、宽大快捷的高速公路、铁路，把古石桥淹没在旷野外。现存的古石桥失去了当年的车马喧嚣，只与垂柳、牛群、白鹭相伴，但它们却点缀着永福如诗如画的田园风光，古石桥的古韵风采仍将成为广大驴友和画家们关注的焦点，是乡间旅游爱好者的好去处。

碧水湾湾话今昔

杨立新

清凌凌的西江在崇山峻岭间蜿蜒盘绕百余里，来到了热闹繁华的永福县城，贴着凤巢山北麓山脚拐了一个大弯，形如半月，人们给它取了一个很好听的名字——“碧水湾”。

这个静谧而美丽的港湾，“水光潋滟晴方好，山色空蒙雨亦奇”。翡翠般的河水清冽可口，河底的沙石鱼草依稀可见。东岸河堤上的滨江大道连着美轮美奂的福寿广场，每天到这里闲情散步、跳舞健身的男女老少，熙熙攘攘。旖旎的山光水色、人们曼妙的舞姿和着优美的音乐，组成一道靓丽和谐的风景。

伫立江畔，追忆往昔，沧桑变迁令人感慨。

这港湾原本是一个很小的回水湾，河堤两岸，草木稀疏凋零。西岸的滩涂地，湾里村村民常用来种植花生、甘蔗，东岸是杨家坟岭，岭上坟茔杂乱，草木萧瑟。

一条蜿蜒的羊肠小道挂在岭西半腰上，连接着凤山背的小路，相接处是一条不大不小的沟壑，沟壑上横跨着一座远近闻名的“恋爱桥”。小桥结构精致，典雅疏朗，依偎着低吟浅唱的西江，桥的两头，古老的枫树和朴树把桥遮隐得欲露还藏。

“恋爱桥”原名“凤山背桥”，因此处非常僻静，与县城正好相背而得名，是县城中的几个乡绅于清末民初共同筹资而建。相传，民国初年，县城里的一对恋爱中的男女，自小青梅竹马，早已爱慕于心，由于“门不当，户不对”，遭到了双方父母的反对。于是在那“星垂平野阔，月涌大江流”

的美丽之夜，俩人常常幽会于桥上，借助小桥流水互吐衷情。也许是老天的眷顾，这对有情人终成眷属。很快，这个美丽的故事就一传十，十传百，迅速传遍了十里八乡，许多少男少女也纷纷效仿。久而久之，人们就把这“凤山背桥”传成了远近闻名的“恋爱桥”了。

1949 年 11 月，永福县城解放，历史翻开了新的一页。

翌年冬，原跑单帮的货运船工在杨家坟岭北（今商贸城南门前）组织成立了“永福县航运站”，修建扩宽了原码头，为方便百寿、龙江两乡镇的群众往返县城办事购物，增设了两艘客运航班，水上运输业迅速发展，弥补了当时陆路交通不畅达的短板。同时，建起了职工宿舍区，长期水上栖息的船工终于结束了“船居”生活。

之后，永福贮木场、永福县雨伞厂、永福县供销合作社土产日杂仓

库、永福木材加工厂等企业也相继在杨家坟岭（今福寿广场、步行街）落成，昔日的荒岭上建起了一排排崭新的厂房、整洁的宿舍，隆隆的机器声、人们的欢笑声，宣告了一个旧时代的终结。

20 世纪 90 年代末重修龙溪水电站，加高了拦河大坝，提高了西江水位，凤山北麓的西江小回湾变成了一面宽阔靓丽的“碧水湾”。当年那“影定栏杆倒，月明恋人来”的恋爱桥，成了古城百姓无尽的眷念。

如今，昔日陈旧的航运站宿舍区改建成了宽畅美丽的永兴大道，旧厂址变换成了繁华热闹的福寿广场和商业步行街，杨家坟岭在“满眼云山画图开”中实现了华丽转身。而碧水湾两岸原来疙疙瘩瘩、高低不平的土路河堤经修整后焕然一新，堤上植满了各种花卉、树木，春日里，粉色、朱红色的桃花与嫩黄色的柳丝融为一体，很是漂亮，洋溢着“桃红柳绿春开

碧水湾　张荣翔 / 摄

瓮”的诗情画意。

依临西江的福寿广场与凤山公园咫尺相对，镌刻着“福寿广场”的形如麒麟的岩石，伫立在广场南边绿茸茸的草坪里。相伴它的是一羽翘首凤巢山展翅欲飞的银凤，凤山公园有它的家。环立广场的路灯杆上，悬挑着的篆书“福寿”灯就像一面面红色的锣鼓，整个广场，无处不体现出福寿元素。

高大的永福宣传文化中心大楼坐落在广场东边，大约 4 米宽的超大显示屏雄踞大楼顶端，每晚播放的永福福寿文化故事令人振奋。大楼下是一个宽敞的舞台，平日常有演出，表演者用轻松快乐的歌舞、诙谐幽默的彩调剧演绎了福寿之乡的繁荣和欢乐。

“桂子月中落，天香云外飘。”重阳节期间的福寿广场变成了欢乐的海洋，福寿节如期而来，这是欢乐之节，是养生者的盛会，是休闲生态旅游爱好者的天堂。其间，凤山祈福、山地自行车赛、“广西山歌王”选拔赛、彩调大赛、重阳健走、登山等一系列丰富多彩的活动，充分展现了永福健康休闲养生的特色、青春靓丽的城市形象和浓郁的敬老爱老风尚。

2006 年举办的“盛世金秋千叟宴”，是永福县首届养生旅游福寿节的重头戏。福寿广场中央，两百张八仙桌组成了一个长 68 米、宽 37 米巨大的“壽”字。千叟宴，始于清朝康熙年间，盛于乾隆时期，那些年老重臣、皇亲国戚及社会贤达是千叟宴中的荣耀者。而今的“金秋盛世千叟宴”是百姓的千叟宴，体现了太平盛世的和谐与幸福，诠释了“福寿双全”的内涵，上海大世界基尼斯总部核准此宴为大世界基尼斯之最。

唱一段彩调，看一场水上精彩婚礼，品味福寿之乡水的文化，见证爱的绵绵不绝。永福县第十届福寿节期间，30 对新人演绎浪漫水上婚礼。

喜气洋洋的新郎牵着身披婚纱的新娘，从福寿广场西江边踏上装扮美丽的竹排，顺着西江漂流而下，竹排上相拥而立的新人，探身俯视着水草中穿梭而游的鱼虾，举头仰望蓝天白云下苍翠欲滴的凤巢山，好似置身仙境一般。娇美的新娘、激动的爱人、难忘的瞬间，都在这镜面中变得更加明艳动人。远远望去，江面上新娘的婚纱和竹排上的红丝布迎着江风飘扬，与碧绿的江水交相辉映。

深秋的西江依然澄蓝澈底，湾湾碧水浪花飞溅，摩托艇时而踏波逐浪，时而飞驰狂飙，这是永福县第五届福寿节的摩托艇水上表演大戏。表演者们驾驶着“水上坐骑”在碧水湾上的一系列精彩热烈、惊险刺激的特技表演，令人陶醉。那游龙戏水、水上飞梭、孔雀开屏的精彩场面，恰似一幅幅福寿之乡的壮美画图。

西江水光映广场，凤巢山色润寿乡。素有“福寿之乡”美誉的永福，山水灵动，充满着活力，凸显着繁华，如果你到永福来，定会让你惊喜连连，收获满满。这正是：

昔日荒芜鬼魅嚎，今朝盛世人如潮。
碧水湾畔花似锦，歌舞升平分外娇。

街上水边人家

黄云华

在桂北靠近桂中的山腹里，有一座小镇隐而不藏，风景独好，它就是我的故乡堡里街。

堡里街位于永福县城南 40 余里，是堡里镇政府驻地，也是全镇唯一的圩市。其东南西三面环山，源出大山里的三条河水在镇南交汇形成茅河，再从镇子东边绕过北去，流经县城注入洛清江。

茅河是连通县城的水路，过去没通公路的时候，山里盛产的木材、竹子、松脂等大宗物品是由这条河运往外面的，后来修了通往县城的公路，水运被陆运取代，进出的通衢大道只此一条，别无他途。

堡里街是个水街。有一条引自茅河的人工水渠由南往北穿街而过，把一个数百户人家的小镇分成两块，民居商铺沿渠而筑，隔三五十米建有码头，开门用水，方便至极。

因为拥水而居，堡里街的人爱洁成习，能洗的东西都往水渠里摆弄，临近春节更是家家户户大扫除，打扫房梁屋面、清洗被套蚊帐自不在话下，就连桌椅板凳和能够拆卸的门板都要过水，而且洗得讲究，要用瘪谷、碱粉和温水混合盛入大盆，洗的时候先抓一把带碱的瘪谷在物件上擦拭除污，然后才放到水渠里漂洗干净，最后方可晾干。在家的时候，母亲总会在春节大扫除的前一晚提醒我们兄妹几个："明天搞大扫除，要起早啵。"第二天一早，我们就在母亲的带领下开始了每年除旧迎新的"规定动作"。遇到大太阳天，水渠两边码头上满是搞卫生的人，街坊们一边干活一边说话，叽叽喳喳，甚是热闹。偶有个别只顾说话忘了手中活计的，稍不留神就放脱了清洗的物件，于是赶紧从水里抓回来，再自哂一句，引来旁人笑话。更有一两个调皮捣蛋的豆子鬼（方言，指小孩），冷不丁向水里扔个石头，弄得水花四溅，待被惊扰的人回过神来，“肇事者”则躲进了巷里，于是就招人数落：“是哪家养出的野崽，好没教道！”这样的情景，在水渠边时常发生，构成了一幅故乡特有的风情画。而在我的心目中，母亲忙碌操劳的身影总是占据这幅画面的突出位置，几十年过去了仍清晰如初。

小地方最藏不住生人。有一天，街上来了个陌生的中年女人，她刚进圩头便引起人们的注意，接着有关她的消息像渠中流水一样往下传递，引出几伙出门看热闹的人。有人评论说：“这年头还有讨吃的，少见咧。”也有人猜想道：“这女子个人出门，是家里遭大难了啵？”还有人自我对号：“怪我脸皮薄呗，学这女人去讨百家米倒好！”不一会儿，那女人就出现在我家对面街道，不料后面还有两个街坊婶子追赶着送她吃的，场面颇为感人。当年像我这样“长在红旗下”的小学生，只认为旧社会劳苦大众受煎熬，更没想新社会还有讨吃的人，这幕现实让人很困惑。长大后才明白，是那个年代的语境淡化了贫苦。其实我们这里的人也是勉强维持温饱，揭不开锅的时候也有，只是顾着面子不敢出门讨吃而已，但过街借米却是常有的。我们家是吃“国家粮”的非农业户，因为粮食有保障，少不了上门告借的人，每当在家听到来人跟母亲说“到你们家来讨个主意先”，就知道那家人断炊了。也怪，这明明是借米求助的事情，听着却是讨教的口气，这般含蓄委婉的说辞，我猜想当下的年轻人是听不懂的。母亲总是有求必应，还有一套寅吃卯粮的办法，她将下月的口粮提前买回填补上当月借亏，腾挪一两个月后等收上早稻，借出的米就还回来了，而且是粮所买不到的新米，这是既助人又利己的好事情。当家里有了又香又软的新稻米，便随着种田人的风俗过起“尝新节”来，煮起大锅新米饭，再买条大鱼，全家人饱餐一顿，留点剩饭和鱼头鱼尾，图个“有余有剩”的彩头。有道是“鱼仔送饭鼎锅刮烂”，逢此“盛宴”必有饕餮，尤其对那些肚子难得填饱的人更具诱惑，所以在“尝新节”里，坊间还会闹出几个撑破肚皮的笑话。缺吃的人自然会缺穿，记得对门有个小伙伴那年随父母回临桂老家过年，家里穷得连一件少些补丁的外衣都找不出，结果还是借了我的衣服才

堡里街　黄福辉 / 摄

出得门。那年月的光景，想想也令人唏嘘。

“我姓韦来又姓侯，家住堡里街圩头，出门有水拦着路，木板当桥架过沟。”这是一首应答山歌，歌者姓韦入赘侯家，短短四句歌词将其身世、婚配、住址和居住环境讲得清楚明白，由此可见堡里人亲水乐水、豁达开朗的一面。另一面呢，则是融通练达，颇有水的禀赋。那年，一位街坊叔伯中年丧偶，膝下孩子又多，老大二十出头，小的只有四五岁，没了女主人就是塌了半个天啊。那时我刚读完高中在家待业，照常理街坊上有丧事是要去帮忙出力的，让我十分惊叹的是，原本一场丧事竟搭上了喜事来办，老大要在他母亲出殡的同时也举行结婚仪式。长辈们说这叫“冲喜”，顺变应变，合规合矩。我却在心里暗想：这新娘可是街上业余彩调队的“角儿”啊，台上台下都见过她，不仅戏演得好，人也长得标致，虽与新郎恋爱在先，而当要她担纲这部人间悲喜剧的女主角，去接受一场难言喜庆的特殊婚礼，以及要不要为这个命运多舛的家庭撑起坍塌的半边天时，她竟然不作回避，只愿与郎君你侬我侬，将苦乐人生中的爱情故事演绎得尽善尽美。论做人，她也配当“角儿”。

“草间虽可活，丈夫誓不为；今为忠义死，作鬼也杀贼。”这首诗的作者李珙，属今堡里村甲浪屯人，宋大观元年（1107年）中武状元。宣和末年（1125年），金兵大举侵犯汴京，时任邕州团练使的李珙率死士三千北上勤王，与数万金兵遭遇血战，李珙壮烈牺牲，临死前写下这首壮怀激烈的《割袍诗》。朝廷旌表李珙忠烈，赐谥号“忠州防御史”，诏令岭南各地建祠奉祀。堡里街东南头的茅河边就有一座奉祀这位忠君报国的乡贤的庙宇，当地人称“李王庙”。近千年来，故乡的人们十分景仰李珙，民间有许多关于他的传奇和神话，其中“马革裹尸还乡”的故事更是盛传不衰，在李珙尸还故里的沿途上，乡中的几处村落和地名，都与这个故事有关。故乡的人们还自发组织编排出专门的祭祀节目，正月里举办的“李王出游”活动更是声名远播。是日吉时，李王庙前人头攒动，仪仗齐列，一套庄严隆重的仪式之后，几名精壮汉子抬着李珙塑像，由旌旗开道，鼓乐相随，在众人拥戴下浩荡出游，诚如当年李珙率军北上的抗金阵势。当“李王出游”甫入首站堡里街，顿时人声鼎沸，龙腾狮跃，爆竹震天，从街头到街尾一齐沸腾，高潮迭起，经久不息。然后，出游队伍才向北行去，一路威风，尽享人们的顶礼膜拜。每次活动行程不管远近，十里开外的罗记村是必到的，那是传说中李将军归乡落气和安葬的地方；远的要出游到县城、罗锦甚至临桂县的会仙、两江，然后才返程。这个活动代代传承，成为当地崇祀先贤的传统风俗，也反映出厚植在故乡人心中的那份家国情怀。而今，我在先贤曾经为官的邕州（南宁）工作，更有一番亲与敬的感念在心头。

堡里街以穿街而过的水渠为南北中轴线，一条自东而西的道路横过街面，在道路与水渠的交叉点形成十字街口，乡人以此划分街区，南面水渠上游称高头街，北面下游叫底下街。高头街西侧建有一座廊桥，名“飞龙桥”，架在另一条流过堡里街西边的小河上，其叠石为墩、砖墙高耸、飞檐斗拱的材质和架构，与侗家风雨桥迥然不同，看上去如廊似宇，有中原遗风。联想起周边有片叫作“屯兵垌”的田畴，此地有古时屯兵的传说，或许深藏着与桥有关的故事也未可知，只待有人去考证。这座桥是当地的名胜古迹，远近闻名。

说到飞龙桥，当知堡里街是被一东一西两条河水拥着的。其实，茅河是主流，上村河是其支流，支流经过堡里街后在下水村又回归主流。如果俯瞰，堡里街就像是泊于水上的一条船，此时称它水街还是称水中的船呢？我想还是称作船吧，它从岁月深处行来，风雨沧桑，驶入当今盛世，祝福它行稳致远，一帆风顺！

和水相处的日子（外三章）

萨家琳

和水相处的日子

择水而居。和水相处的日子，日出而作，落霞而归，在水边我播种庄稼、播种诗歌和爱情。

这是我美丽的家园，阳光灿烂，鲜花盛开。炊烟与燕在天空飞翔，庄稼蓬勃向上，充满生机。一种诗歌般的神韵，被璀璨的色彩点燃，弥漫我童话般的岁月。

潺潺水声，春风般温暖我缱绻的心情。苍茫的感觉在水里已锈迹斑斑，尘世的虚荣悄然飘逝。面对洁如处子的水，内心充满感恩。

常在黄昏的夕阳里，跟水做亲切的交谈。水如利剑，深刻剖析我灵魂的浅白，告诉我走过幸福的春天后，再用什么样的姿势进入秋天。

水的影子被缩小成一页又一页的章节，云水墨书，铺向福寿之乡的田野。只需要一滴水的滋润，每一个人都有了自己站立的位置。轻轻地捧着双手，在寂静安详里摘取天上的水，落地的雨声。

和水相处的日子，我的一生在水的波纹里穿越，或深或浅，或缓或急。

西河心语

一条河，一条宁静而悠远的小河。

我先是听到水声，然后才见你的身影，细看你的倩影，感受你律动的心声。

沐千年风霜雨雪，经历史锤炼锻打，终于成就了一方土地，孕育了两岸人家。

择水而居，结草为庐，男耕女织，日出暮归，和泥做陶，结绳记事，世世代代，生息繁衍，把一幅幅生动、悠然的画卷，在历史的变迁里演绎得淋漓尽致。

流过祖先血脉的源头，不经意间绕过千年岁月的沧桑洗涤。落叶飘飘如无桨之舟，在你的额上画出一尾尾皱纹。

在河之洲，一方水土养一方人。浸透着母爱的河水，律动着阳光的心跳。如一段纤索，绷紧每一个颠簸的日子；如一种琴弦，弹响每一声艰难的乐曲。

流水光阴，漫过岁月的山谷，或一帆风顺，或跌宕起伏，途中，有清风明月作陪，有鸟语花香作伴，亦有风霜雨雪相邀。一程程走过，沉淀了人间悲欢，丰厚了生命的土壤，绿色遍布山谷。

眼前，所有的妖娆都十分卓越，所有的青山都十分精致，细细聆听来自水底的妙曼仙音，一点一点地飘向阳光。

穿行在历史的河岸，寻觅文武状元的足迹，听诗吟秋风、观剑舞松涛，那时画外的青山，烟笼寒水，蹙眉惆怅。

北增寿，南祈福，一水挑南北，两岸生灵，世世泽荫，生命的激情与精神川流不息，一份质朴，一腔厚爱。

从这条小河的源头到河尾，如乳之水滋润着两岸的草木人家，于是，这片神奇的土地上，有了对福的祈盼、对寿的向往；于是，就诞生了一种被称为“福寿”的文化，在河水的浇灌下，用了千百年的时间，渐渐地衍生蔓延开来。

这就是你了——西河。

以岸为唇，吻遍每一寸深沉的土地。

以浪为耳，谛听每一个动人的传说。

在河之湄，播种希望，延展生命的风景，怀想先民的德慧和呓语，深深地眺望前程的旷远。

西河，我一直在努力地靠近你，靠近智慧与灵气的山谷，靠近温实的稻田和村庄，叩响那些风吹杨柳的日子，叩响山民憨厚的笑容、朴实的形象。

乐钓西河　张荣翔 / 摄

你生命的源头，就是我踩踏过的那些草，我攀爬过的那些树，以一种勇往直前的勇气。你从我身边走过，惊涛拍岸或者静水流深，你都是我的母亲。

多少次捧起清冽河水，我不是渴，只是想不动声色地接近青涩的眷恋。身后的平仄里，有许多高扬而清新的诗句。

如今，历史的典籍正打开新的一页，古老的传说从水的深处匆匆赶来，满河景色，醉了时空，还有你我的视野，如幽梦编织恒久不变的意蕴，在夏日和声的烘托下，奏出美丽、和谐的乐章。

托载着我们，掂量着我们的西河啊，始终让我们感恩膜拜。

叫一声母亲，就让我们弯下腰来，以一种虔诚的姿势，洗去我们身上的尘土和污斑，吸取你的精华与灵性，让我们的灵魂与你一样深沉。

夜渡

独坐夜的寂籁，残月当空，无人再渡。渔火闪烁，照亮紧握的往事，跌于心河，悄无声息潸然流逝。

江水如跳动的花影，幸福潇洒。面对希望的升腾，渔火的温暖有力地穿透躯体。

恍然中，举目四望，只见水的尽头，薄雾笼罩中似有金光隐隐透出，好似在招引我前去。四下逡巡，果见一叶扁舟，横立水边，但野渡无人。谁能渡我到达彼岸？

舟自彼岸而来，摇桨的老人信手摇出抑扬顿挫的乡音，古铜色的脸上充满自信，命运的弓弦在手上紧握，舟从容前行。

长夜漫漫，裹着神秘，衬托出夜的安详和宁静。褪尽臃肿的外衣，裸露出生命的真谛。

这样的夜让人顿悟人生的无悔，即使再次面对沧海桑田。

桨声

船摇江水，桨声和着清丽的山歌悠扬，荡漾出一种很深很深的乡音，一桨探不到底。

桨声飘浮，余音袅袅，伫立江岸，在如霞的夕阳里，感受刻骨铭心的春韵。一江水的风情，在咿咿哑哑的桨声中表现得淋漓尽致。

一路桨声摇过，两岸青山清新的气息沿着你的余音飞舞，荡起一串涟漪，阳光洒在船上，把飞扬的水花染成金色，沉醉了岁月浮沉，流年韶光。

山影竹风，和着渐淡渐远的桨声，悠然滑翔在黄昏的边缘。古韵新声的山歌，化为身后闪烁的波痕。

摇桨的双手从容不迫，前方的日子渐渐开阔明朗，支撑命运的双桨挥动不止。船稳稳前行，浑厚的桨声不老，岁岁如春。

青龙口之恋

黄慧青

没去过大理，你也会钟情于“上关风，下关花；苍山雪，洱海月”的浪漫情怀；没去过三亚，你也会向往“我愿陪你到天涯海角”的共守；如果没来过青龙口，你是否知道南国小景的这里——有酒，有故事，更有别样的“风花雪月”与情愁？

暖风送来了春雨，云雾弥漫山头，青龙口瞬间山水天成，我可否邀你来这里走一走？想风，听雨，或仅仅是发呆、静候。

春雨密密地斜织在湖面上，温温柔柔。湖边，鹅黄色的小草毛茸茸地探出头，挂满了晶莹剔透的雨珠，仿佛让裸露了一冬的湖岸瞬间换上新绸，丝滑而轻柔。鹅黄延伸至岸边的船头，船身搁浅的水印早已爬满青苔幽幽。风，拂过茶褐色的纹理沧桑的老桨，湿润了锈迹斑驳、躺在船舷上的锚。锚，它微微透出水光，好似在倾说岁月情愁。忽然，湖面上来风了，雨过了，雾绵延至心口，这是要引你走入故事的源头……你看那湖堤上，一把把行走的红色的油纸伞，那是风儿送来的可人。她们穿着红的、黄的、绿的、紫的旗袍，眉如翠羽，肌如白雪，腰如束素，齿如含贝踏青而来，暖风徐来，款步姗姗，窈窕淑女，君子好逑！

曼妙的雨丝又起，时而随风起舞，时而慵懒地洋洋洒洒，时而又乘着风的弦沙沙地卷入湖边的针木林中，落在新出土的枞树菌上，晶莹剔透。那菌儿或橙黄或粉嫩或蓝莹，活像一个个小精灵，玲珑活泼。针木林里瞬间变得有声有色。

要是你来的时候能赶上湖边茶园正采春茶，有幸参与采撷头茶，细咬一口茶芽，唇齿留青，抿一丝新雨，面带芳馨，那你定是春风十里茶香犹存的第一道盛景，可香可甜更可清洌，回味甘醇。

初夏的风带来了芳香，青龙口坡上的花儿开得正忙。我可否邀你一起到青龙口走一走？穿上汉服，盘好花苞髻，再点上一抹胭脂，携手共度这花开烂漫的时光。

晨光微露，鱼鳞似的天空由蓝变黄，逐渐明亮。一道道耀眼的光折射在湖面上，泛起粼粼波光。你若是站在青龙口坡顶的观景台上，放眼望去，就能一览漫山遍野的桃金娘花开得粉嘟嘟、亮晶晶。它们乘着风的翅膀，在阳光下翩翩起舞，神若天仙。你要是能邀上几位好友，捻一丝花香，沏一壶好茶，弹一曲新韵，闻歌起舞，摇曳身姿，水袖翩跹，歌舞升平。这何尝不是人生另一番胜境。

如果你倦了，就沿着步道徐步而下，来到青龙口的后花园，可小坐片刻。这里还有各种各样人工精心栽培的花，花香馥郁，鲜艳夺目。有月季、紫玉兰、海棠、芍药、绣球花……最多的要数玫瑰了，还有卡罗拉、冷美人、金香玉、珊瑚果冻、蝴蝶夫人、红色伊甸园等等，红得热情，白得纯洁，蓝得清丽。花开清湖周，你在篱下走，不知径多少，雨露沾香愁。倘若你是一位清丽脱俗女子，他是一位风度翩翩少年，在此许下誓言，天长于此地久于今生，那定又是一段人间佳话。只愿得一人心，白首不相离。

最妙的是到了盛夏的夜晚，湖边的草甸上萤火虫漫天。只要你一进入草甸，张开双臂，萤火虫就会轻轻地停在你的头上、肩上，甚至手上，一闪一闪放着光。它们似在歇息，似在倾听，又似在打情骂俏地你来我往。如果你还觉得不过瘾，那就带着它们奔跑吧！一片流光追随在你的身后，随风流溢，你瞬间就成了带着流光的精灵。让人不禁想到苏洞的一首诗：“明月在天上，流光遍草莱。平生一樽酒，思与故人开。”

说到明月，我就更流连于青龙口的秋。我可否还能邀请你来青龙口走一走？品果、赏月、跟着流星许愿到白头。

入秋的青龙口湖水清亮，湖边的果园更是亮得喜人。树枝上、藤蔓上硕果累累，种类颇多，有葡萄、草莓、甜橙、砂糖橘、红心蜜柚……只要青龙口果园一开园，四面八方宾客临门，齐聚丰收节。人山人海，热闹非

青龙口之恋　赵丙松 / 摄

凡。如果你进园跳过了竹竿舞，喝过了拦门酒，那在这里，你就可尽情享受采摘的乐趣，享受味蕾的冲击，享受宾至如归的乡音乡情。当长桌宴摆起，古朴的丰收山歌唱起：

点盏油麻点盏豆，油麻结果豆开口。
高粱酿酒桂花香，玉米酿酒绵又柔。
酿出红酒待宾朋，酿出白酒送朋友。
水连心来心连酒，杯杯连在我心头。

你说，你怎能不痛饮几杯呢？明月当空，把酒言欢。不正好对应了“人生得意须尽欢，莫使金樽空对月”么？

你要是喜欢，还可以追随多情的阿哥阿妹踩着月色，踏着情歌到湖边的楼阁上对歌。你听这边：

月亮出来照明亮，哥妹成双把歌唱。
唱歌说情月儿下，连情终生共闯荡。

你又听那边：

月亮出来照我脚，哥来与妹唱山歌。
唱得鸡叫月儿落，累了两人睡一窝。

还有这：

月儿出来在头尖，哥妹两人心相连。
日思夜想想着妹，想妹想得要发癫。
两天不见妹的面，吃饭睡觉茶不甜。

夜开始漫长，美酒香，情歌浓，月行色朦胧。微弱的星辰笼罩着青龙口，这里宁静下来了，偶尔传来一声阿哥阿妹爽朗的笑声，像要惊醒了那边山的启明星。在这里，你可以放下尘世，乘着星月的翅膀，肆无忌惮的让心畅行。

下雪了，在青龙口，没有鹅毛般的大雪漫天遍地，也没有白雪皑皑踩在脚下咯吱咯吱的温柔。这里只有棱角分明的“冰棱子”，有如花似玉的“冰花”，有美不胜收的“雾凇”。待到开湖了，我可否邀请你来这里走一走？赏“雪”，品奶酒，再尝一尝“剁椒鱼头”加香猪肉。

入冬的青龙口的湖面上青烟袅袅，寒气逼人。一层亮晶晶的“玻璃镜子”已经把湖水覆盖，在阳光照耀下熠熠生辉。“一江寒水清，两岸琼花凝”，在南国的青龙口也只有在极少极寒冷的冬季才能有幸看到雾凇。它美丽皎洁，晶莹剔透，婀娜多姿。它，像昂然怒放的银花，晶莹闪烁。它，像高山上的雪莲，圣洁高尚。它，又像一位温柔的少女，楚楚动人。它独具风韵，一尘不染。它迎风曼舞，绽开的“飞雪”落在你脸上，贴在你心里，融入了你所有美好的向往。这不就是“忽如一夜春风来，千树万树梨花开”吗？

而此时，正值青龙口的开湖节，人们早已聚集在湖岸边，把刚出炉的金黄色的香喷喷的烤香猪摆放在社台上，再供奉上热腾腾的水牛奶酿的酒与果品。万事俱备，只欠东风。等到火红的鞭炮轰轰隆隆地响起，锣鼓喧天闹开了。“开湖节”开始了！开湖节实际就是“钓鱼节”，而有趣的是钓鱼比的不是谁钓得大，而是谁钓得“头鱼”——所谓开湖第一钓，就成了年年有“鱼”（余）的吉祥征兆。

眼见着湖面上的冰棱了一道道地被“姜太公”们的独木舟冲破，发出嚓嚓嚓的响声，湖边的柳树桂树上的冰棱子也刷刷地被另一波“姜太公”们挤落，有的“姜太公”干脆架起小板凳，插进如“花”的草垛子里。嘴被风吹裂干了，干脆撸一串“冰花”嚼起来，嘎嘣脆，多生趣！如你听到哪里突然传来一片人声欢呼雀跃，那定是“开湖第一钓”有主了。你只需跟着人群，入席盛宴，高举奶酒，手撕香猪肉，坐等“头鱼汤”就好。其实，头鱼只有一条，而“头鱼汤”喝的就是头鱼与其他鱼共同熬制的鲜汤，寓意着共享幸福，和和美美。

这就是我心中的青龙口。

有水，穿石而至

付娟娟

家在广西永福县的一个小山村，家乡石多，石山、石洞、石级、石径……抬头见山，低头见石，种田挖地，一锄头下去，火花四溅，手臂都震麻了，哦，原来土下就是一大块坚硬的大青石。

家乡不仅山多石多，其实，水资源也是很丰富的。只不过，家乡的水，藏在石山之下，隐在石洞之幽，厚厚的石壁之后，水正汩汩地流淌。

石壁后的水汩汩地流淌，寻找着石的每一道薄弱之处，拼尽所有的力量，一点一点渗透，一点一点深入，一点一点打开，用自己柔软的力量跟岩壁的坚硬对抗，日复一日，年复一年。终于，有一天，石哗啦一声缴械投降，一个岩洞出现在山边，出现在山脚。岩洞里，一泓清水静静映着洞口的茅根草、黄荆柴，岩洞石壁上的水珠不时滴到水面，叮咚一声，不时打破岩洞的幽静。

这就是井，由岩洞形成的水井，每个村庄都有，在村头、村尾或者在半山腰上，岩洞大小不同，深浅不定，相同的是泉水都由石洞深处破壁而出，水源相通，洞洞相连。

我的小村庄也不例外，村后三个水井，两小一大。小井之水流进大井之内，形成一个幽深的潭，大深潭躲在一面巨大的石壁下方，洞口不大，深处黑黝黝的望不到尽头，关于深潭的传说很有些神秘和恐怖。小井之水限于饮用及洗菜，大深潭用于洗衣服、被褥、农具之类。要是有哪个村民胆敢偷偷到小井洗了衣服物品，村里老人知道了，会指着鼻子臭骂三天三夜。

泉水由石缝里冒出，有时还有小鱼在水里游动，井水冬暖夏凉，清冽甘甜，深得全村人的喜爱。夏天，太阳毒辣，老伯大叔劳作半晌，饥渴难耐，走到小井水边，洗洗手，埋下头捧起井水大口大口灌到肚子里，一口气喝到饱，才满足地抹一把嘴角的水渍，坐在井边石头上，敞开衣襟，脱下帽子扇着风："爽，太爽了！"冬天，寒风刺骨，晌午，村里的大婶伯娘相邀着："去大井里洗衣服吗？""去啊，井水暖和着呢，洗着舒服。"冬天的井，水面蒸腾着薄薄一层白气，手伸进井水，那股温润的暖意驱散了严寒，让人格外舒适，冬，似乎也没有那么冷了。

源于母亲，我对水井的记忆尤为深刻。小时候没有自来水，吃的喝的用的水都要一桶一桶从水井挑回。当年，父亲在几十里外工作，只有周末才能回家，我们姐弟三人尚小，母亲一个人忙得陀螺似的，犁田、插秧、除草、打农药、施肥，忙了田里还有地里要忙，种花生、扯豆子、掰玉米、挖红薯、割猪菜……每天繁星满天时，母亲才拖着一身疲惫回到家，然后

小溪　萨家琳 / 摄

马上放下镰刀锄头，打着手电筒到井里挑水。有时候，我会跟着母亲一起去，帮她提着手电筒，朦胧的夜色里，村庄很安静，橘黄色的灯光稀稀落落，忙碌了一天的人们早已入睡，母亲挑着水桶，一晃一悠，偶尔水晃出桶沿洒到路上，我们一大一小两个身影走在弯弯曲曲的青石小径上。也许母亲早已忘记了这一幕，但是这一切却那么深刻地烙印在我的脑海之中，每每忆起，眼眶总忍不住盈满泪水。

母亲，多像这石壁后的水，柔弱却坚韧，她用自己的力量，用自己的坚强，正一点一点打开生活的希望。

旱不干，涝不溢，小村水井，不管下多大的雨涨多大的水，井里的水都不会浑浊。下雨了涨水了，井水越发清亮，清凌凌的水沿着沟渠流出来，村民们在水渠里下网、放鱼笼，间或还能捕到大鲶鱼大鲤鱼，于是吆五喝六提到某家，一壶酒，一碟花生米，粗瓷大碗欢天喜地喝得个脸红脖子粗。天旱了，井水沿着石板一层一层退下去，却也不断流，总能够供给村民饮用。有一年天大旱，大井里的水消下去，村里的十几个小伙伴瞒着大人，准备进洞探险，小军点燃火把，拍着胸脯，说："怕什么，跟我来。"一行人猫腰，一个跟着一个进去，头顶上的石壁越来越低，越下越深，越走越黑，洞顶的水珠"啪嗒"掉落，显得岩洞更幽深静谧，不知道谁突然一声喊，大家稀里哗啦一窝蜂往回跑，小军撒丫子跑得最快。

时至今日，岩洞静静在那儿，水也仍旧清亮亮地在那儿，但很多事情正悄然发生着改变。洗衣机代替了手洗，井边再也看不到三五成群搓洗衣服的村民；种田种地变得轻松，播种、收割、脱粒、运输，机械化一条龙服务；母亲再也不用披星戴月地忙碌，村村通饮水工程，水管接到每家每户，挑水吃的日子早已成为过去，即使回家再晚，水龙头一拧，白花花的水哗哗地流出，流进千家万户的生活里。

水，穿石而至，滋润着家乡的一草一木，是祖祖辈辈生存的源，是村落繁衍生息的根。而家乡的人，不也正像这水一样么，坚韧、努力、永不放弃，他们用自己勤劳的双手，一点一点地拓宽生活的道路，一点一点建设家园的美丽，一点一点营造心灵的幸福。

水头情思

吴娟燕

我的家乡清水村水头屯，在三皇镇的最北端，因“水头泉”而名。

三皇镇是永福县最偏远的乡镇，过去长期是有名的旱区，因为缺水，大量的望天田要靠天吃饭，多数年份粮食不足。三皇流行着妇孺皆知的民谣：“三皇是个岸，水往地下拱。三天不落雨，老少没得空。”

但我深爱的家乡是幸运的，家乡是一个有近百户人家、吴姓龚姓等多姓人家和谐共居的村庄。虽没有雄伟壮丽的山峦，没有碧波荡漾的河流，没有秀美靓丽的风景，但家乡“近水楼台先得月”，在水头泉边，静静流淌的山泉，永不停息地滋润着家乡这块可爱的土地。在我的记忆中，家乡一直都是水旱无忧。

家乡是典型的喀斯特地貌，村前是千亩连片的田地，盛产水稻、玉米、柑橘等。村庄后面是高耸险峻的大石山，山石嶙峋，树木苍翠，四季常绿。神奇的是后山山腰一岩洞中涌出一股山泉，长年不断。岩洞高约 6 米，宽约 10 米，山泉从岩洞深处奔流而出，被洞口一天生巨石阻住，在巨石前停歇，形成一个 1 米多深的大水潭。泉水从巨石的缺口奔泻而下，形成一个小瀑布，声如雷鸣，巨石之下又形成一个深潭，洞口周围长满高大乔木，几株野生核桃树最受村子的小孩们喜爱。这就是水头泉。

水头泉水质好，泉水清澈，凛冽甘甜，永福历代志书上都有记载，2008 年被评为永福县十大名泉之一。家乡人有喝山楂茶的习惯，水头泉泡的山楂茶香甜可口，清热解渴，茶水放置多天也不会变馊。

20 世纪 90 年代，有开发商欲出巨资承包水头泉，开发矿泉水，村民自然不许。1998 年 9 月，乡亲们自筹资金把山泉洞口修整了一番。

水头泉洞口四季清风习习，冬暖夏凉，似天然的空调。时常会有游客到这里观景品水，当地的一些诗词爱好者则常到此赋诗揽胜。百寿中学退休老师张金东咏水头泉：

山阿叠嶂郁苍苍，幽石苔清庵远荒。
伏洞泉龙腾跃出，明珠玉沫舞飞扬。
村居层落清流曲，阡陌绵延稻粟香。
一掬入怀胸臆荡，诗情绽蕾醉千觞。

水头泉是清水江（又叫塘村江、石门河）的源头，泉水从岩洞中涌出后，左边岔道流入乡亲们砌筑好的沟渠，从村头一直流到村尾。村庄房前屋后都有水渠，流水潺潺，鱼游虾戏，出门三步便是山泉水，可供村民洗涤衣物农具、浇地淋花，出村后流入村前灌溉农田。右边岔道处，前人修筑了一个大池子，可供小孩游泳，山泉水流经泳池，再流入村边小河（即清水江），一直流经 20 多个自然村，灌溉沿江 9000 多亩良田，后汇入桐木河。

春天来了，“春江水暖鸭先知”，村民们散养的鸭子早早便跑到水沟里戏水、觅食，充当水头沟渠的清洁工，把冬天残留在沟里的残渣清理干净，漂亮的沙石又显露出来，水沟便又清澈见底了，时不时还可以看见小鱼、小虾在水底玩耍。在这个万物复苏的季节，这一沟山泉水发挥着巨大的作用，它匆匆流入乡亲们修建的水沟灌溉农田，在田野里，村民们在辛勤地耕种，“春种一粒粟，秋收万颗子”。肥沃的田野，处处是乡亲们忙碌的身影，处处充满着幸福和希望。

炎炎夏日，水头泉更是乡亲们的至爱。你看，小孩们有的在游泳池里游水嬉戏，有的在泳池下方的浅水沙滩上翻螃蟹、捉小鱼，玩得不亦乐乎。春夏雨水多泉水大，小瀑布朵朵白色的浪花腾空而起，溅玉抛珠一般清朗、明快、飘逸。忙碌了大半天的乡亲们，都会纷纷来到山泉洞口，捧起清澈的山泉洗一把脸，喝上几口，清凉解渴，沁人心脾。洞口的风，比

水头泉边的乡亲　张桂发 / 摄

空调清新、舒爽，人们三五成群在洞口乘凉、休憩、聊天，这里成为夏天乡亲们标配的休闲处所。但是千万不要坐得太久，凉凉的洞风吹久了容易感冒。你还可以坐在大青石铺就的水沟边，给双脚也泡上一泡，一天的劳累便会消散。最惬意的是，烧一壶红茶装好放到水沟里浸泡，拿出来便是冰红茶，然后切上一块山泉水冰镇过的西瓜，妙不可言！

秋天是收获的季节，[illegible]过山水小小的幽涧，村屋旁的柿子树上挂满了黄澄澄的柿子，想吃时随手可摘，不论是哪家的；村前田野里，到处都是金黄的稻谷，沉甸甸的稻穗笑弯了腰；洞口的野生核桃也成熟了，这可是稀罕物，据说我们这一带很少有哦。小时候最喜欢的莫过于去后山捡鸡爪莲，鸡爪莲成熟的季节，爱睡懒觉的小伙伴每天都会早早起来，爬山过坳到树下捡，解决了一天的零食。开心捡得鸡爪莲后，胆子大的小伙伴顺便捡起一张脱落的竹壳，垫到屁股下坐好，双手一撑，一溜便滑到了山脚，好玩得很。

冬天来了，水头泉水仍在静静地流淌着。门前那棵高大的有 30 余年树龄的柿子树叶落光了，红红的柿子零零星星挂在枝头，与白墙黛瓦的老屋相映成趣，形成一道亮丽的风景。小河边的大龙小学，供水头、白岩、大昌三个自然屯一至三年级的小学生就读，学校只有三名代课老师，这是我的母校。寒冷的冬天，我们每天去上学都要跳过小河上的跳石，拿个烤火盆去取暖。烤火盆都是自制，用一个烂锑盆打几个小洞，用铁丝钩起来便成。出门时在火盆里装上几个火种，在路上捡些干柴，边走边烧，火不够旺的时候，用我们小小的臂膀拎着火盆用力甩几圈，火苗顿时“噗噗”上蹿。上课前，三五成群的同学，将各自的火盆凑到一块，围蹲在一起烤火，暖和极了。上课时各自拿到教室的桌子脚下取暖，虽然衣物单薄，但都不会冻着。那时候的我们，虽然条件艰苦，但学习都很努力，玩得也十分开心。

年少时，每每外出求学或离家远行，父母便会早早起床，舀一瓢家乡水，为我煮上一碗家乡饭，炒一碟家乡菜，再装上一瓶家乡的山泉水，给我带到路上享用。最美不过家乡水，最亲不过故乡人，生在长在水头村，离家的游子又怎能不想家呢！

一条开花的河流

毛　健

秋日炫目的阳光下，带你去看花，开在水里的花，开满一条河的花。没听说过吧，水里还能开花？还有开花的河流？神话？还真不是神话，现实就有，真真实实的存在。这条开花的河流就是永福县百寿镇的百寿河。

清澈的河水，一眼见得到底。水面上漂浮着朵朵鲜花，这种绽放居然是一条河流的绽放，是满河床的鲜花。何曾见过这样开花？奇葩的水上花，艳丽雅致，梦幻十足。白色的花瓣，薄而柔滑，略显透明，像新娘穿的婚纱；黄色的花蕊盈盈向上，点缀其中，明艳动人。顿时，一条河有了丰富的表情。这种花被称为海菜花。根在水底，花在水面。伴随水波的荡漾，那种轻扬舞蹈般的颤动，正在不经意地释放魅力。

百寿镇是一个颇有名气的小城。至今仍保留古城墙遗址，青石板铺路，傍山依水，古风不减。它的名气还在于这里长寿老人居多，据记载，这里曾有一位名叫廖扶的老人寿高158岁，生前最喜爱在河边喝罗汉果茶，然后沐浴清风，吟上一首小诗。如此灵性的山水，养育了一方人的性情，也催生了长寿现象，被历朝历代啧啧称赞。到了宋代，有奇人在一番深思熟虑后，于小镇门户的山峰岩壁，镌刻下高1.75米、宽1.48米的楷书“寿”字，以表达对这方水土和人的敬佩。这本不算奇，奇就奇在这一个大寿字里面还嵌有100个小寿字，且一字一体，百字百样，无一字相同。从象形文字到篆、隶、行、草等诸体一一皆备。这便是稀世之宝、闻名中外的百寿图了。

寿与人共存，人与山水相融，继而衍生了世代的百寿人，叠加成厚重

开花的小河　卢明 / 摄

的福寿文化。据记载，青山绿水带来的纯净空气乃是长寿的重要原因之一。

一湾碧水，点缀着朵朵繁花绕古城流动，像极了母亲的臂弯，呵护着自己的儿女，款款深情。一位拥有繁花的母亲是不会老的，一位繁花满身的母亲也是人见人爱的。尤其是中央电视台为永福海菜花做过专题介绍后，来百寿镇看水上花的人们更是络绎不绝。

看水上花的人们都愿意赶早。这时，水雾依稀，不浓不淡，穿梭的雾气不但让海菜花产生神秘感，也让水鸟飞得很低，贴着水面和繁花嬉戏。这时，静谧注定是要被搅醒的。不过，这条会开花的河流俨然成了主角，前来看花的人再多也就是背景，是配角。

清流与水草泛着亮色，摇曳水上之花，衬托出小城的自然、天真和清雅。河面的早晨，新鲜净爽。兴奋的游客在河边不断移动、指指点点，欣赏花的容颜，其陶醉的样子，一目了然。原来藏得很深的那些童真童趣，一旦被水上花直视着，便活脱脱释放出来。那些无忧无虑的笑，河边的奔跑，探求和追恋的眼神，溢出酒窝的满足感，都像水的波纹，一道道扩散开去。那些似乎和你很熟悉的鱼儿，在花茎旁游过来游过去，甩动鱼尾，拨出一串串曼妙的颤音。这时，有人想用点心来喂鱼，却被旁边不认识的游客委婉劝阻："请注意环保哦。"想喂鱼的人随即意识到了什么，歉意一笑，将点心收回了包囊。

原来，海菜花还是那种性格上独一无二的花。是容不得半点污染的花，对水质的要求几乎达到了苛刻。在整个生长和开花过程，必须在无污染的流水中完成。其间，水中哪怕含有少许的污染，海菜花也是宁可去死，而不愿苟且活着。听到如此的解说，海菜花美丽纯洁的灵魂，砰砰直撞入心扉。爱家园，爱生态，爱青山绿水，是多么有价值的千秋伟业！而百寿人一直在自觉地维护和履行。用一位老阿婆的话说："要是见不到河里的花开，吃肉都无味。"另一位大嫂马上过来进行补充："我们这条河绝对放心的，年年花开，环保部门省事了，都不用来检测，看一眼花开就知道水好。"

的确如此！因而，海菜花又被称为"环保菜"，是中国独有的珍稀濒危水生药用植物，属国家重点三级保护野生植物。

品味这一番话，似乎又明白了很多道理。不负青山，方得四季常青；不负绿水，方得满河花开。轻风吹来，花开熠熠，云色和花朵和远山已融为一体，美妙的一刻，心情被这水上花完全主宰，想象和幻想也在瞬间不时冒出，这就是仙境了，现实的仙境。

守在这样花开的河边，无论是谁，都是一副好心情，梦里也会染上花的芬芳。水上花，纯净的吸吮、绽放，成为花的精灵。

多好的花，此花只对清流开。

福塘井，在记忆深处

林庚运

福塘井不远，在罗锦镇林村，离县城也就 20 多分钟车程，离我老家大概 3 里路。由于不顺道，我已经很久都没有去过了。

相传在元朝的时候就有这口井了，是福星仙人指点开挖的。原先是一个有 100 多平方米的清水塘，塘中有多处地下泉的冒井，水花翻滚，景象壮观，解决了村民的用水难题，所以叫福塘。后来村民们为了安全和使用方便，就用青条石围砌成两个圆井，每个井再各砌一条排水渠用于洗涤，其余地方用河卵石填平，再铺上青石板，还在井边的几棵老树下，放上一些大石块，供人们乘凉、歇息。

我记忆中的福塘井是一个很吸引人的去处。

福塘井的水冬暖夏凉，清冽甘甜，旁边的福塘屯，五六百人，吃的、用的全是这口井的水。井的周围，有水田、旱地、菜园，还有米碾、油榨、糖榨。干活的人以及附近村子走亲、赶圩的人，都喜欢过来洗洗手、洗洗脸，喝上两捧，然后坐下来歇歇。

所以，每天来这里的人很多。

男人们有的静静地坐着，拿出自己种的老旱烟，卷成喇叭筒，把烟卷缓缓送到嘴边，点燃，然后轻轻吸一口，憋一下，再慢慢吐出来，眯着眼睛看着烟雾柔柔地飘散开去，一副很享受很滋润的模样。有的热情地邀别人抽自己的烟，受邀的人客气，就推来推去，到头来大都是换一换，你抽我的，我抽你的，一边抽烟一边闲谈，一个个都心满意足。女人们早早地聊起了家常。小孩子则玩起了水，如果是大热天，就你戽我，我戽你，手脚并用，常常是从头湿到了脚，大人们也不管，随便玩。不管认不认识，因了这井水，大家都成了自来熟。

夏天的夜晚，只要不下雨，井边总是坐满了来纳凉消暑的男女老少。山风清新，树叶婆娑，井水凉爽，疲劳愁苦顿时少了很多。这也许是大自然对那个年代温饱都还不能解决的乡亲们一种特别的馈赠吧。

由于人来人往，这里也就成了信息交流中心。国家大事，政策法律，周边新闻，在这里都能够听到。养的猪、养的鱼怎样防病，水稻孕穗期怎样管理，柑橘怎样保花保果，甘蔗怎样防止倒伏，辣椒怎样才能增产，等等，都可以交流，都可以学到办法。甚至哪个长了脓包疮、无名肿毒什么的，也会有人告诉他土方、偏方，或者什么地方某某人的药有特效。

新媳妇来挑水、洗菜、洗衣服，是一些大妈大婶所期待的。手脚麻不麻利，爱不爱喊人，她们看得清清楚楚。她们说手脚麻利的，干活会是一把好手，嘴巴甜的和大家容易相处。这样的媳妇好。媳妇好，家庭就和睦，就顺风顺水。她们主动和新媳妇聊天，告诉她村里的风俗习惯、媳妇和女儿不同的地方，以及一些她婆婆不方便讲的话，等等。对手脚慢的也不嫌弃，耐心地讲，手把手地教。新媳妇就记在心里，手脚慢的赶紧多学多做，嘴巴重的就要不怕羞多和人讲话。每个新媳妇都会努力当好儿媳妇。

最有看点的是新媳妇挑水。来福塘井挑水回家，要连续上两个大长坡。个子矮、力气小的，挑两个半桶都气喘八哈的。倘若哪个新媳妇挑起满满两大桶 100 多斤水，登登登一口气走上坡顶，哎哟哟，厉害了，准会有人挨吓倒。

新媳妇来水井这里的次数多了，跟村里的人渐渐地就熟悉了，也渐渐地成了村里的一分子。

福塘井对于新媳妇来说，就是一所特别的学校。在这里学到的、得到的，她们会享用一生，也会铭记一生。

身在外地的人，也心心念念，忘不了福塘井。

出嫁女回娘家，会早早起来把水缸挑满，然后把一家老小的衣服拿到井边洗。这是她们从小就做的家务活，也是她们每次回来必修的功课。除了帮父母兄弟干活，最主要的还是来这里跟父老乡亲见见面，说说话，回

福塘井　张荣翔 / 摄

味在娘家做女儿时的种种美好，找回日渐生疏的亲情、友情和乡情。

曾经见过一位 20 多岁的后生，拿一个崭新的保温瓶来福塘井装水。他说，奶奶是这附近村子的人，因为腿脚不好，已经好多年没有回来了。他这次过来吃酒，奶奶要他一定装一点福塘井的水回去，她想喝几口，于是就特意买了这个保温瓶。

我也是常常想起福塘井。

1975 年，我高中毕业，还有半个月才满 15 岁，一夜之间，从学生变成了社员，成了家里的主劳动力，每天和社员们早出晚归，做一样的活，没有半点优待。

修建金鸡河水库，淹没了我们几个队的水田，就把古座、近山几个队的田划出一部分给我们。这些田都在金鸡河边，最近的五六里，最远的有七八里，路也不好走，多半是田埂、沙洲和羊肠小道。我们每天出工收工花在路上的时间就要三四个小时，空手走都难，何况还要挑担。收割时节，需要好几个社员运送一个打谷机，有的抬着百来斤重的外壳，有的扛着四五十斤重的滚筒，有的挑着形状不一的挡板。因为有好几个打谷机，十几二十个青壮年社员被派了活。其余的社员挑着箩筐，箩筐里装着锯镰和灌满了水的竹筒，一队人浩浩荡荡的。

烈日下，稻田里闷热难当，手脚被泥水、禾秆烫得发麻，裸露的地方被晒得脱了皮，火辣辣的痛，出工时竹筒里装来的井水差不多变成了开水。不知有多少次，心里默默地想，有清凉的水喝喝多好啊。

终于收工了，我稚嫩的肩膀挑起满满两箩筐谷子走上回生产队的路。半道上，我和几个青壮年社员脱离队伍拐上另一条路。尽管这条路要远大半里，还得上两个大坡，我们也要走。

因为这条路经过福塘井。

到福塘井就有冰凉甘甜的水喝，就可以坐在水井旁边的石头上歇一下了。

喝饱了井水，坐在树荫下，吹着习习的凉风，很是惬意。然而转过头来，望着前面长长的大坡，我一下子黯然了，心里在想，离开学校，回家做了社员，就经常走这个大坡了。但这只是干活要走的大坡，人生道路上的大坡会有多少呢。

想归想，活还得干，再喝几口井水，挑起担子上路，仿佛又是满身的力气。

种田要挑秧苗，薅田的时候，去要挑一担粪，回要挑一担禾草。挑禾草的时候，如果遇上大风，好不容易上了坡顶，人和担子又被刮得转几个圈，既可气又好笑。

这种艰辛，没有经历过的人是万万体会不到的。

如此，过了几年。

恢复高考后，我考上了师范学校，后来又上了大学，在城里工作、生活，对福塘井疏远了。

但是我对福塘井还是记得深刻的，也是心怀感激的。

家乡的发展日新月异，道路平坦，四通八达，人们买上了摩托车、农用车、小轿车，出行十分便利，家家户户用上了洗衣机，喝上了自来水、矿泉水。福塘井慢慢沉寂了。所幸，由于它水质优良、历史悠久、造型美观、名字吉祥，2008 年福塘泉被列入了永福县十大名泉之一。

上学的时候和工作之余，我读了一些有关井的古文、古诗词，对井有了更多的了解，比如《荀子》的“短绠不可以汲深井之泉，知不几者不可与及圣人之言”，《吕氏春秋》的“穿井得一人”，《农政全书》对井的论述，《说文》对井的解释，苏东坡的“君看古井水，万象自往还”，等等。白居易的“无波古井水，有节秋竹竿”让我印象最深刻，因为他说出了做人的道理：心态恬静如古井之水，气节坚贞像竹节。好像是说我家乡的竹，又好像是说福塘井的水。于是，这诗句就成了我数十年恪守不渝的信条。

在记忆里有个福塘井，真好。

飞龙桥旧事

王　松

20 世纪 70 年代，我在堡里这座小圩镇度过了少年时光，堡里圩旁的飞龙桥，给了我许多难忘的记忆。那时的飞龙桥，还是一座木石结构的廊桥。90 年代，这座廊桥改建成现在的钢混结构，给人车通行带来了更大的便利，但我依然时时想起那座木制的飞龙桥。

——题记

源于架桥岭西麓那些或含蓄、或率真的山涧流泉，很诗意地迈出重山之后，经过短暂的汇聚，又悄然分流，成为两股小溪，一南一北，像两条银色绶带，娇柔地萦绕着堡里这座小圩镇。北边的那条，是茅江的上游主干，南边的那条，叫上村河。上村河上曾立着一座飞檐斗拱的风雨桥，那就是飞龙桥。

飞龙桥之名，来源于一个动人的民间传说。

有一年山洪暴发，两条溪流一改往日的娇媚，突然变得暴烈起来。两溪当中的那块高地，无法抵御其汹汹之势，就节节败退下去。那些绿油油的稻田、齐整整的菜畦，相继沦陷于洪流的漩涡之中，任其吞噬、蹂躏。洪水意犹未尽，又大摇大摆地登堂入室，将乡人的家园，毫不客气地洗劫了一番。

这还了得！

惨遭劫掠的乡人霎时齐了心，青壮男子到河边筑堤垒坝，妇女们在后面挑土运石，就连年幼的孩童，也用稚嫩的双手，搬运着石块、木桩……

据说这一次与洪水的搏斗，一直持续了三天三夜。故事的结局，当然是乡人齐了心的倔强感动了上苍，一条苍龙穿云而来，它看准了地势，扭动几下身躯，横波而卧。渐渐地，那滔滔洪水平静了下来，由湍急而潺缓，由浑浊而清明，两溪之间又露出了肥沃的土地。再看那苍龙，却化身为一座木桥，横跨在上村河上。

又不知过了多少年月，那木桥渐已老化，乡老商量，该重建一座新桥了。乡人闻讯，又纷纷出钱出力出物。未几，就在那木桥的原址上，建起了一座飞檐雕栏，春能遮雨、夏可乘凉的风雨桥。为铭记神龙化桥的故事，乡人们便给这桥取名“飞龙桥”。

飞龙桥长约二十米，高丈余；桥头飞檐高翘，一副笑傲山河的气概。廊檐之下，均分着五个青砖拱门，两侧是一条长长的木栏和一排长凳，桥面铺着厚实的木板，桥下掮着拱门的，是三个石砌的桥墩，出水不足三米。但说也奇怪，那桥下的溪水无论如何暴涨，却总是望桥莫及，从未漫过桥面。乡老传言，这是因为那条神龙的佑护哩。

桥下的小溪，只是在短暂的汛期，才会浑浊几天。一年中大多数时光，那溪水都清澈如鉴。深处碧绿，浅处明净。站在桥上放眼望去，像是一条深绿色缎面，在微风中漾着晶莹洁白的光彩。而当移目近观，又可清晰辨出水中飘拂的水草，以及水草间穿梭的游鱼。

清晨，当朝阳初升，霞辉铺地，那溪水又成了一条曙红的彩带了。这时，或许会有一群鸭鹅从岸边的人家呀呀着出来，一猛子扎进水里，那曙红的光色便跳跃着散射开来，红光射在一个小女孩的脸上，便像溪边绽开的一朵美艳的花儿。只见那女孩朝溪水照了照脸儿，便披着艳艳的霞光转上桥来，咚咚踩响桥面的木板，蹦跳着去镇上的小学念书去了。

就在旭日为它构思的杰作得意时，从山里出来赶圩的人到了。先来的大多挑着担儿，担着山里盛产的香菇、木耳、松香、油茶籽等各色山货。他们要早些赶到圩上占好摊位，把山货换成钞票，然后再买回犁耙、镰刀、衣物布料之类。但不管如何赶路心切，到了这离集市已不足一里的飞龙桥，总是要歇歇脚的。山里人亲缘近，霎时就遇见了许多亲戚。如果你听到一个少妇这样跟人招呼：“九奶，你带猊叔来赶圩呀？”可千万不要以为那

飞龙桥　邹龙 / 摄

九奶定是一个白发苍苍的阿婆，她或许亦是一个脸色红润、颇有风韵的少妇；而那位被称作税叔的，竟是她襁褓中熟睡的婴儿呢。

这时，不知是谁招呼了一声“吃凉粉呀”，大家才猛然发现，在那桥头的拱门西，不知何时竟多了一副卖吃食的摊子，摊子的主人是一个花甲老太。摊子上内容不多，两只大耳木桶和一竹篮碗盏，偶尔还有少许油堆、油炸馍之类。桶里装的是茶水、凉粉——茶是本地野生的山楂茶，大叶粗梗地采来，用一口铁锅熬好，其味甘而略带山果气，又极能生津解暑，有消食开胃之功。凉粉则更具特色，直接用的是蔓生在桥边那棵老树上的凉粉果籽和着树下那口泉水挤出的浆汁，再使其凝结成果冻状，其色晶莹透明，其质如软玉，如凝脂。用洁白的瓷碗盛上一碗，掺以糖醋水，入口酸甜脆滑，或再佐以少许薄荷，浸凉之气直可爽彻心腑……凉粉吃过之后，集市上就成了圩了。

中午时分，是飞龙桥“打盹儿”的时候。这时，桥栏内的长凳上或躺着一两个老汉，衣襟是敞开着的，肚皮上又横躺着一根赶牛的竹鞭。老汉自顾自在微风中轻轻打着鼾儿，那横在肚皮上的竹梢，也随着鼾声微微地颤抖，竟毫不理会有人走在桥板上发出的响动。但若桥头菜地有人吼一声："这是谁的牛呀，恁跑到菜地里来了？"那老汉就会一骨碌翻身起来，一脸惶恐地朝着那声音小跑过去。

圩上的集市直等到太阳西斜才开始散去。人们不再在飞龙桥上歇息，而是匆匆地赶着归程。那位带着婴儿的年轻九奶也跟着回来了——她是从圩镇另一边的村庄嫁到桥对面的山里去的——这时蓦然想起出嫁当日丈夫背着她过桥的情景，便幸福地低下头，微笑着默默加快了脚步。西边的太阳也为她一阵羞臊，满脸红光，赶忙挥挥晚霞的手掌，悄悄躲进西边的山里去了。

这时飞龙桥才开始宁静下来，远处的群山也稍稍模糊了它们的景深，只有桥两端的乡路依然执着地向着四方伸展着，使人禁不住地遐想：那些路会有多长？路的尽头，又是个什么样的去处呢？当我还是一个懵懂少年，我真的问过几个老人。他们摇摇头，并用奇怪的眼神看着我，仿佛在说："怎么会问这么古怪的问题呢？"但我知道除我之外，那些日日走过这桥去镇上念书的学童们，肯定有人想过与我同样的问题，并且选择一条道路执着地走了出去。

永福之水概要

周立平

永福，因水而名，原意是长流水边的优良居所。

永福，一个多水、多福、多寿之地。

永福县位于广西壮族自治区东北部，桂林市西南。属亚热带季风气候区，常年气候温和，雨量充沛，冬无严寒，夏无酷暑。年平均气温 18.8 摄氏度，年平均降水量 2009.6 毫米，是广西四大暴雨中心之一。

主要河流

永福县境内河流纵横交错，共有大小河流 117 条，其中，集雨面积 10—100 平方公里的河流 46 条，100—1000 平方公里的河流 7 条，1000 平方公里以上的河流 2 条，总集雨面积 4396.03 平方公里。

洛清江

永福县境内河流以洛清江为主干，源于临桂县宛田乡，在临桂县境内称义江，在苏桥镇黑石岭村潦潭进入永福县境。洛清江干流在永福县境全长 57 公里，从苏桥镇的潦潭至相思江汇入的珠江口，称大溪河，河长 15 公里；从珠江口至永福镇南端西河汇入处的水门滩，称东河，河长 14 公里；自水门滩至鹿寨县境，称洛清江，河长 28 公里。一般河面宽 40—60 米，最大流量 8750 立方米每秒，多年平均流量 170 立方米每秒，最小流量 8.37 立方米每秒，年均径流量 53.60 亿立方米。在洛清江干流上已建有龙溪、鲤鱼滩 2 座水电站。

洛清江在县境内汇纳的一级支流有：龙山塘河、相思江、茅江、西河、坪岭河、头陂河、马陂河、中村河、古立河、大邦河、木皮河等。县境内集雨面积 2756.48 平方公里，占全县总面积的 98.2%。

相思江

洛清江一级支流，源于临桂县六塘镇的石头厂，由东南向北流，至罗锦镇渔船上屯，进入永福县境，流经岭桥、崇山 2 个行政村，进入苏桥镇的苏桥、太平等村，于苏桥街附近流至珠江口汇入洛清江干流上段大溪河。相思江集雨面积 585.32 平方公里，全长 62.89 公里，在县境内长 17.4 公里，集雨面积 158.6 平方公里，多年平均流量 24.53 立方米每秒，最枯流量 1.64 立方米每秒。

茅江

又名茅河、堡里河，洛清江一级支流。源于三县界（永福县、阳朔县和荔浦县交界处的地名），由东南向西北流经堡里镇的河东、茶料、黄元，在堡里村板峡屯与拉悠河汇合后，经三多、拉木、波塘、罗田村，永福镇的大苏、渔洞、南雄、中洲村，汇入洛清江，干流全长 53.9 公里。三县界至双江口河段，称罗汉河；双江口至板峡水库河段，称黄元河；板峡水库至永福镇汇入洛清江中段（东河），称茅江。上游河段主要一级支流有罗岗河、拉悠河、龙窝河，下游河段主要一级支流有金鸡河，总集雨面积 453.5 平方公里，多年平均流量 19.95 立方米每秒，最枯流量 1.32 立方米每秒。

在茅江上游黄元河上建有大丰电站和河东电站，黄元河下游建有板峡水库，茅江支流金鸡河上建有金鸡河水库。

西河

西河是县境内的第二大河流，为洛清江的一级支流，位于永福县城之西，故名，亦称西江。源于临桂县黄沙乡围岭村，西流经黄沙乡的围岭、滩头进入永福县境内，流经龙江乡的龙隐、保安、驿马、龙山、兴隆、双江、仁合村及永福镇的泡口、湾里村后，在县城南的凤山脚下入洛清江，全长 92 公里。自龙江乡的龙隐村至百寿河汇入处的江口屯，该段称龙江；由江口屯至县城，该段称西河。西河的主要一级支流有丹江、波塘江、上

闲钓　张荣翔 / 摄

维河、碧潦河、埠里江、拉江、双塘江、拖江、百寿河、里旺河、长江、双江、大田河、油榨河、银洞河等 15 条，集雨面积 1116.46 平方公里。多年平均流量 49.12 立方米每秒，最枯流量 3.24 立方米每秒。河流的上段龙江河及其支流上建有雷曲口电站、丹江电站、中龙电站、保安电站、驿马电站、丛仗电站、龙山电站等水电站。

地下水资源

主要分为地下河和泉井两种类型。

县境内碳酸盐岩及碎屑岩夹碳酸盐岩裂隙溶洞地区，地下水埋深在 10 米以下，面积约为 760.5 平方公里，占全县总面积的 27.1%。主要分布在三皇镇、永安乡、罗锦镇，少量分布在苏桥镇、永福镇、广福乡、堡里镇；层状岩类基岩裂隙水及上覆第四系含水层地区，地下水埋深在 10—

50 米之间，其面积为 2045.42 平方公里，占 72.9%，主要分布在龙江乡、永福镇、堡里镇和广福乡。

三皇镇的西南部有一地下河，是桐木河（大路江）于大路村下枧屯大岩口潜入地下，由北向南至鹿寨县中渡镇下磨出露，潜流全长 21 公里，在三皇镇境内 7 公里。进口流量 60.5 升每秒，出口流量 50 升每秒，年径流量约 174.2 万立方米。

流向远方　萨家琳 / 摄

永福县井泉较多，历年出版的志书上记述的相对流量较大、名气较大的井泉有：苏桥镇石门村塘料屯鉴真泉、百寿镇江岩村穿岩屯穿岩泉、永安乡太和村凤凰屯凤凰泉、永安乡喇塔村潭竹屯潭竹泉、百寿镇朝兑村沟口屯沟口泉、百寿镇朝阳村大巷屯大巷泉、百寿镇白果村欧家屯欧家泉、三皇镇清水街清水塘泉、罗锦镇上笑村大泉头屯大泉头泉、罗锦镇江月村枧洞屯枧洞泉、广福乡马陂村石祥车站附近石祥泉等。

随着生态环境和气候的变化，永福县所存井泉的流量、泉水的水质等发生了很大变化。2008 年，永福县评出十大名泉：永福泉、葫芦泉、福塘泉、鉴真泉、龙口泉、龙涎泉、丹砂井、龙井泉、玉女泉和水头泉。

水库山塘

永福县境内蓄水工程主要有水库 41 座和山塘 78 个。其中中型水库有板峡水库、金鸡河水库和华山水库 3 座，水库总库容 13015 万立方米，总有效库容 9185 万立方米，设计灌溉面积 17.82 万亩，有效灌溉面积 8.39 万亩；小（一）型水库 12 座，总库容 3406 万立方米，有效库容 1783.3 万立方米，设计灌溉面积 37800 亩，2011 年实际灌溉面积 10810 亩；小

（二）型水库 26 座，总库容 1162 万立方米，有效库容 541.55 万立方米，设计灌溉面积 19300 亩，2011 年实际灌溉面积 10105 亩。78 个山塘分布在除龙江乡和堡里镇外的 7 个乡镇境内，总库容 369.12 万立方米，有效灌溉面积 1.353 万亩。

引水陂坝

永福县境内山高水陡，涧多溪密，江河纵横。新中国成立前，全县的绝大多数农田用水，靠村民祖祖辈辈采用简单的办法（如修建草皮堆土坝、木桩卵石坝、竹笼堆石坝、三合封砌石坝等）拦河引水，还有的开沟直接引山沟水灌田。这类水利工程设施相对简陋，投入劳动力多，又易被洪水冲毁，有的陂坝一年要复修几次，耗费人力物力较多。1949 年，全县引水式陂坝共有 5058 处，灌溉面积 89200 亩。2011 年底，全县灌溉面积

50 亩以上的引水陂坝工程有 524 座，有效灌溉面积 94314 亩，实际灌溉面积 79940 亩；灌溉面积 500 亩以上的有 26 座，其中，永福镇有 4 座、堡里镇 1 座、苏桥镇 1 座、百寿镇 5 座、广福乡 1 座、三皇镇 4 座、永安乡 3 座、罗锦镇 7 座。其中比较有名的陂坝有：永福镇大苏村百神陂、永福镇大苏村大方陂、堡里镇罗田村龙头口陂、百寿镇白果村花园堰、百寿镇白果村龙毕堰、龙江乡龙山村滚水坝、百寿镇东门江滚水坝、罗锦镇江月滚水坝。

饮水工程

永福县大多数村庄坐落在山区和半山区及丘陵地带，一年四季的水位落差大。三皇镇、永安乡、罗锦镇的石山地区以及其他乡镇的部分地区，每逢深秋、冬、初春时节，干旱缺水突出，生产用水不方便，人畜饮用水困难。有的村庄须爬山越岭到几里路远的地方，甚至还要下溶洞或深潭，费几个小时才能挑回 1 担水。新中国成立后，党和政府十分重视人畜饮用水困难问题。2002 年，国家开始建设农村人畜饮水解困工程；2006 年，国家再次提高人畜饮水的标准，建立农村饮水安全工程，把农村人畜饮用水的要求提高为"水质达标（国家统一标准）、水量够用、用水方便和保证率高"。

永福县饮水工程有引水式、打井提水式、扩大供水网等形式，其中以打井提水式为主。1991—2011 年，共完成新建人饮工程 214 处，总投资 5691.98 万元，共解决 12.09 万人的饮水困难或不安全问题，实现了全县人畜饮水安全的目标。

防洪工程

1999 年永福县开始谋划防洪工程建设，至 2021 年，全县累计修建防洪堤工程 21 项，建防洪堤 73.746 公里，总投资 26175.18 万元。

县城防洪堤工程按 20 年一遇洪水设计，相应洪水水位 143.8 米，堤顶高程 144.8 米，设计县城防洪堤共长 22.26 公里、护岸 7.56 公里，其中已建工程 6 项，总投资 11814.94 万元，总堤长 17.136 公里。

2011 年，永福县开始实施乡镇河段防护、治理工程，至 2021 年止，已建工程 15 项，总投资 14360.24 万元，总堤长 51.61 公里。

水源保护

1982 年，广西壮族自治区在永福县设立两个自治区级水源林保护区。

百寿水源林保护区

百寿水源林保护区辖龙江、百寿两个乡镇共 16 个村委会和大板山林场的山林，总面积 62871.9 公顷，其中有林面积 52686.6 公顷，森林覆盖率为 83.3%。

架桥岭水源林保护区

架桥岭水源林保护区辖堡里镇、广福乡、罗锦镇三个乡镇共 11 个村委会的山林，总面积为 46522.1 公顷，其中有林面积 38985.5 公顷，森林覆盖率为 83.8%。

2014 年，永福县被列为全国第一批河湖管护体制机制创新试点县，实行河长制。永福县认真按照中央、自治区工作要求，紧紧围绕创新河湖管护模式、落实管护责任、建立健全管护制度等方面进行积极探索。2016 年，全面推行河长制工作，制定措施，落实责任，严格管理，加强督查，认真考核。现永福县水质和环境明显改善，河湖管护已迈上新的台阶，逐步实现“水清、岸绿、河畅、景美”的目标。